散文集：

雪落有声

李俊杰　著

中国海洋大学出版社
·青岛·

图书在版编目(CIP)数据

雪落有声 / 李俊杰著. —青岛:中国海洋大学出版社,2021.3

ISBN 978-7-5670-2774-9

Ⅰ.①雪… Ⅱ.①李… Ⅲ.①散文集－中国－当代 Ⅳ.①I267

中国版本图书馆 CIP 数据核字(2021)第 026909 号

出版发行	中国海洋大学出版社		
社　　址	青岛市香港东路 23 号	**邮政编码**	266071
出 版 人	杨立敏		
网　　址	http://pub.ouc.edu.cn		
电子信箱	2586345806@qq.com		
订购电话	0532－82032573(传真)		
责任编辑	矫恒鹏	**电　　话**	0532－85902349
印　　制	青岛中苑金融安全印刷有限公司		
版　　次	2021 年 3 月第 1 版		
印　　次	2021 年 3 月第 1 次印刷		
成品尺寸	170 mm×240 mm		
印　　张	18.125		
字　　数	235 千		
印　　数	1～1000		
定　　价	68.00 元		

发现印装质量问题,请致电 0532－85662115,由印刷厂负责调换。

李俊杰的人生财富（序）

王宗仁

2009 年 8 月，我们一批作家沿着青藏公路采风，我结识了拉萨某团政委李俊杰。他留给我的突出印象是：稳重中燃着热情，成熟中透着谦虚，是一位言辞端谨、举止得体的军队政工领导干部。李俊杰告诉我，他曾经在三次不同场合见过我，都想和我交谈，但没有机会。这次作为东道主接待我们这些作家，他很高兴为大家服务。一个戎装半生的壮士，难得对文人有这份向往，却也折射出他身上的儒雅之气。我和他这次在拉萨相识，该算是第四次见面了吧，我很高兴又有了一个高原朋友。

后来，我对李俊杰有了更多的了解。

李俊杰晚我二十八年从军，但是，他却有着比我更丰富的人生经历。这着实让我这个"老高原"羡慕。人经历得多了，见识广了，就延长了生命的过程，体悟到生命的真谛。这个过程中的成败、荣辱、企盼、燃烧、约会，是难忘的、揪魂的、刻骨铭心的。一句话，这些都是人生的精神财富。李俊杰在他的自传里写下了这些财富，我看主要有三：

经历是财富。人生从事的每一项工作、涉足的每一个领域，都给你提供了学习知识、增长才干的空间。要适应遇到的陌生环境，就得充实自己，调整自己。人一生要站得稳、走得开，靠的是扎实的根基。这个根基是用两块基石砌成的,一是书本知识,二是实践经验。李俊杰一穿上军装,就到了具有光荣传统的老山前线某砚山部队,当过汽车兵、炊事兵,开车、烧火、养猪,艰苦的工作磨砺筋骨,斑斓的生活锻铸信念。考进汽车管理学院后,他并不满足于只学习专业课程,还博览群书,努力给自己充电。他像上足发条的钟表,将整个生命都划分得很精细,每天每月都有学习计划,绝不虚耗生命,让人的价值体现在手上、路上、头脑里。当他带着"学院优秀学员"的奖状奔赴世界屋脊时,不仅情绪饱满地支撑着自己的人生,还能带兵为一个群体带来温暖和力量。排长、副政治指导员、政治指导员、干部股干事、保卫股股长、组织股股长、政治处副主任、政治教导员、保卫科科长、通信团政治处主任,可谓一路顺风。但这风是唐古拉山的风,还夹杂着昆仑山的雪,狂风暴雪给他输送着特殊的人生营养。他在日记中写下这样的人生感悟:"与山摔跤就有山的阳刚,我要直面茫茫戈壁无情的风寒、无情的暴雪、无情的岁月,直到自己如昆仑石一样坚韧。"

苦难是财富。李俊杰出身乡野,家境贫寒。年少时他穿的是补丁衣服,吃的是野菜,一家人终年都吃不上猪肉。他上高中时,一个月的口粮就是一百斤玉米、三十斤白面和几斤大米。没有锅灶煮大米,他便把米粒洗净,装进暖瓶里焐热后食用。儿时的那些日子里,他最难熬的是寒冷的冬天。狂风酷雪把满世界弥漫得扑朔迷离,他没有棉衣御寒,常常穿着母亲的花棉袄去上学,引来不少同学异样的目光。高中毕业后,因为生活所迫,他不得不骑着自行车到县城贩菜,然后卖掉补贴家用。后来他又干起了水泥工、建筑工、油匠……这些苦难记忆,会伴随李俊杰的整个生命。人的生命历程里,是不可没有苦的。你要干成一些事情,活出点名堂来,更是如此。苦最容易产生恨,恨天怨地,恨自己的厄运,恨苍天的不公。要说李俊杰没有过恨,也不尽然,但他会产生恨,也会消融恨。恨的产生有时是在转眼之间,而要把恨消融却很艰难,有时要用去一年两年,甚至更长的时间。李俊杰是会消融恨的。就是在日子过得最艰难的时候,他也没有失去对生活的自信,没有失去对明天的向往。他总是有一个撼不动的信念:我的生活会改变的,我的命运会好起来。正是这种自信、这种向往,支撑着他苦中求乐,走出了苦海,把苦变成了甜。

阅历是财富。我指的是读书,一个人的经历总是有限的,读书可以使阅历丰盈,经验增广。李俊杰好读书求知识的精神,很让我感动。远在上中学时,为减轻父母的经济负担,他就利用假期到乡镇水泥厂、小油坊打零工。那是重体力活,每天回到家筋疲力尽,夜里还要在微弱的油灯下读书、学习,他说这是他“一天中最快乐、最幸福的时刻”。他入伍离开家乡那一天,一分钱都没带,却背了厚厚一摞书到部队。在那个“把石头都能冻得缩成一团”的格尔木,他一干就是十四年没挪窝。繁忙紧张的执勤之余,他先后完成了长沙政治学院政工大专二年函授课程、长沙政治学院法律本科三年函授课程和南京政治学院在职研究生课程学习,并以优异成绩获得了学院颁发的毕业证书和优秀学员证书。李俊杰明白,只有知识的积累和储备,才是自己最可靠的实力,将学来的知识与实践紧密结合,他就可以自由翱翔。读书有乐,读书有福,书中有智慧。

我从拉萨回京不久,就得知李俊杰要出版自己的散文随笔集。

先是一惊，很快就不觉得惊讶了，他数十年如一日地都在积累——积累知识、积累经验、积累生活、积累思想。我还要说，积累作品。一句话，积累生命！我很乐于为这位高原朋友的书写序。共勉！

2010 年 1 月 29 日深夜于望柳庄

（王宗仁系总后勤部政治部创作室原主任，一级作家，现任中国散文学会副会长兼秘书长。）

目 录 • Contents

幼小的童年
无意中种植了太多的希冀
让渐重的年轮时时收获
幼小的童年
唱着故乡永远唱不老的歌曲
直到听到岁月成长的声音

遥想童年

　　童年是梦中的真，是真中的梦，是回忆时含泪的微笑。关于童年的点滴，无论是已经褪色的，还是依旧清晰的，一经时光的流水滤过，便粒粒珠玑，成为一生都享用不尽的财富。可以毫不夸张地说，童年的苦难经历，培养了我吃苦耐劳的精神品质，锻造了我的意志和毅力，也帮助我完成了人生观和价值观的塑造，对我的成长和发展帮助很大。

　　童年时光是人生中的一片沃土，在这片沃土上可以变化出千姿百态的世界，而我便是这个世界的主人。

　　和所有人一样，我的童年是与故乡、乡土、乡情纠结在一起的。

　　山东平度，生我养我的地方，虽不是名城，也算不上美丽，但它却是古老的。在这片土地上，或许你根本没有听说过这个处在胶东半岛的平凡县城，但它却与我紧紧相连，心心相系。

　　故乡平度民风淳朴，人性之美无处不存。因世代农耕，祖辈们都延续了农民勤劳、朴实、诚信的美德。作为一个农民的儿子，我自小在骨子里就有农民的情感、农民的意识，身上也有农民的优点和缺点。我的父母都是农民，他们用一生的辛勤汗水，年复一年地演绎着"锄禾日当午,汗滴禾下土"这句诗描写的境界。

我生在缺吃少穿的那个年代,父母唯一的希望,就是盼着我早日长大成人,将来能有出息。"端上铁饭碗""光宗耀祖"是大多数庄稼人对儿女的希望,只有这样,家里的一切才会发生改变。我是母亲心中的梦,是每夜甜甜的呓语——在摇篮的云层上,长出强健的翅膀。

梦想是美好的,但它终归是梦想,在现实的土壤里,却很难尝到梦想般甜美的味道。记得在我很小的时候母亲就带我下田了,在绿油油的菜田里,我跟着母亲学着给菜苗浇水、除草,母亲笑眯眯地望着我,黑亮的双眼闪着温和的光芒。母亲时而会蹲下来,捧着我的小脸蛋亲上一口,然后说:"好乖。"还记得,那个年代,过着大公社生活,大多的粮食和蔬菜都是生产队的。父亲、母亲辛辛苦苦地劳作,也就是为了那几个工分。儿时的我吃的是野菜,穿的是补丁衣服,但童年的生活却是快乐而有趣的,玉米地里藏不住我戏耍的身影,小乡村关不住我向天外张望的脑门儿。我的童年时光,像田野里疯长的庄稼一样,一寸寸走向成熟。

儿时的我是个无忧无虑、心如清水的孩子,母亲告诉我,我的童年是在树上度过的,我不否认。家乡那棵"年岁已高"的果树,当年小伙伴习惯叫它"大苹果树"。春天,树上的叶子绿得很浓很深。在我的策划下,伙伴们光着屁股像猴子一样,一溜烟地全部蹿到树顶上,看看树上有没有麻雀窝,如果有,我立马上去抓麻雀玩。有时我还扶住枝头,让伙伴摇动树枝,我坐在上面荡秋千,乐得伙伴们嘻嘻哈哈大笑不止。最诱人最快乐的,还是树上结果子的时候。有的枝上开满白色黄色的小花,有的已经结了绿色的小果子,我不管三七二十一,摘下一个便塞到嘴里大嚼,结果又涩又苦,弄得我像孙悟空一般,又是抓耳挠腮又是咧嘴。接下来,便在伙伴们一阵阵的哄笑声中跑掉了。金秋,树上的绿果子不见了,取而代之的是一个个带着绿缨的红灯笼,我和伙伴们便天天泡在苹果树上,吃着这些吃不完的苹果。得到苹果树的恩赐,吃着香甜的苹果,得意地坐在一株小枝上摇晃的时候,那稚嫩的小枝愤然离去,结果让我的屁股也受了大地的一个"恩赐"。于是伙伴们又哄笑着帮我揉着火辣辣的屁股,找父亲挨"训"去了……

年轮碾磨,春去秋来,大苹果树经过三四十年的风雨,它确实老了。我已从一个"孩子王",成长为一名中国人民解放军团职军官。现在,我很少回乡看望那棵童年树。是的,童年树,我习惯叫这棵苹果树为"童年树",因为那棵绿冠摇曳的老果树,沉淀了我太多童年的记忆。

在童年记忆的风铃里,摇响的大多是甜美的笑声。小时候我是出了名的电影迷。那时在农村看的都是露天电影,只要一听说有电影,我和小伙伴们便一起搬着小板凳,跑去晒谷场占地,帮放映员刨坑,竖杆子,抬桌子,拉银幕,忙得连饭都顾不上吃。天一擦黑,四村八邻的人们纷纷赶来看电影,晒谷场上顿时热闹非凡。

那时农村要看一场电影也不容易,全乡只有一个放映队,上千号人靠他们长年累月在乡下转。因此,一个村一年只能看上有数的几场电影。然而,那时我看的电影却不少,没事我就跑到外村去看电影,有时一部片子看好多遍,《地道战》《铁道游击队》《红灯记》《沙家浜》《红色娘子军》等连看了八遍还觉得不过瘾。只要听说哪里有电影,我就拿着块干粮,邀上几个伙伴拔腿就跑,村周围几十里的地方,我都去看过。有一次,往返50里,跑得掉进水田里,弄了一身泥水也顾不上,等看完电影回家,感冒发烧,打了好几针才好。那时我个子小,常常看着看着就被人挡住了,所以看一晚上电影,往往要换好几个地方,有时正面看不到,干脆跑到反面去看。

那时我觉得真是奇妙,晒谷场一头扯起一块大白布当银幕,场子中间安一个匣子,接通电源,机器一转,一束光投在银幕上,就出人影了。因为太爱看电影,有一次,很长时间放映队没来,我就想自己放电影。我带着伙伴们也拉一块白布当银幕,找一个木匣子在玻璃片上描上画，拿一支手电筒照过玻璃片，那些画就映在银幕上了，虽然很简单，没什么情节，却也乐此不疲。

每个人的童年，都会经历许许多多的事，有的像烟尘，若梦幻，似浮云，随着岁月的流逝过去就过去了，仿佛舒缓的小河，注入宁静的湖泊，既展不开秀美的涟漪，又扬不起腾跃的水波，变得无影无踪，难于追寻，渐渐地被淡漠、遗忘……然而也有一些往事，像明月，若彩霞，似晨光，令人永生难忘。记得我七岁那年，就主动承担起一个"放羊娃"的职责，为的是帮父母挣点工分。

放羊娃的生活锻炼了我的意志。一次，我得了麻疹，父母每天忙于农活，无暇照顾我。我没事就帮父母干农活，那时正逢收玉米，我看着父母实在忙不过来，就背起一个小背篓，来回几十趟把玉米背回家。直到现在我还依然认这个死理：蚂蚁可以搬家，人只要下定了决心，做啥事准成。我全然忘记患麻疹最怕的是太阳的"毒气"，全身实在疼痒得忍不住的时候，我就戴上父亲的草帽上工，低着头弓着腰，手臂和肩背都被似火的骄阳晒得起了泡、脱了皮。一天下来，我竟为父母挣得了不少工分，外人看我怎么也不像有病的孩子，晚上躺在床上腰酸背痛得厉害，一躺下就很难爬起来，但想到父母更辛苦，我每次又顽强地爬起来。

艰苦的生活炼就了我独立的性格，艰辛的劳作并没压垮我稚嫩的肩膀，反而使它更结实了，而且麻疹病也不治而愈了。七岁那年，我已开始上小学。从小我就热爱读书学习，村里的黑板上，留下了一行行验算数学题的笔迹，家门前的泥地上，我用小木棒留下了一排排娟秀的字迹……虽然家里的生活全在父母的一双手上，可是父亲说，宁愿自己饿肚子也要供我上学。童年，乃至少年，给我留下最深的记忆是吃不饱、穿不暖、没钱用。但只要有书读，我就感到特别知足，乡村的粗茶淡饭，没有使我长成健壮的体魄，却赋予了我勤奋、刚毅、朴实和不屈不挠的性格。勤劳、质朴的父母，经常用"人恶人怕天不怕，人善人欺天不欺"教导我，希望我长大做一个对社会有用的人。

也许，正是那顶茅草屋，锻炼了我的忍耐和坚实，正是那些岁月的苦难，磨去了我的懵懂和莽撞，正是这片贫瘠的土地，让我拥有了吃苦耐劳的品格。在这些岁月里，土是我的生活伴侣，也是灼烫青春的有力佐证。

我的童年生活是充满乐趣的。

光着屁股蛋子下河摸鱼虾，穿着开裆裤上树下井，赤着脚到玻璃堆上捡瓶子，穿着露出半截脚指头的鞋在冰面上滑冰、打陀螺，穿着破成半截的衣服打弹弓、掏鸟窝、玩泥巴……这些都是当时的乐事缩影。

有一年，我家菜地的白菜收成很好，棵棵长得像个大篮球，很是喜人。可惜，那时集市白菜价钱太低，父母舍不得卖，便把它们洗净晾晒干，然后用盐腌起来，等来年给我们姊妹上学时吃。

有一次，语文老师提问学生："谁能用'稀罕'这个词语造一个句子？"

我在班里一向发言积极大胆，第一个举起小手说：

"我们都不稀罕吃咸白菜。"

同学当中迸发出一阵笑声，老师也忍不住笑了出来。这件事是真实的，后来我还绘声绘色地讲给女儿听过，女儿听了觉得索然无味，我却始终觉得，生活在那个年代的知情人，听了一定会品出其中的滋味。

经历是人生的重要体悟，简单和复杂对于不同的人而言，其实是对头脑、心灵和行动结合起来的抽象概念，如果我一心追求简单、平淡，那么，复杂的经过带来的喜悦将永远与之无缘。

也许因家乡平度自古就有书香氛围，受其影响我自小就爱读书。记得刚上小学的时候，我疑惑地看着学校里满墙贴的大字报，问父亲"臭老九"是什么意思。父亲拍着我的头，面色凝重地叹了口气说："孩子，什么都不要想，好好读书就是了……"那时家乡经常遭旱灾，像样的家庭一天顶多能吃上玉米粥，可我连这个也吃不上。肚子经常填不饱，怎么继续上学呢？十岁那年，我已经懵懵懂懂地感到，肚子再饿也没有像缺失精神食粮那样，让人感到空虚。那时我想的不是如何填饱肚子，而是如何多看两行字，就能忘掉正在叽里咕噜不停喊叫的胃。

苦难的生活伴随我念到初中。记得上初中时，由于家里烧的是柴火，只有过年时才能买一车煤回来烧。春节将至，父亲推着独轮车，去离村一百多千米的莱阳拉煤，一车煤推到家，来回要走上四天四夜。当父亲喘着粗气回到家时，母亲已做好了饭等着父亲回来，父亲大口地吃了一碗面，又开始了一天的艰辛劳作，这时父亲微微背驼的身影，永远定格在我的心里，自此难以忘怀。

清甜的空气，十分偏爱土地上的人们，远处的麦田一望无际，苗壮而丰满的长势，是对土地最好的回报。父亲拿起农具去田里给小麦施肥。我最喜欢在早上温习功课，喜欢这样在背后看父亲下田劳作的身影。父亲把希望犁进地里，把身子弯成弓，期待着把我这支箭射得更远，而年少轻狂的我，总想把心弯成钓钩，盼望着去钓整个世界。

我是家中老大，父亲对我寄予很大的希望。父亲常说："在未来的日子里，就是当农民，都要有文化有知识。"那时科技不是很发达，农村家里没有电，更谈不上现在的电视，一个农村的孩子知道的新鲜事更少。在我的心中，父亲是一切正确的代表，我很在乎父亲，也很崇拜父亲，一直以来，我都希望成为父亲的骄傲，为了那分信念，为了那分爱，我一直都在努力学习。

学习之余，我常跟着父亲浇麦地。我感到刚刚抽穗的麦苗，像是约好的一样，在微风的吹拂下摆动着脑袋，样子十分活泼。我太熟悉它们了，这里有我童年无尽的欢乐，但干起活来可不像微风拂面那样轻松，我的小手经常被磨出茧子，磨出血泡，可我从来不吭声。我想，父亲一辈子守着庄稼地也无怨言，何况自己才帮父亲干了这一丁点活呢？

现在回想起来，我反倒觉得，现在的孩子没有这么多的机会锻炼自己。我想，如果有可能的话，我会让自己的孩子适当地受点挫折，因为吃苦是一种资本，而经历更是一笔财富。

环境造就人，同时，亲人的引导和理解，也是孩子成长不可缺少的因素。我读初中时，父母都很支持，父亲是村里的文化人，能写一手好字，能讲出一口顺溜的话来。父亲对我更是管教甚严，出门找人办事都让我去做，亲戚之间走动，也让我一个人前往，这些都锻炼了我独立办事的能力，而农村生活则培养了我吃苦耐劳、乐观向上的品行。母亲也很疼爱我，对我的管教没有那么多的条条框框，她给我讲了很多道理，那时我听进去的也不太多。

我和别的男孩子一样，好胜好战，经常玩打仗。那时，我们南街的小伙伴与北街的小伙伴玩起打仗来，真像电影放映的那样热火朝天的，头上用柳条伪装起来，光着屁股蛋子，赤着脚丫子，抓起泥巴当手雷，噼里啪啦地向对方掷去。记得我那时还有个职务叫"队长"，我这个"队长"是有组织指挥能力的"将帅"，我经常把对方打得"屁滚尿流"，慌忙逃窜，直到投降。每每想起来，还真有一番实战景象，这对我后来的军事演习有很大的影响。

童年的记忆中，自始至终装着那美丽的村庄。乡间小路边，开满野花；清新的空气里，弥漫着浓浓的野花的芬芳；蔚蓝的天空下，有各种小鸟悠闲漫步；所有能结果的树上挂满了香甜的果子；河边有柳树，有草地，还有生产队的场屋，牲口就养在这里。村民们都在场上晒被子，聊天。特别是到了夏天，那种马厩的味道，悠然而喧闹的场景，令我怀念不已。我常常到场里玩，衣服脱得光光的，到小河里游泳、捞鱼。村外还有一条河，杂草多，一般不让游泳，但因为水质好，我经常和伙伴们偷偷地下水。哦，从小我就这样淘气，爱冒险。那时不知咋的，人就是皮实，光着脚走路习惯了，就算踩在零碎的石块上，脚也不会被划破。如果那时要评选好孩子，我肯定是争不到小红旗的。

关于童年，我希望哪一天能静下心来，写一篇回忆文章，借以宣泄心中对犹如梦幻般村庄的留恋。因为每一幕温馨的场景，每一根垂柳的曲线，每一方板桥的划痕都清晰如昨，我在这里，无拘无束地度过了艰苦而快乐的日子。我是一个恋旧的男人。为什么这么说？这里我想说说远去的那段岁月，说说我童年的那段时光。我是一个土生土长的农村孩子，饱尝过农村生活的酸甜苦辣。前面我已经说过，我共有姊妹五人，我排行老大，下面有两个弟弟两个妹妹，由于我是家中长子，于是砍柴、烧火、做饭、洗衣服、种地之类的体力活，我从六七岁的时候便开始做了。上初中时，为了减轻父母的经济负担，我经常利用假期到乡水泥厂和小油坊打零工，那时我主要的工作是搬抬水泥板和炼花生油，这是重体力活。由于我身单力薄，常常累得腰酸背痛，但我并未因此而打退堂鼓，只要一想起打工能换来学费，心中就会充满无尽的力量。每天我打工回到家里，第一件事就是帮助父母烧火、做饭，等吃完饭夜已很深了，村里人都已经进入了甜美的梦乡，而我则借着微弱的煤油灯光开始了一天最快乐、最幸福的事，那便是读书、学习，尽情畅游知识的海洋。

读书是幸福的，哪怕生活清苦。在我的记忆里，始终忘不了这样一件事——上初中的一天，我突然牙疼得厉害，因为无钱上县城医治，只有硬着头皮死撑着，实在疼痛难耐就狠狠地掐自己的脸颊，直到变得麻木为止。因为家庭生活困难，使我在校期间比别的同学多了精神上、物质上的烦恼。我们姊妹五人生活和读书的全部费用，全靠父母下田耕作来维持。那苦熬日子的境况可想而知。因此，我常利用课余和假期去干小工杂活，赚一点钱来缴纳学费。十四岁那年，为交下学期二十元的学费，我顶着火日酷暑去当建筑小工。那时工钱是一天一块五毛钱，午饭扣五毛，净挣一块钱，在工地上拉了二十多天沙才勉强筹足学费数额。一个小工程告成，我总是腿疼得要命,直挺挺躺下简直不想爬起来。其实集体拉沙子,偷点懒是有"窍门"的,因为在民工中我是年龄最小的一个,大人们也想照顾我一点,但我觉得做人一定要诚实,投机取巧不是男儿品行,干多少活拿多少钱,在这一点上我从不含糊。

转眼,我迎来了人生最美的年华,十六岁的花季是那样的纯情可爱,就像一朵盛开的花朵,在我的脸上荡漾着青春的活力和气息。

十六岁的人生是那样的绚丽多彩,就像即将成熟的苹果,红彤彤,亮晶晶,给人美的享受。

花季是一个人成熟的标志,花季是永远赞美不完的诗篇,它就像草原上盛开的野花,你怎么采也采不完,不管在它的脸上怎样涂抹,它永远是那样的好看,楚楚动人。

十五六岁的我和所有的少男少女一样,浪漫的青春使我感到了无穷的快乐。在家乡贫瘠的土地与上学的路上,我已走过了整整十六个春秋,冬去春来十六年,风雨兼程十六载,曾经撒下一路希冀,一路的艰辛,翘首期待着辉煌。然而,苦难的生活,绝不像曼妙的轻音乐那样潇洒,我无法从平淡的生活中咀嚼出一片新鲜来。那时我认为生命原来就是这样,人总要去经历,受磨炼,慢慢成熟,无论是苦难还是挫折,都必须迎着风头赶上。

十六岁的年龄,我感到自身稚气好像早已脱掉,但时常脸上会写着惆怅。我喜欢站在村口向外张望,也习惯揣摩村子外的人们是怎样生活的,是不是和自己一个样。乡村的风似乎总要找冬天做伴,这是普通的一天,风,来自北方的风,毫不留情地从我的面颊掠过,只留下冰冷的温度。风怒吼着,扬起我蓬松的黑发,只留一身凌乱,心中泛起一丝惆怅和惶恐。

在案头一张张空白的纸上,写满了无数个对梦想的憧憬,幻想着用来自底层的那股萌动和激情,顶开压在头顶的不知厚薄的土层,探出嫩芽,寻到向上的路径,长出自己参天的雄姿。可现实的路究竟在哪里？那时候，作为一个农民子弟要跳出龙门，读书考大学是唯一希望。这也成了我的压力和激情。记得每次上学时，要经过一片小麦地。看到小麦一天天长高时，我的心就一天天紧张，尤其是小麦快要掉头的时候，我的心就愈发恐慌：考试临近，我能否考上？考不上怎么办？直到现在我还常常做这样的梦：一会儿考上了这所高中，一会儿又考上了那所大学，一晚上都游荡在考学与升学的焦虑的梦境中。我也常常在梦中惆怅，同龄人都结婚生子了，而我还在一个劲儿地考学、上学，至今还没生活着落。这时，我带着疑问、带着心的荒凉，突然从梦中坐起。我这是在哪儿？静了一会儿，才意识到：啊，我是在火热的军营！我已是一个团职军官了，我已经有老婆孩子了呀！这个心境可能是由于当年的压力造成的吧，也正是因这个压力和阴影，迫使我不敢懈怠、虚度时光，每天都在奋斗的路上。

　　站在现实的渡口，我不停地张望，关于那些浮世的梦幻，不是我昨夜才深情地唱起的歌吗？

　　其实，我是爱这个世界的，尽管生活中有太多的无奈和困惑，或许生活就是如此真实，成长总会与惆怅为伴。

　　岁月的沧桑与沉重，给每个人带来的是造就灵魂的力量，它是升华品格的烈酒，痛饮一杯后才知味香浓。

　　不是吗？我在心里暗想。

　　乱想。

　　曾经祈祷过那美好的梦幻，对塞北的向往，塞外秋天的悲壮，江南水乡的浪漫……，常常如潮水般涌过我的心坎，但梦醒时分的我，追逐着的唯有无言的空白。夜深人静时，捡起风中残破的旧梦，泪眼婆娑的我，无法用一种跪的姿势使自己心安。一颗羸弱孤寂的心，只感觉自己是前世的幽灵，错生今世。

　　彻夜难眠，我独对孤灯，拿出厚厚的日记翻阅着。末了，那种既惊且愧、若即若离的心绪持续了很久，很久。渴望有所创造，却是在叹息边缘踌躇，一再重复着前一个遗憾、前一个悲哀，过着平淡如水的生活，甚至连最后的悲哀也失去了新鲜感。

生活原来是这样的，等过了花季雨季，我才恍然大悟，原来青春的征程如爬山，跌倒了再爬起来，只要山还在，我的激情与青春还在，那登上山顶挥手引吭高歌的风景，永远是我生命中的主题！

我应该感谢生活，更应该感谢父母，因为父母的支持让我有幸读高中，在农村这种环境下成长起来，我深知求学机会的不易，所以对来之不易的学习机会格外珍惜。怀着对父母的感激，我努力学习，年年以优异的成绩向整日面朝黄土背朝天的父母汇报。

高中时的生活对我来说，也是十分艰苦的。仅衣食来说，我们家一年到头吃不上猪肉，就连白面馒头也只有过年的时候才能吃到。可怜我细心的奶奶，秋收后留一点麦子磨成面粉，做上几锅馒头，然后放在装粮食的缸里保存，等过年时再拿出来吃，馒头早就长出了"绿毛"。怎么办？照现在早就扔进垃圾堆里去了，可就这样的馒头，却是我们家过年的"硬菜"。当时，我们家喂了一头猪和几只兔，每天放学，放下书包我就背起筐子去割草。经验告诉我，夏、秋季是储备草的季节，这个季节，我拼命地割草，可村子里也没那么多草，当时家家户户都养猪养兔补贴家用，所以草源甚少。没办法，我就晚上借着月光到邻村或者更远的地方去割草，有时一割就是一个通宵，直到露水和汗水湿透了衣衫，等我抬起头一看，原来天已亮了。盼星星盼月亮，小猪和小兔渐渐长大了，但辛辛苦苦喂养大的兔和猪是不能随便吃掉的。到了年关，我和父母把喂养大的兔和猪拉到集市上去卖掉，换点钱给自己和弟弟妹妹买一身棉布衣服，剩余的钱则留着交下学期学费。在学校里我更是舍不得吃，上高中时我是寄宿生，那时我一个月的伙食，就是从家里带来的一百斤玉米棒、三十斤白面和几斤米。由于当时大米没有地方煮，我就把大米洗净，装进开水瓶里，焐烂后食用。长此以往，吃得我脸肿得像小皮球，同学半开玩笑地说我最近长"胖"了，我总是以笑回应同学。

　　至于穿着，就更没有什么讲究了，只要不挨冻就很满足。那时候，一件衣服姊妹几个还得轮流穿，至于当时流行的休闲西装、牛仔裤、亚细亚之类的名牌服饰，我只是在收音机、广播里听到过。山东的冬天非常寒冷，由于姊妹多，没有棉袄穿，我常常穿着母亲的花棉袄去上学，当时引来不少同学异样的目光。有一次，天上飘起了雪花，我身上只穿着薄薄的秋衣，老师感到惊讶，俯下身子关切地问道："你冷不冷呀？"尽管当时生活很清苦，但是能够读书，我心里像喝了羊肉汤一样热乎乎的。我想，读书是我唯一的出路，勤奋是唯一的通行证。我觉得读书是长途旅行，是开拓心灵漫长的陶冶过程；读书需要跋涉，讲究兴趣与耐力，缺一不可；读书是春风化雨，修得一身气质，终生受用；读书从兴趣出发，以诚意相许，如同种庄稼，是一分分耕耘起来的，谁作了假，谁就没有好收成。读书只有歇脚小站，没有终点。

　　我很相信耕耘的力量，就像农民耕耘能收获粮食，工人耕耘能获得产品，医生耕耘能救治伤痛……我深知自己现在是读书学习阶段，所要耕耘的就是"书山"。

没当兵时的稚嫩年龄
从当兵的第一天开始
变得成熟

绿色情缘

　　绿色,象征着盎然生机、无限活力,或有鲜花相伴,或有泉水相依。诚然,绿色生命的来到也不乏夏的热土,冬的雪地。我做梦都没想过会与国防绿结缘。

　　说实话,我曾有过当作家的迷梦,有过当科学家的遐思,有过当艺术家的向往,有过当企业家的追求,但最后却选择了穿国防绿为共和国站岗放哨的道路。

　　这是怎么回事呢?

　　话题还得从"高考"说起。高考的那段日子,是我一生都不能忘记的,我总是不经意地想起这段经历,以及与之相关的日子。当时考大学是一个农村孩子"跳出龙门"的最好途径,为了备战高考,老屋的那盏煤油灯虽然并不明亮,但在越来越暗的夜色中,却显得那么清晰。

　　不知从什么时候起,在那盏灯下晃动着两个身影:一个伏案疾笔,一个则静静地坐在一旁,偶尔手里在摆弄着什么,天天如此,月月如此。每当黄昏,在那座遥远的小村子,在那间简陋的小屋里,在那盏油灯下,都毫无声息地重演着这样的场景,很久,很久……我还记得第一次坐在这盏灯下时,母亲就给我讲了古时"悬梁刺股"的故事。之后,母亲没有过多地告诉我什么,只是淡淡地对我说了一句:"孩子,好好学习,将来考大学。"那时,我无法理解母亲的话,更猜不透母亲眼中的神色,只是单纯地知道认真学习。上学以后,母亲从来没有因我考好而称赞我,也未曾因考差而骂过我,这让我一直都纳闷,但唯一让我记得的是每天夜里,母亲伴我读书的情形。

　　小时候,无知而幼稚的我,并不知道母亲为什么这样做,为此还曾暗暗埋怨过她。慢慢地,我长大了,才体会到了什么是人类最伟大的爱——母爱。那是小学毕业前的一个晚上,当夜幕降临时,母亲又坐到了灯下。破例一次,母亲那晚和我谈了很多很多,每一句话都是那么深沉而饱含感情。她说:"我知道前段时间你生病了,有很多课程没有跟上,但这一次考试是你学习上的第一次大的挑战,一定要考好。过了这一战,你将面临更多的挑战,要全力以赴,争取每一次机会。"一句"好好考",凝聚了母亲五年的灯下情,隐藏着母亲对儿子的希望和期待。我暗暗对自己说一定会好好考的。

　　我是在母亲无言的关爱中闯过一道道"险关"的。从小学到高中,我学习成绩一直很好,正因如此,我向来自信满满。我本以为考上大学是没问题的,哪知就那么重要的一次考试没能考好,将我拒之于大学校门之外。分数线公布下来的那一天,我一个人待在房里从早晨坐到晚上。母亲本想让我静一静,但看到我整天就这样消沉,也就再也忍不住了。"孩子,你吃点饭吧。"我用呆滞的眼光望了母亲一眼,什么话也没有说。"我知道你心里不好受",母亲坐到我的床边来,"可你知道吗,我和你爹也都挺为你难过的,你再这样,我们就更着急了。人跌倒了,还可以再爬起来,难道你跌倒了就不想爬起来了吗?你的自尊心也许受到了伤害,难道你不能拿出你的自信去战胜它吗?"说到这儿,母亲停了停,眼睛不像在看我,却像在扫视我身旁的书。

　　父亲是乡里出名的文化人,不像母亲说话那么直来直去,他抿了抿嘴,接过母亲的话道:"你不是背过一首什么什么金(普希金)

的诗吗？好像有这么几句吧：假如生活欺骗了你/不要悲伤，不要哭泣/阴暗的日子里要充满信心/相信吧，……后面是……唉，反正就是这个样的。"

"相信吧，那快乐的日子就会来临！"我开口道。父亲、母亲会心地朝我一笑。

从此，只要我遇到困难，就会想到父亲母亲对我说的"跌倒了，再来，努力去战胜它"，是他们给了我战胜困难的勇气。

在我成长的记忆里，父亲就像天空中的太阳，让我不断争取阳光的沐浴。

父亲，是一条永不停息的河流，不断鞭策我、鼓励我前进，使我成为勇士。

父亲，是一盏灯，当我迷茫徘徊时，是父亲给了我方向，使我做出了一次又一次的选择。说实话，没有考上大学是我人生中的一大遗憾，父母、老师曾多次劝我再念一年，我又何尝不想呢？我是多么羡慕那些学业有成的有识之士呀！但考虑到家中窘境，父母面朝黄土背朝天才挣得那些血汗钱，我在复读和退学的艰难选择中毅然选择了后者。

那时国家就业压力大，再加上文化水平受局限，找一份理想工作可想而知难度有多大。可俗话说得好，"人活一口气，佛争一炷香！"为了这口气，我踏上了谋生求学之路。

高中毕业后，我开始骑着自行车到县城蔬菜批发市场贩菜，这一来回就是百来公里。我一边贩菜，一边联系民办教师工作。后来因为种种原因，教书工作暂且放下，接下来又干起了建筑工、油匠等。因为贫穷，又身为老大，生活的担子自然压在自己的肩上。在外务工，在县城浪迹，我感到城市并没有想象中的那么美好，有时下雨在外不能骑自行车回家，我也只能露宿街头。夜晚，我漫无目的地走在街上，望着茫茫人海，各种人流匆匆来往，颜色各异的雨伞把这城市装扮成另一种美好的风景。此时我想起了家中的弟弟妹妹,泪水无任何理由地混着雨水流下。

在这座城市里,我在想,不知别人把我看成什么风景,也许根本就没有人会在意我,可我却从这城市呼吸和人海中感受到现代的意识。我原以为,凭借自己高中文化水平,在那精彩的世界里会随便找到一份职业,一块立足之地。殊不知,在那繁华的世界里,根本没人把我这个穷村子来的小伙子当一回事,将近半年漂泊奔波,四处求职,四处碰壁,我摸摸兜里的钱也所剩无几。在求职没有着落时,一场重感冒让我不得不再次回到家乡的农田。

唉,还是乡村的水好能治病,也养人。那时农田已承包到户,我想只要自己勤劳能干,在庄稼地里也照样能刨出"黄金"来。于是,我把全部心思放在"修理"地球上。就这样,家乡的土地上又留下我的脚印。

在县城找工作,面对人才市场,面对高速的现代化生活和自身知识的浅薄,我深深地感到知识的重要性:只有具备过硬的本领才能融入现实的潮流中。于是我一边耕耘农田,一边捧起大本大本的书,一字一句地背,一字一字地咽。我发现自己从来没有像今天这样把书看作尊师,尽管以前书本也教给我很多知识,但我从未把书看作可以对之恣意妄为的奴隶。我常把自己想象成一只书虫子,在大口大口地嚼着知识的同时,也免不了恶狠狠地"咬"几口书页。书给我的生活增添了无穷的乐趣,也教给了我不少科学种田的知识,我的生活由此变得充实。虽然每天我手头都有干不完的农活,生活过得很苦、很累,但心里却十分坦然,因为我终于可以凭借自己的劳动挣钱养家了。

一直以来,我是一个对生活充满自信的人,我相信总有一天会得到命运之神的垂青。记得那是一个秋天,村子里天空高远而纯净,秋风清新而又凉爽,秋雨细密而灵逸。秋天的色彩缤纷而绚丽,在我的记忆中仿佛最美的就是秋天,仿佛最难忘的事都发生在秋天里,就在这个秋天,我把沉甸甸的庄稼装进粮仓。这时,弟弟像秋天的信使一般,捎来一片金黄的消息。消息像金子一样在我心中发光。事情是这样的:当弟弟得知乡里正在征兵的消息后,没加思索就帮我报了名,他认为这对我是个机会。没想到当兵的这个过程,就像我从小学升到高中一样,没有一点坎坷阻碍。我顺利地通过了体检、政审,参军来到老山前线砚山某空军部队。

临走那天,我一分钱都没有带,而是背了厚厚一摞书,我想唯有知识才能改变自己的命运。我一直牢记作家柳青讲过的一句话:"人生的道路虽然漫长,但紧要处常常只有几步,特别是当人年轻的时候。没有一个人的生活道路是笔直的、没有岔道的。有些岔道口,譬如政治上的岔道口,事业上的岔道口,个人生活上的岔道口,你走错一步,可以影响人生的一个时期,也可以影响一生。"是的,我要搏击青春,走出合时合拍的步伐;是的,不搏不青春,又有哪个春天不是竞相播种、萌发、散绿的奋力景象呢?自离开家乡那天起,我就暗下决心,到部队闯一闯,干出一番成绩,让家乡父老看一看,我不是一名弱者,走向成功的道路不只一条,我更要为操劳一生的父母增光添彩,同时也是为自己的将来探索出一条道路……

云南砚山某部是一支有着光荣传统的部队,在这里我找到了全新的生活,找到了翱翔的空间,找到了自己为之奋斗的事业。

踏上军旅路,绿色取代了我心中所有的色彩。我在入伍决心书中写道:"我要把最美好的青春年华,献给我脚下这片绿色的土地。"

参军后,军营的一切都是新奇的——那整洁的营房,威武的队伍,雄壮的军歌,撩拨着我,陶醉着我。然而,生活才是真正的现实,而且幻想与现实的巨大反差还会影响一个人奋进的勇气。

几天几夜的闷罐车,把我拉进云南砚山一个偏僻的小山沟里,映入眼帘的是茅屋小寨,在这里,我开始了涉世的第一步——新兵连生活。每天总是重复地齐步、正步和跑步,既单调无味,又紧张艰苦，特别是南北生活习惯不同，加之水土不服，我吃不好睡不香。云南气候较潮湿，滋生了成千上万的蚊虫，到夜里，这些蚊虫就开始疯狂地"捕食"，我身上因此长了很多小红疙瘩，又痛又痒。面对这一切，不由得使我想起美丽的家乡平度，想起了父母的宠爱，也更思念家庭的温暖。我开始有点后悔了，当时正值流行《悔恨的泪》这首歌，我天天哼唱，思想越来越消沉。

后来，班长似乎看出了我的心思，主动与我谈心、交心。班长说的话很朴实，"既来之则安之，好男儿志在四方"。我是在细听了指导员的几次授课后，才彻底明白当兵的意义，懂得了更深层的人生哲理。我在日记中写道："小草愿长在大地任何一个需要绿色的地方，军人，愿扎根于祖国任何一个需要保卫的角落。"

是的，小草永不抱怨土地的贫瘠，哪里能安身，就在哪里生长；军人永不抱怨环境的艰苦，哪里需要，就在哪里扎根。

三个月的新训生活，不仅让我在军营扎下了根，还丰富了我的思想，强健了我的体魄，开阔了视野。我稚嫩的脸上充满了自信与成熟。责任使命＋军事素质＋传统美德＝军人道德，这是我在新兵连结束时总结的一句话。记得，当时我们除了紧张的训练之外，还要做好战斗准备，因为当时老山前线的硝烟还未散尽，听老班长说，我们有可能还要上战场。当时我别提有多兴奋了，这种兴奋是没有当过兵的人无法理解的。我每天晚上做梦就是打仗和战争场面，我在日记中写道："虽然我现在还没有直接参战，但只要听到一声令下，我要像前线英雄一样冲锋陷阵，英勇杀敌，为维护祖国的安宁和尊严不惜流血牺牲，我时刻准备着……"

新兵连是一座熔炉，新训生活是一笔宝贵的财富。由于在新兵连表现突出，下连时，我如愿地分配到汽车连，到汽车连就能学车，这是我和战友在新兵连朝思暮想、翘首期盼的地方。能学一技之长，将来就不愁找不到一碗饭吃。到汽车连队不久，我的梦想就实现了。当我第一次手握方向盘的时候，我按了一下汽车喇叭，方才确信这不是在做梦。走进驾驶室,我第一次感到云南的阳光全部洒在我一个人身上。

在学车的日子里,我把满腔热情和干劲都拧进车里。由于当时我所在的教导队学车是"以运代训",每次跟随班长行车前,我们都要车上爬,车下滚,一个机件一个机件地检查,一个部位一个部位地修理;出发途中,班长休息了,我们则围着车转,检查、紧定、润滑;回场后,精心擦洗、及时保养,从不打马虎眼。在我的精心养护下,一台老解放牌的旧车竟欢欢快快跑起来了,跟新车一样。

以运代训,运的是什么呢?那时我们主要拉运军用物资,有时还得连夜运送。云南的气候早晚温差大,白天热得像火球,夜晚冷得像冰库。记得有一次,我的爱车在行进途中出现了故障,此时,我又冻又饿,索性到山上顺手摘下几只野果子充饥。驾驶室变成了一个冰窖,空气寒彻肌骨。我活动了一下身子,猛踩一脚油门,加足劲,汽车仍像负重的老牛似的一步三喘地向前蹭着,老牛拉破车似地爬坡,丝毫没有加快的意思,最后干脆放弃努力。此时我心里烦了,乱七八糟的东西都往脑子里涌,该想的不该想的,爱琢磨的不爱琢磨的……

我把头伸出玻璃窗外。看着夜晚的繁星点点,看着露气迎面吹来,变成晶莹水珠。忽然,我想起了家乡,想起了亲人。此时,我又感到自己就像是一个迷路的人,在漆黑的夜里乱闯,唯一能带给我力量的是一封信。这封信是一名供销社的女同志写给我的,我至今还记得信的全部内容。

同志:

你好!我是供销社的一名工作人员,名叫陈丽丽。请原谅我的冒昧,在没有征得你的允许下我拆开了这封信。当看完这封信后,被信中内容所感动,我心久久不能平静,你是祖国人民的优秀儿子,你放弃了家乡的优越生活,来到老山前线当兵,实在令我敬佩,但你说在此当兵太苦,我也十分理解,我愿意加入你亲人的行

列,给你鼓气加油！相信你一定能克服困难,百炼成钢,热血男儿
应该以汗代泪去铸丰碑。相信你的人生一定会在困境中得到锤炼
和升华,也希望你的捷报早日传到故乡。

　　　　此致！

　　　　　　　　　敬礼！

　　　　　　　　　永远支持你的故乡人

　　　　　　　　　一九八六年十二月二十日

　　这是怎么回事呢？信又是怎样落到与父母毫不相干的这个人
手里呢？记得当时由于父亲赶集时太匆忙,疏忽大意间将手中的
三封信弄丢了,父亲和两个弟弟各给我写了一封信(信中所写内容
都是鼓励我不要想家,要好好干,保家卫国之类的话语),全部被这
位女同志拾到了。在这个时候想起了这封充满暖意的信笺,心中
别有一番滋味在心头荡漾。正在这时,我发现前面有几束摇晃的
灯光在向自己靠近,我抬头一看正是班长的车跟过来了。

　　班长处于职业的敏感,预料到我的车子准是出现故障了,班长
忙停下车问道:"出了啥事,咋不走啦？"

　　"车坏了,"我焦急地回答,"我换了几个点火开关都不成,车起
动不了,又要当山大王了。"

　　"扯淡！"班长跳下车,走过来,不由分说地脱下上衣往车下一
铺,钻进车底,拿起扳手利落地干了起来。清脆的金属撞击声,随
着尖啸的风在大山里回荡。任凭寒风吹袭,他都坚持,再坚持。忽
然听见"当"的一声,最后一个螺丝拧上了。只听班长在车下喊:
"好了,上去试试！"

　　听到班长的喊声,我立马跳进驾驶室,一踩油门,汽车马达又
在寂静的旷野喧腾起来。

　　车在发响的那一刻,我在心里暗想:其实这次出现故障,都是
一些很小的毛病,就怪自己不懂技术。我感到又可笑又难过。

　　"连这一丁点毛病都判断不出来,还当什么驾驶员呀？"我深刻

体会到,当一名驾驶员不能光会打方向盘,还应该像医生那样,能"诊病""治病"。如果光会开车不会修,车子抛了锚,摆在荒无人烟的公路上等修理工来修,自己忍饥挨饿、吃苦受累不说,在平时会影响完成任务,到战时就会贻误战机,更谈不上延长车辆使用寿命。

从此,我横下一条心,坚决做一名一专多能的驾驶员。

我首先抽空啃《汽车构造与保养》这本书。尔后,又相继研读了《汽车驾驶与修理教材》《汽车故障的诊断与检修》等与汽车相关的书籍。

为了把学到的理论运用于实践,我经常向班长请教。班长说,排除故障也像尝苹果的滋味一样,得亲口尝尝,吃"现成饭"学到的东西印象不深,经过自己动手得到的答案,才掌握得最牢靠。直到现在想来,我觉得班长的话都是有道理的。功夫不负有心人,知识是经验的产儿,知识是穿不破的衣裳,知识是取之不尽的宝藏。如今,我不仅凭发动机的声音就能判断出汽车故障,还掌握了汽车全部部件的用途和性能,遇到故障再也不会像前次那样犯急了。

学车经历告诉我,知识的根是苦的,但它结出的果实却是甜的。我在日记中写道:"军营,年轻人磨炼意志的最佳阵地。学车的这段日子让我明白了,军营是一座熔炉,它给予我的,不仅是一身强健的体魄和宽厚的肩膀,更是一个坚定的信念和坚实的脊梁。人生既然邂逅了绿色,就应该用青春来承诺;承诺了绿色,就应该让理想为她讴歌。"

我爱老山兰

老山兰，是开在老山阵地上的一种兰花，它本无名，是对越自卫反击战验证了老山兰不是一株平常的花，它具有顽强的生命力，它经历无数次炮火硝烟的洗礼，经历了无数枪林弹雨的熏陶，抗住了风暴，顶住了严寒，不仅没有被恶劣的环境吞噬，而且开得更加艳丽，更加绚丽多彩，战友们亲切地称呼它为"老山兰"。从此，赋予了老山兰特殊的意义，老山兰象征着战士的生命，并有了自己的歌——《我爱老山兰》，它是这样唱的：

我爱你呀老山兰，
顽强的生命倍受了摧残。
墨绿的叶片熏满了硝烟，
芬芳的花朵开得更鲜艳。
我爱你呀老山兰，我爱你呀老山兰，
你顶住了风暴，
抗住了干旱，
阵阵的清香沁入我心田。
没有奢求生机盎然，
只爱自己亲爱的故土，
无私无畏装点着边关。
……

与它相伴的还有《血染的风采》，我就是在这歌声中度过在云南的时光的。

我所在的部队，是老山前线所属的一支空军部队，主要担负空中侦察和保障等任务，也是常年驻守部队。虽说不是最前沿部队，没有与敌人面对面的拼杀，但也时常感受到战争环境的渲染，也时常能感受到战争的肃杀气氛。我们除完成保障任务外，时刻做着战备工作。

当时，我们收到了来自全国四面八方大学生们的来信，信中那些赞颂的、激励的、豪情满怀的言语，时时焕发着战友们的青春热情——去奋斗，去战斗！

一封封的信件，飞到了各个作战部队，飞进了每个将士心坎，飞到老山之巅，与老山兰融为一体，化作了力量源泉，激发了战斗热情。

距离我们部队不远处，还有一支作战部队，是炮兵部队。这支部队是从内地调来，在这里整训了一个月，马上就要开赴战场的部队。在训练之余，我和该部的几名战友在大门前相遇了。当时，不同部队之间的战友自来熟，见了面总是打个招呼，既客气又热情，这也许是因处于同一环境的熏陶吧。

对面的战友手一挥，热情地向我打招呼："战友，你好！"我也顺势回应。没等我把话说完，战友急切地问："听口音你是山东人吧？"我点了点头。这时，战友亲热地涌上来，双手紧紧地握住我的手说："我也是山东的，咱们是老乡呀！"是呀，多么亲切的称呼！在当时那个年代，部队称地方上的老百姓为老乡，从一个地域来的、同一个省份的也称老乡，俗话说"老乡见老乡，两眼泪汪汪"，这也是因当时交通、信息不发达，使出门在外的游子对故乡的眷恋吧。记得在一次执行任务中，恰巧遇到文山州政府的一位领导，他很激动很热情地拉着我的手说："我是天津的，你是山东的，咱们是老乡呀！我在这儿工作二十多年了，很少见到北方老乡！"

一声老乡，拉近了认识的、不认识的人之间的关系，也拉近了我与这个不认识的战友之间的关系。

老乡是典型的山东大汉，个子高高的，脸色黑黑的，身材浑实，全身充满力量与帅气。我问道："你们是参战部队的吧？"正说着，一阵急促的哨音把我们拉开了，战友一边跑一边回头吼道："我叫陈小兵，我们明天就要开拔了，如果你有空的话，就在这里给我送行吧，到时我有话跟你说！"没等我回答，战友已跑得没了踪影。

第二天，我怀着崇敬的心情来到炮兵部队门前。我每次都是这样，一有战友开赴战场，我总是站在远处目送，以便把我的激情与豪迈一同带向战场……

只看到，外大门的两边用松枝装饰得那么肃穆，其上面军旗高悬空中，真有战场上指挥所的味道。我马上意识到，部队就要出发了。

他们正在召开誓师大会，只听团长吼着嗓门，既激情而又严肃地说道："同志们，祖国检验我们的时候到了！接到上级命令，要求我们今天上午十时正式开拔，希望同志们永远发扬不怕流血牺牲的革命精神，誓死完成作战任务，经受住祖国和人民对我们的考验！"团长话音刚落，只见全体官兵唰地举起右手，握成拳头，齐声吼道："甘愿牺牲，勇敢战斗，保家卫国，请首长放心！请祖国和人民检阅！"

满载将士的车辆，在欢送的锣鼓声中庄严地徐徐开来，我一一地目送着他们，挥手致意着。这时，陈小兵从解放牌的汽车车厢里探出头，大声地吼道："老乡——再见了！如果我能回来的话，我们定在这里相见……"

这声"再见"，不是平时的客套，在这时是一种沉重，我曾多少次地欢送，那一张张熟悉的脸庞变成了遥遥无期……

对越自卫反击战，牵动了全国人民的心。一个个、一批批年轻的将士们，放弃和平舒适的生活环境，奔赴丛林密布的山地、阴暗潮湿的战场，住猫耳洞、卧地坑，风餐露宿，攻克了一个个的堡垒，迎击了一场场惨烈的战斗，赴汤蹈火、浴血奋战，终年长眠在了那方用鲜血染红了的高山之上。他们谱写了一曲曲可歌可泣的宏伟篇章,奏响了一代军人青春的壮歌。我不可忘记他们,忘则不安!

一年过去了,今天是老乡的部队换防的日子。

我跑到当时送行的地方,静静地期盼着。

只见,一队队、一列列的队伍踏着整齐的步伐,高唱着"我爱你老山兰",雄赳赳气昂昂地从远处走来,我的双眼在极力地追寻着陈小兵。等部队全部走进了大院里,仍不见老乡的踪影。于是,我跑到他的营区问了一名连长。连长脸色有些凝重,说:"我正是他的连长,陈小兵他——牺牲了……"他端起一盆花,握住我的手,用低沉的声音道:"他是山东沂蒙山人,你把这盆老山兰带回去,这是从前方哨所带回来的,也是陈小兵精心养植并钟爱的花,你收下做个纪念吧……"

我心在激荡!啊,战友已化作了老山兰,这花开在了千千万万将士的心中,这花也成了英灵们的符号!我愿老山兰永远开放在老山之上,陪伴在英灵的身旁。

今天,我接到了军校的录取通知书,我要向老山前线告别,向战友告别。我跑到当时为陈小兵送行的地方,撕破了嗓子似的吼道:"老乡——你还——好——吗? 你是否——还矗立在——老山之巅?!"

再见了,老山兰! 但,我永远敬仰您!

直到现在,我都在有意无意地哼唱着:

"我爱你呀老山兰……"

士兵是一本存折
存满了三年五载也讲不完的故事
只有存入
却从未想过提取

士兵存折

著名军旅作家凌仕江在一首诗歌中写道:"士兵是一本存折/积蓄着青春的利息/绿色的标本竟褪色于一个黄昏/存满了三年五载也讲不完的故事/岁月的经幡竟掀起在一个起风的夜晚,平安了内涵却又包装了外表/姑娘的秋波荡漾在金秋的邂逅/换下了蜕壳却又坚硬了肉骨/封闭的孤独紧靠在辉煌的成熟/春天的色彩写进士兵存折/从扉页到尾页/你一直炫耀着已戳记的印痕/只有存入却从未想到提取。"这首诗,一直是我在军旅生涯中最喜欢的一首诗。我和诗人凌仕江一样,虽然受惯了农村生活的艰辛,但并不甘心世代在农村生活,一定要改变现状,改变贫穷。于是,我们都选择了参军,成为绿色方阵中的一员。

说到底,我们都曾怨恨贫穷,但是也感谢贫穷的洗礼,因为贫穷让我们的生命里淌进了苦水,淌进了泥泞,从而激发了坚定的信念。由此,我们后来又选择了用青春的理想和勇气去把握住命运这柄铧犁,耕耘之后收获的就不再是哀怨和叹息——是感激、奋进的情怀。当时选择当兵时,我的同学纷纷以"好男不当兵,好铁不打钉"之类的话来劝慰我。当时我在心中想,人生就像压跷跷板,坐在中间位置的人,虽然不会有大幅度的跌落,但同样不会有大幅度的升腾。其实,贫穷是一把双刃剑,它可以使人奋发图强,也可以使人消沉，我和凌仕江都坚定地选择了前者。我庆幸自己出生贫穷，因为贫穷让我坚强，因为贫穷让我懂得了如何成长，因为贫穷让我更加珍惜军营生活。

我所驻守的营房，掩映于山下一片巨大的古樟树林里，站在空旷处，只见山势雄奇，古木参天，飞瀑长落，烟腾云绕。那苍白峭壁挺拔，松柏古樟葱茏，山巅紫气缭绕，衬着一碧如洗的湛蓝色天空，确是一座充满神秘气氛的仙山。这美景，是我至此见到过最令人心之向往的景致。在家乡，出现在眼前的始终是那片一望无际的平原，那高不足百米的岗峦土丘，虽也明媚秀丽、青翠欲滴，但哪能同砚山这般超脱大气，这般令人激情勃发，禁不住想呼吸，跳跃，畅笑，或悲声恸哭，捶胸顿足，还有那取之不尽的奇珍异果挂满树梢，简直就是一个极乐世界！

这里的一切，不得不使一颗年轻的心泛起波澜：青春如此美好，何不趁年轻追逐人生理想？这是我读给大自然的心情，也是自己的心情，正是这一刻，我暗自发誓：一定要在军营中寻找到自己的一片天地。

立志是事业的大门，树立了正确的人生志向，也就点亮了一盏前进的明灯。其实入伍后，我就流露出报考军校的想法，为了能有更多时间学习与备考，我自愿申请去炊事班做饭、喂猪。我想，喂猪这工作名字不好听，但相对独立、安静，没有打扰，能抽出不少时间看不少书。猪这家伙只会叫唤，不会说话，同一群哑巴打交道领导听不到小报告，也不会有争长论短。唯一衡量工作好坏的标准是看猪身上的肉多不多，比较好侍候。

我在申请书中还提到，如果让我喂猪，我一定把猪喂得肥肥壮壮的。我的执着和坚忍，又一次感动了连长，我如愿被分配到连队炊事班工作，除了做饭外，主要负责喂猪。从此以后，我每天一大早起床，先把猪喂饱，随后打开书，琢磨自己的复习题。对于学习，我有自己的一些见解：勤学如春起之苗，不见其增，日有所长。对于学习,一定要有悟性,悟性就是有一定理解、领会和联想的能力,能将熟悉的阅读材料加以比较、分析、归纳、概括,从而深化认识,悟出道理。悟性至关重要,一举满盘皆活,因为我在上高中时曾"半路出家",基础不是十分牢固,所以对不能理解的难题,我唯有向其他战友请教。这样学习效率自然高出不少。

我想,财富不是永远的朋友,朋友才是永远的财富,有时战友们看我学习太紧张,还合伙商量帮我轮流喂猪、清理猪圈卫生。这使我至今想起来都很感动。我所在的连队 40 多头猪被我和几个战友喂养得油光水滑、滚瓜溜圆。

炊事班的工作干完后,晚上的时间就完全属于自己的了。连队的夜,常常只有我在灯光下读书,我一人,伴着一本本复习题和一张张让自己随意涂画的白纸。云南的天空,除了星星多之外就是蚊蝇多,打开灯,个别的蚊虫从光的热能中去了天堂,个别的战友从我书写的声音里惊醒了。子夜,我深知此时只有青春加毅力才能编织出军校之梦。腰酸背痛的时候,想要放弃的时候,一个梦想的声音立刻为我铺成一条平坦而又美好的大道。在夜里,在只有我一个人主宰的夜里,我似乎看见了希望在向我招手。

备考冲刺阶段,我必须抓紧分分秒秒,同时在两条战线上努力,猪圈里、书桌旁,长期的超负荷运转,使我本身就瘦弱的身体濒于极限。一天早晨,我实在支撑不住了,躺在床上全身没有力气,我想起床可怎么也爬不起来,连长知道后,到宿舍来看望我,对我说:"小李你太辛苦了,太紧张了!可是,你得记住身体是革命的本钱,一定得注意休息呀!"病了我既没去医院,也没吃"小灶",更没吃什么营养品,在床上躺了一上午,下午觉得精神有所恢复,提着泔水桶就去了猪圈。

晚上,那盏昏暗的灯如约打开,在我的生物钟里全然忘记休息的概念,也忘记了节假日的含义,此时我的眼中只有书及书里记载的公式、理论等。

依然还记得，我从山东平度入伍时，背起那一摞摞的书籍，这个装书的大箱子就放在我的眼前，又破又旧，可捆得结结实实，只有我自己知道这里面有我的理想。在这盏夜的灯光面前，我一刻也没有忘记过去夜夜拥我入眠的黄土地，没有忘记父母亲朋临别时的嘱托："娃，要好好干，将来考个军校。"

我在骨子里记住了乡亲父老的话。青春是一串风铃，只要去摇，就会收获悦耳的铃声。军营的每一个平凡的岗位都与成才道路相连，都给战士提供了成才的机遇和条件，只要瞄准既定的人生目标，努力学习，刻苦钻研，成功就会出现在战士面前。我在争分夺秒备考的同时，喂猪的工作也一点没有耽误。

为了养好猪，我博览群书，拜师学艺，我信奉知识就是力量，奋斗就是条件。记得有一次，一头小猪突然生病了，不吃，不动，奄奄一息。为了救活小猪，我细察小猪病情，很快就学会了给猪打针、治病。小猪活了，我却病倒了。病未痊愈我便来到猪圈，不断总结上次的教训，我决定因地制宜改造猪圈。经过一番思考，我给猪垒了一个背风朝阳的窝，找来一堆棉絮、破麻袋垫窝里，每天按时定量喂猪，发现猪有厌食症状，就把骨头碾碎拌在食里。没出一个月，小猪有了精神，渐渐长大，后来，母猪怀了胎。我每天乐呵呵的，更加精心地饲养，寒冬腊月猪下崽，我一连几夜，蜷缩在圈里守护，战友们半开玩笑地说："你真是个猪保姆。"我喂的猪个个都很匀称，没有一头大一头小的现象，春节连队官兵都吃上了猪肉，我的脸上也泛起满足的笑容，这笑容里包含了太多的艰辛，只有自己知道。

我的艰辛得到了应有的回报，因工作出色，新兵第一年我就荣获三等功。这是我连多年来第一次由一个刚入伍一年的新兵立功，这引来了同志们羡慕的眼光。面对这一荣誉，当晚我在日记中写道：荣誉犹如船尾的浪花，盛开在前进的航线上，若一旦停止不前，它就会消失……立功不久我进入了团领导的视线，政治处干事奉命来调查我的情况,由于我口碑好,工作好,人缘也不赖,团领导经过认真研究,决定保送我上军校。说实话,听了这个消息我并未感到太多兴奋。但这件事让我明白了一个道理,美名就像颗金子,即使在黑暗处,它也会发出耀眼的光芒。

我最欣赏的一句话是,"莫道铁石不铸字,路上行为口是碑。"想想组织对自己这么信任,自己当更努力学习。当领导找我谈完话,其实我的内心也是很不平静的,保送上军校就等于提干,这对于一个战士来说,诱惑力有多么大啊!我当时如果点头答应领导的话,或干脆不吱声,我都将进入提干对象之列。但我并未这样做,思考了整整一夜,我做出了令所有人匪夷所思的决定:我找到这位干事,表示自己不想被保送上军校,想通过自己的努力考入军校。

我想,年轻人要寻找的是一种大境界——淡泊。对!我确信淡泊是一种境界,浑浑噩噩,不思进取的人是无法淡泊的。淡泊是一种胸怀,是一种信仰,公而忘私的人甘于淡泊,敬业奉献的人懂得淡泊,节操高洁的人向往淡泊。淡泊像一面真实的镜子,镜子之所以受人喜爱,是因为它心里装的总是别人而没有自己。就这样,我把保送上军校的名额让给了一名优秀的战士。当时曾有战友这样问我,当你把保送上军校的名额让给别人那一刻,你后悔吗?假如你没有考取军校,你该怎么办?我笑着对战友说:"没想那么多,当时我只是很想证明自己的能力,我也相信自己的能力。"如果真的没能考上军校,可能会是另一种心态吧,这是我当时真实想法。

后来,我经历的事多了,也明白了更深的人生道理。人啊,真是这样,在人生的历程中,留给后人的宁可是在此一搏,哪怕结局不完美,总比到此一游要好。这一点,我做到了,所以我庆幸自己活得真实,坦荡,心里没有一点杂质。写到这里,我也想就此事发表一点自己的看法:我觉得人要自知,就得能够清楚地认识自己,给自己进行合理的定位;自爱,就是爱惜自己,保护自己,珍惜自己的品德和荣誉；自尊，遇事不退缩畏惧，不妄自菲薄；自信，就是有强烈的自信心，有积极进取的精神；自强，就是凡事要么不做，要做就力求做到最好；自制，就是善于控制自己的情绪，抵御各种不良的诱惑，独立自主地决定自己的事情。在我的人生字典里，有这样六种人品：大公无私为圣人，公而忘私为贤人，先公后私为善人，先人后己为良人，公私兼顾为常人，损公肥私为罪人。我不敢妄称圣人，至少也应该做一个良人，一个有理想的军人。如果说士兵是一本存折，那么，我们这些存折与其他存折相比少了很多艳丽的色泽，但它仍能给战士们以丰富的回报，这种回报比金钱更重要。金钱往往并不会给你增加什么，能使人活得更好的还是理想，钱跟冬天的雪一样，积起来慢，花起来快，而精神财富恰恰又像夏天雨水一样，越积越多。

　　我当兵在云南老山前线，那时我们的生活与 80 年代末的生活旋律相比，除了紧张艰苦外，还有些单调，但除了当过兵的人谁能体会到，我们用青春和生命编织了丰富多彩的生活和这种生活的乐趣呢？同志们都知道，驻扎在砚山的我军指战员们的生活是十分艰苦的。我们住的是几间简陋不能再简陋的平房，由于云南这个地方雨水多，而且平房时常漏雨，可以毫不夸张地说，外面下大雨，屋内下小雨，战友把所有的脸盆、水桶都捐献出来接水，可是被子、鞋子上还是被暴雨淋湿个精光。到了出操训练，战友们仍然穿着湿衣服、湿鞋子，晚上睡个半干不湿的被子，就更不足为奇了。有时雨下得大，老百姓都急急忙忙往家里赶，而战友们却急急忙忙地往外跑。干什么呢？去挖水渠，把屋内的泥水还有乱七八糟的垃圾往外清理，常常一干好几个小时，直到雨停活还没有干完。回忆这段艰苦的当兵岁月，我感到的不是苦楚而更多的却是快乐，而且在艰苦的环境中，我们唱出一首欢乐的歌："天当被，地当床，茫茫大雾作蚊帐，大雨好比勤媳妇，天天为我洗衣裳，这种生活有诗意，不是战士难品尝。"这就是战士的苦乐观。虽然当兵生活有些紧张、艰苦、单调,甚至有时一个人在喂猪时,悄悄对着猪自言自语。但时间长了,便有了排寂化郁、善思慎行、独当一面的习惯。

单调绝不是生活的全总内涵,军人的生活是赤橙黄绿青蓝紫颜色的。

我也爱美,即使是在早上出操几分钟前,或者在猪圈,我也不会忘记拿出小镜子来照一照,整好军容。

在这个部队更有着深沉的,无私的爱。当大家庭中有人生病或遇到困难时,一定会有热情的手去帮助你,会有一颗颗火热的心去温暖你。虽然战友间有时也会出现矛盾、争吵,但当大家唱起"战友,战友亲如兄弟,革命把我们召唤在一起"这首战友之歌时,就会懂得战友情、同志爱是那么纯洁,那么崇高!

部队的生活是多彩的,假如你走进我们的营区,一定会看到球场上那激烈的争夺,棋艺室里的"两军对垒";三三两两的战士围坐在一起,或练字,或弹吉他,或练单兵动作,或嬉戏说笑正辩论着什么;你也会听到优美歌声。云南的葫芦丝也曾经是我的最爱,后来因为备战军校考试而忍痛割爱放下。部队在喜庆的节日,都会上演一场文艺晚会,战友们兴致勃勃地聚在一起,跳起欢快的云南舞蹈。战友们无论会不会唱歌,有没有文艺细胞,都会主动登台表演节目。总之,军营到处充满无限生机,充满青春的活力。

现在,我可以自豪地说,几年的军营生活使我成熟了,我再也不是因紧急集合打不上背包哭鼻子,因为想家流泪的小伙子,我已成长为能文能武的革命战士,军营特殊的生活节奏,造就了男子汉特有的气质。生活在如诗如画的云南,心中更添美感,每天我走在洒满阳光的路上,云南的地名深深镌刻在满含幸福和欢悦的心房,血气方刚的年龄,我用满腔热情,把日子培植得含苞待放,让每天的心情,在清晨的露中等候,把每一个黎明舒展成美丽的憧憬。素洁的花瓣,在意念中无数次粲然绽放,花蕊的甜美,是我亮丽的笑

容。在云南的日子,我最爱听的歌是《彩云之南》(歌词是):

彩云之南,我心的方向。

孔雀飞去,回忆犹长。

玉龙雪山,闪耀着银光。

秀色丽江,人在路上。

彩云之南,归去的地方。

往事芬芳,随风飘荡。

蝴蝶泉边,歌声流淌。

泸沽湖畔,心仍荡漾。

……

一山四水三分田,二分道路和庄园。云南之美既在外面也在里面。云南,意即"彩云之南",另一种说法是因为于"云岭之南"而得名。古语"一日长一丈,云南在天上",她确实离天很近。300 万年前一次强烈的地壳的运动,使地处海洋深处的谷地隆起。云南有着悠久的历史文化,有雄伟的山川地貌,山林、峰、洞、江河、湖、瀑布为奇观;有人类古老的文化遗址,恐龙化石及近代历史存留物,以及 20 多个少数民族绚丽多彩的民族风情;有昆明、大理、西双版纳,三江并流,昆明滇池、丽江玉龙雪山等。砚山美景如诗,有坦荡如烟的草场,蜿蜒曲折的山岭。独特的地貌,使得这一块土地及其先民的开发,具有悠远历史厚度与无限美丽的亮度。这里也曾孕育出灿烂的战国文化,如果云南是一块宝石的话,那么砚山就是镶嵌在这块宝石上的一颗璀璨珍珠,如果这里的美景令我陶醉,那么这里纯朴的民风更让我痴迷。我常常会痴迷云南歌舞,我深深地爱着这里的每一片云彩、每一缕阳光、每一张笑脸。说句掏心窝子的话,美丽的云南能使一个人单纯,我所说的单纯是一种境界,坦荡、超然,更是一种气质,活泼、洒脱、玉质天成。单纯给人的感觉如夏日里的凉风——清爽惬意,单纯赋予人的品质是雪地里的蜡梅——傲骨铮铮,单纯尚具有一股感人心性的灵劲,所以我与云南老百姓相处得非常愉快。见了面打个招呼,有了困难帮个忙,口渴了到老乡家喝口水,是很自然的事情。

单纯是不会随着时间的推移而变质的,它使我对军旅有了一如既往,无论环境如何变化,都始终如一。我依然记得,那是十一届三中全会后,改革的春风吹遍了祖国大地。改革,作为一种新的历史条件下的艰巨任务,已摆在每个建设者的面前,这场改革加速建设具有中国特色的社会主义的历史进程,进行不断改革,改革的效果如何,直接关系到祖国的前途和命运。人们常说,个人的命运是和祖国的命运紧密联系在一起的,如果说贝多芬的命运交响曲"用长号演奏出了坚强有力而充满着青春活力地对自由的欢庆",那么我们年轻一代的命运交响曲,就应该用电子合成器,演奏出奋力开拓、矢志创新的改革乐章。

回顾追溯,改革的春潮当时真可谓涌动神州万里、华夏故园。当时我的同学有好多下海经商,炒股票发财的也不在少数,而想想自己:前途怎么样? 前途在哪里? 我也曾迷茫徘徊过,往日的朋友们来信说:"老朋友,怎么样,现在后悔了? 赶快调头往回走吧,到地方工作你才有大作为。"是啊,当同我一块穿"开裆裤"的伙伴们一个个佩戴上了大学校徽的时候,我则戴上了领章、肩章、帽徽,当我的好兄弟又一个个拿到了大学毕业证书并获得学士、硕士学位的时候,我在想,我呢? ……此时,我想起了自己还有几天就要参加军校统考了,如果能考上军校最好,实在考不上,我也想好了,继续在部队干,等到了年限转个志愿兵也不错。我在给同学、朋友的回信中这样写道:"地方上的条件不论多好,能发多大财,都不是我所追求的,既然我选择了军人这个职业,那么,为了祖国的安宁,为了人民的幸福,我就心甘情愿比别人作出更多的牺牲,我已深深地爱上了军人这个职业,爱上了火热的军营生活。我决不会当逃兵,我要做政治上让党放心的合格军人。"

　　我最终经受住了市场经济改革浪潮的考验,选择了紧张艰苦的军营。自此,我学习更加刻苦了。在军校的招考中,我以一张汽车管理学院录取通知书,回报了组织的关爱。临去军校报到的前几天,新战友们让我在留言本上写几句话。我写道:"战友,人生之路不是一马平川,当你遇到了困难和挫折,千万不能气馁,遇到了艰苦和磨难,千万不能退缩,因为困难和挫折是成功的前奏曲,因为艰苦和磨难是思想的磨刀石。"

　　难道不是吗?我们军人的生活,不正是由困难和奋斗穿起的珍珠项链吗?我们军人的崇高形象,不正是艰苦和牺牲熔铸的金字塔吗?爱部队吧,爱我们平凡却充满奋斗乐趣的军营生活吧。在这里我们将永远年轻,在这里我们将永远是奋进的强者!

　　考上了梦寐以求的军校,我第一个想到的,是将这个好消息告诉父母。那个时候不像今天,发个信息、打个电话这么方便,我回到宿舍,提起笔让鸿雁插翅捎去我的喜讯,平时我给父母写信一提笔唰唰一会工夫就写好了,可是今天,拿起笔不知道怎么写下去。奇怪,我一提笔,全是父母在堆满柴火的土灶前烧火、做饭和下地干活的身影。此时我仿佛又看见母亲那花白的头发和满是皱纹浸满汗水的脸庞,我感到一种潜在的力量推动我去努力、去进取,终于我领悟到不善言表的母亲,是在默默中用神圣而又伟大的爱引导我、激励我成为一名对社会有所贡献的人,这也是普天下父母对儿女的爱与期望。

　　生命赋予我们每一片翠绿的开始,我们应该尽可能地吸收这片翠绿之中的阳光与水分,而不是舍弃自己的根,逆境如此,顺境更应该如此,往事在此时又不停地鞭策自己,父母的爱在激励自己不断成长。我下定决心,不管今后的道路是风是雨,我都要用信念与热情走好军旅每一步。

　　海伦·凯勒说:"当一个人感到有一种力量推动他去翱翔时,他是绝不会再爬行的。"明天当太阳缓缓升起时,又是一个奋发进取的起点。

　　提笔给父母写信的时候,不知是思绪错乱,还是其他更深层的原因,我突然想起了我的中学班主任。老师在一次给我的回信中,有几句话让我永世难忘:"俊杰,希望你不要做那些摇摇欲坠的小枯叶,你要做一棵根系大地的大树!"这句话也是部队战友想说的。但是,此时再多的话语对我来说,都将化为永恒的回忆。我一定会记住连队的营房,记住训练场上的嘹亮拉歌声,球场上威猛的搏斗声,图书馆里的"无声胜有声",甚至餐厅里碗筷的摩擦声。

　　列车此时已驶出站台,前方是曲曲折折的长长轨道,我就像行驶在轨道上的列车一样。我知道刚才停靠的车站并不算大,风景也不是最美的,也许最美的风光仍在遥远的前方。

走进大自然
便领悟到物种万千绚丽多彩
跨入知识殿堂
便领略到学海的无限与壮观

军校生活

军校是神圣的，是年轻人编织军官梦的摇篮。

军校是正规严肃的，也是丰富火热的。

这里是培养指挥型军事人才的地方。

军校像一个知识的大花园，我像一只蜜蜂快乐地采集着花蜜。

在那个年代，作为一个农村子弟，能考上军官学校，绝对是一件光祖耀祖的事情。所以，我很珍惜，时时处处都认真学习着、实践着、探求着军校生活的点点滴滴。

上军校那年我二十一岁。二十一岁，本该是多梦年龄，可我的二十一岁却是与严明的军规军纪相随的。

上军校，最初的两周是军训，天天踢正步，练刺杀，最大的精神支撑就是盼着早日戴上红肩章。在军校我们每天早晨点名出操，晚上点名睡觉，即便熬到周末，点名也不例外。在军校几乎没有自由时间，睡觉也很惊醒，学校经常在半夜三更搞紧急集合，要求在发布集合令后3分钟内赶到，不仅要惊醒起床，穿衣穿鞋，还要摸黑打好行军包。有人裤子穿反了，有人错穿了别人的衣服，有人来不及穿袜子、鞋子，有人忙乱中找不到腰带，只好提着裤子往外跑……集合后，人一到齐，立即开跑，而且一跑就是几公里！一路上都有人掉东西，不是背后丁零当啷，就是脚下踢里踏拉。跑到终点，有人的行李全掉光了,狼狈得只剩下两条背包带……

两周后,学校举行发肩章仪式,学员们个个神气得像军官接受军衔,我的心里也有一种说不出的自豪感。

学员宿舍是两排平房,每间不足二十平方米的宿舍简陋整洁,分上下两层的铁架子床,二十四名男生合住一室。学员们要将统一的军被叠成有棱有角的"豆腐块",教员经常进门抽查,稍有不整,就是一通严厉的训斥。宿舍外是大操场,是学员们平时"放风"的地方——聚会,操练,散步,嬉闹,天气好时,周末还能放两场露天电影,如《烈火金刚》《大决战》什么的。

军校生活虽然苦,但是苦中有乐,学员读书期间享受供给制,吃住都不用花自己的一分钱,每月还有二十几块钱零花,这对我这个出身贫寒的孩子来说,已经是"不劳而获"的舒服日子了。

在这里,我的世界开阔了。很快我适应了这里的生活。有一天,一个同学带来一个球扔给我,我拿着就当排球打起来,惹得同学哈哈大笑。"这是足球,不是排球。"这是我生平第一次接触到足球,在同学的鼓励下,我也开始学着踢,这一踢很快就迷上了。后来,我们还悄悄成立了一支足球队。有了足球队就定期集合训练,可是根本没有多少自由活动的时间,于是每天中午午睡的时候,我们就偷偷翻窗户溜出来,直奔足球场,踢上一个小时,到快吹起床号的时候再偷偷溜回去。

记得当时还有一件事是最流行的,那就是跳交际舞。那时刚刚改革开放,没有什么咖啡厅、茶楼,人们经过一天的忙碌之后,夜间无聊,经常有企事业单位、大学在周末举行舞会,作为活跃业余文化生活的一项活动。后来各式各样的舞厅也雨后春笋般地在大街小巷露了面,跳舞顿时成了一种时髦的事。于是一度出现年轻者呼朋引伴、拉人串场去跳舞的情况。那时以大学生、工薪阶层等年轻人居多,他们学着电影里的模样翩翩起舞,似是而非的背后是对优质生活的追求。军校学员是不能随便外出的,节假日期间,在学校的组织下,我们几个光棍汉有时也会跳上几曲。

总之,军校生活相对于外面世界还是如同寂寞修行,更多的青春飞扬的激情只能转化成学习的动能和意志的磨炼。我们学校是培养指挥型军官的地方,要求学员在充实专业知识基础上,必须有良好的军事素质和领导才能。我很清楚自己的使命,玩归玩,功课一点也不能马虎。我力求多学多思多练,力争使内外素质得到提升,因此总是利用业余时间泡在图书馆里。历史、军事、哲学、法律、文学、心理学、公文写作,我尽力借出一切自己感兴趣的书来读,在军校里我通读了《资本论》《古今军事简史》等,看完了馆藏的黑格尔、费尔巴哈的著作,还研读了经典战例,每天晚上利用熄灯前半小时到操场练体能。另外,我还主动负责办学员队里不定期的黑板报,什么宣传栏、考勤牌、人员流动表等。为了练好基本功,我从图书馆借来有关各种黑板报的设计和图案的书籍,认真学习研究,练习毛笔字。在军校我自认是个善于思考的人,平时非常注意老师授课的方法思路,研究每个领导讲话特点,在讨论问题时,我独到的观点,清晰的逻辑思维,流利的口头表达能力,也时常赢得学院领导和战友们的称赞。

那时为训练学员的讲话及指挥能力,在教员讲完课后,由学员轮流上台讲课。记得我第一次上台讲话时的情景,心里像是揣了个小兔子似的蹦蹦跳,很是害怕,但我立刻认识到,这是以后当军官必须要具备的基本素质,不能退却,一旦胆怯,就意味着失败,必须硬着头皮冲上去。于是,就像是要上战场一样,铆足劲,装大胆,放大嗓门。这次讲话得到了教员的充分肯定,他伸出大拇指说:"你以后定是个顶呱呱的指挥官!"这句表扬,对我后来走上领导岗位的讲话能力提升,是有很大促动作用的。以后每次轮到我上台讲课时,都不敢有丝毫懈怠,总是精心备课,尽量讲一些别的同学不易涉及的观点、论断,我想只有这样才能抓住听者的心。学院严谨的学风,使我对车辆管理产生了浓厚的兴趣,老师们为军事车辆管理事业无私奉献,永远把祖国利益放在至高无上的位置的高尚情操,使我在思想上树牢了报效祖国的根基。我决心像老师那样把自己的一切献给军队的车辆管理事业。

我是从基层部队走出来的军校大学生,走时我背上背的是简单的行李,心中带的却是基层部队学来的优良传统,这优良的传统化为学习的动力,攻克难关的勇气。我感到自己能从书本中找到无限的乐趣,就像歌唱家从歌曲中找到幸福,画家从色彩中找到满足一样。在学习思考中我能找到思路,在勤奋敬业中能找到出路。我想,学习如同一次拉练,不仅需要长途跋涉的坚持磨砺,更需要有战胜自然险境的智慧。

在军校,我是个倾注了巨大热情和投入全部感情读书的人。走进校园那天,我就将读书作为党交给自己的光荣而艰巨的任务来完成,热爱读书,认真读书,百倍珍惜难得的读书机会。每天我伴着晨曦起床,在校园的林荫大道上读书,背英语单词;晚上"挑灯夜战"是常事,恨不得将一天当两天用。当然,我读书也有自己的方法,如果把时间分配一下,我觉得应该用三分之一的时间做,用三分之一的时间读,用三分之一的时间想。

在军校我把课堂当成战场,向一门门功课发起冲锋,节假日,我几乎不出校门上街游玩。蚌埠市商业区,对我仍是陌生,我只从同学们的聊天中知道它热闹,城市繁华的夜市虽近在眼前,却丝毫不能引诱我将学习时光抛洒,我只在校园里遥望它如画的风景。我每天都是在刻苦读书中度过的,各科成绩都达优秀。

这时期,全国的形势呈现出大好局面,经济文化得到复苏,曾被讥为"臭老九"的知识分子,得到了党和人民应有的重视,恢复高考后培养出的大学生,陆续毕业走出校门,走向求贤若渴的各条战线,去充实社会经济建设的力量。但是,祖国仍需要高学位的知识人才,这样的人才还非常缺乏,军队当更不例外,我深知在高科技条件下的战场上,军人除了勇敢更加需要智慧和能力,而这种智慧与能力从哪里来？我认为首先得懂业务，我指的是自己所学的汽车管理，虽然以前我在部队当过驾驶员，对车辆并不陌生，可真正要管理一个车队，一个团队……我心里还是欠底气的。怎么办？一切就得认真学，认真练，除此之外没有其他途径。对于学习，我已不是一个只有求知热情，好奇探望知识殿堂的"毛头小伙"，我体会到作为军校学员，学习知识要服务于军队建设的需要。当然，我也深深地知道，要当军官，仅靠学书本知识是远远不够的，还必须做到站起来能讲，坐下来能写，实际工作中会操作、会管理，还必须有强硬的领导作风和才能以及良好的人格魅力。

军校学习经历告诉我，学习也是有窍门的，学习知识从某种意义上来讲，首先就是自学。丰富的知识要你自己去吸收，师长的教诲要你自己去领会，无穷的科学奥秘要你自己去思索。滴水之所以能穿石，在于它的目标明确，力量集中，一点一滴，不偏不歪都滴在同一位置上，如果飘飘洒洒，漫无边际无目标，别说穿石，就连一张薄纸也难穿过。学习更是苦差事，但我从不惧怕陌生的知识领域，我常用竞争激励自己，用进步鼓舞自己，用挑战战胜自己。

军校生活既忙碌又充满挑战，这种挑战是自己向自己发起的，这是一个强者向人们揭示的人生价值，我懂得只有扎根贫瘠险要的山崖石壁，才能寻找到自己的生存价值；投身绿色怀抱，青春才会熠熠生辉。

我从不否认，现实生活中，每个人的性格都是多重性的，我也不例外。我的性格中既有平静亲和的一面，也有张扬傲慢的一面，这些都沉浸在自己的事业之中，我任性地保有性格的棱角。"海纳百川，有容乃大；壁立千仞，无欲则刚。"在繁华的都市，我愉快而阳光地沐浴在物欲横流的现今，执着地坚持着自己清苦寂寞的治学之路。

在军校里，除了学习之外，我还是学员队长跑运动员。过去也迷恋过吉他、葫芦丝、口琴之类的吹奏，跳舞、唱歌也是我的爱好，后来工作一忙就都放下了，现在我觉得自己的业余爱好只有看书和看碟，尤其是战争题材的片子是我的最爱，我常常会被战场上的英雄人物所吸引，进而在思想上对他们敬畏和效仿。

军校是所大学校大熔炉，它不仅教给我知识，同时也教我做人。我非常赞同教员的那句话："做人'孝'字当头，一个没有孝心的人不是一个成功的人。"上军校那年，我千里迢迢从安徽买了一百斤大米送到父母身边，并和他们一起过年。已经 20 多年过去了，我至今回想起那年春节仍然感到，这是我过得最开心最难忘的一个春节！

在军校生活的几年里，我从微薄的津贴里留出大部分钱寄给父母，自己却从舍不得下馆子。军校同学有时请我吃饭，我总是找这样或那样的借口不去，我想吃了别人的饭就欠人家一个情，还不如把这部分钱寄回家补贴家用。

在经济拮据、营养缺乏的情况下，我一直身材瘦小，即便经常熬夜学习，却从来没想过买点营养品来犒劳一下自己。

我的老母亲至今仍在家种地，我想今年探家时，一定要帮母亲买一台手扶拖拉机，我实在不忍再看母亲在田间像老牛一样劳作。

言归正传，还是说说跟军校有关的事情吧。

军校，用刚强、坚毅炼就了它特殊的魅力；军校，它给予我的不仅是一副强健的体魄和宽厚的臂膀，更给予了我一个坚定的信念和不屈的脊梁。

如果有人问我，军校留给你印象最深刻的一件事是什么？我肯定会说是军事演习。

记得我上军校遇到的第一次演习，演习中我是以汽车连指挥员身份出场的。那是一个细雨蒙蒙的夜晚，我登上演习的场地，开始了我的战斗生活。山的三面环敌，我们的车队像一把尖刀插入敌人的防区，汽车作为重要的军事交通工具，是敌人的眼中钉、肉中刺。这里地势险要，阴雨连绵，四周被云雾笼罩着，坑道里更是阴暗潮湿,霉味呛人。当时,敌我双方侦察活动频繁,敌特工队出没无常,充满着临战前的紧张气氛。为防备敌人的突然袭击,我们部队全部进入了坑道。

那时我刚进入军校不久,没有见过演习场景,刚上山的当天晚上,我突然被一阵枪声惊醒。等我手忙脚乱地爬起来,学员们早已分头进入了阵地,可我还愣在那里拿着枪不知所措。这时,队长跑过来对我说:"别怕,跟我来,这不过是特工队的骚扰,没什么了不起的!"看着队长的样子那么镇静,那么勇敢,相比之下,我显得多么可笑啊!从那以后,我严格要求自己,认真训练。训练场上,我始终记住队长的话:"如果在平时的训练中'兑水',到战时就可能付出不等价的鲜血。"事实也是如此,今天你对训练不感兴趣,明天敌人就对你感兴趣。未来战争不同于过去,只靠百步穿杨的本领、刺刀见红的勇气,以及一成不变的战术是无法占领未来战争的制高点的。

演习现场,我刚进入坑道,一场"战斗"就打响了。成群的炮弹从敌我双方头顶呼啸而过,准确地落在阵地上,一群群车队如隐蔽的战神一样,穿梭在需要供给物资的任何地方。由于队长指挥得力,在这次演习中,我这一方初战告捷。不一会儿,只见敌方阵地上人仰马翻、一片混乱。但是,狡猾的敌人很快进行了反攻,敌纵深配置的火炮,向我阵地进行疯狂的轰击,成吨的钢铁在我们头顶上倾泻而下。山上硝烟弥漫、沙石横飞,表面工事和营房设施都遭到了严重的破坏。汽车出现了故障,有线通信断了,油料供给中断。我见机立刻下令立即抢修,随后带领几个学员,冒着烈火,箭一般地冲出坑道。学员们把演习当作一场真正的战斗,我们实践着人在阵地在,人在物资畅的钢铁誓言,油料车安全运往演习现场,车辆故障排除了,油机起动了,最后的胜利旗帜这才真正插向了我方。

战斗胜利结束了,我撤出了坑道,由于我较好地完成运输指挥任务,队长当场表扬了我。从这场演习中,我总结出这样一个道理:战争是一个充满血与火、劳累与困苦、危险与牺牲的领域,谁想立志从戎,驰骋疆场,必先有思想准备,几经磨难而不悔,数遭坎坷而不馁,在枪林弹雨中遇险不惊,临危不惧,指挥若定,精通军事,文武兼备。

是啊,战争犹如一只凶猛的怪兽,如果能驯服它,它就会吞噬敌人,否则就只能牺牲自己。

像这样的野外训练是经常进行的。我们有一课是军事地形课,基本上是在山上学练。本课要求学员必须具备两个基本功:一是标图,即把某一实物准确地标在地图上;二是寻目标,即教员设置科目,让学员把某一实物在规定的时间内找到,这些训练常常使我们疲惫不堪,晕头转向。

在军校除了紧张的学习训练之外,我还一直坚持锻炼身体。我想,只有身体好,才能长期为部队建设服务,没有健康的体魄,什么都是白搭,这也是迎接军事课目考核的必需。从刚一入学起,我就非常注意锻炼身体,参加过院校三千米长跑运动会、五公里越野赛和蚌埠市组织的万人跑等活动;投弹、射击、四百米障碍……军事和体能科目均取得较好的成绩。

根据军校的作息时间安排,我创造了一套锻炼身体的方法,那就是温跑、快走,不论寒暑,不管冬夏,无论工作多繁忙,我几乎天天如此,年年如此,持之以恒,雷打不动。因为坚持锻炼身体,使我有了一副健康的身板,能够承负军校繁忙而又沉重的学习。对于长跑的偏爱,我有自己的理解。我感到起跑线似张拉满的弓,发令枪弹出支支箭镞,挟雷裹电般飞向远方,汗水凝固成新的纪录。当然,我坚持长跑的目的并不是为了耀人的奖牌,而是为了让自己每天都健康地站在新的起跑线上,每天去迎接灿烂的阳光。军校的生活是充满阳光的,在这里无时无刻不在沐浴着党的雨露阳光,在这里我渐渐展开了知识的翅膀,拉开了奋斗的琴弦,把每一个日子都装扮得闪闪发光。

军校生活伴随着直线加方块。没错,当时学员们一律住上下铺,起床号响了,动作慢点,刚进厕所出操号就响了。熄灯号音未落,宿舍一律熄灯,鸦雀无声。被子一律折叠拍打出棱角。饭前要列队唱歌,进饭堂要排队,坐到饭桌前的姿势和坐到课桌前一样,要等到值日生打好饭菜并一声令下,才能拿起筷子。

在今天看来,军校生活很严格了,甚至近于苛刻,可现在我和战友们谈起这些,无一不充满着一种自豪的怀念,也有许多乐趣在里面。记得有一次,我们正在训练场上匍匐前进,突然,身边一个战友冷不防爬到我身边说:"我给你介绍个女朋友好不好?"猛听这句话,我一惊,真是不靠"谱",于是我只把战友的这句话当作玩笑。可没等几天,这个战友介绍的所谓"女朋友"真的给我来信了。看完信后,我感到很意外,但是出于礼节上的考虑,我还是提笔给她回了一封信,简单介绍了我个人的一些情况。后来,因为军校毕业分配新的单位,我们的信件就少了,感情也逐步降温了。

其实,在军校,也有好多热心的战友给我介绍过女朋友,都因为我工作忙、学习紧张而放弃。记得有一次,军校放寒假,我回到家,亲朋好友都赶来看望我,我当时背着一个沉甸甸的背包回来,邻居小孩子们还以为我带来好多好吃的东西。打开一看,除了两包在路上没吃完的点心外,剩下的都是在军校里没有看完的专业书籍。探亲期间,不少人给我提媒,可我偏偏在书中寻找"颜如玉"。此时,母亲着急地说:"你已经二十好几的人了,该找个对象了,咱家又不富裕,趁你在家就把婚事定了吧。"眼看假期要到了,母亲让我到街上买一件像样的衣裳相亲穿,结果一到街上我便把母亲的嘱托当成了耳旁风,一头钻进书店。回到家时,才知道姑娘生气地走了,家人都埋怨我。归校那天,母亲把我送到村头,埋怨地说:"你好不容易回来一趟,娘忙乎给你找媳妇,你都耽误了,叫娘说什么呢?"此时此刻,我对母亲说:"娘,儿现在还年轻,正是学习的好时候，找媳妇的事可以先放一放。"母亲最了解自己的儿子，眼里闪着泪花，微微地点了点头，目送我踏上远去的征程。

"有追求，人生才多彩；有希望，阳光才灿烂!"这是我入伍以来常常挂在嘴边的一句话。记得入伍第一年，在砚山汽车连当兵时，我就向党组织庄严地递交了入党申请书。为了争取进步，我天不亮就起床，公差勤务争着去，脏活累活抢着干，连长鼓励我说："好人好事要做，还要在学习政治理论和科学文化知识上多下些功夫，当代军人不能光凭朴素的感情工作。"对领导的话，我心领神会，工作中我把身边的先进典型当榜样，周围同志谁有"闪光"的地方，就向谁学习，谁有技术专长，我就向谁请教，在砚山这片沃土上，我不断地汲取营养成长起来。新兵第一年，我通读了《邓小平文选》，写下了两万字的读书笔记。每次连队组织政治教育考试，我总能取得优异成绩。当年党小组组长找我谈话，告诉我支部准备发展我入党，晚饭后，我找到支部书记说："请求组织先别发展我。"书记感到意外，问我为什么。我说："在咱们连里，党员人人是榜样标杆，个个是技术尖子，可我在技术上还欠'火候'，入党会被人瞧不起，请组织在完成急难险重任务中考验我。"这一考验就是两年，在军校这所大学校里，我终于如愿光荣加入中国共产党。在院校党支部大会上，我向党交心："我入了党，就要忠于党，更要听党的话，立足本职，练就过硬本领，处处模范带头当先锋。"

军校毕业前夕，我以初生牛犊不怕虎的勇气，践行着自己报效祖国的诺言，自愿申请分配到青海格尔木，去一个相当辛苦的地方，到了汽车某团任排长。起初，队长想挽留我留校，但我执意要走，我在日记中写道："是金子到哪里都会发光，我更希望接受基层的磨炼，在荆棘中踏出一条自己的路来。"

也许，在美丽如诗的云南和风景如画的蚌埠待久了，我对青海这片土地还是缺乏应有的了解；也许是，这一走着实有点书生意气，多少带着美好的憧憬。但是，我坚信：一个强者，必然是困难越大,他拼搏的劲力就越大,并且总是能够战胜困难,总是胜利者。自从决定去青海,我就已经决定做一个强者。

轰隆隆,咣当当。列车在崇山峻岭间喘息着爬行,有时喘得像快要断气的老牛,让人暗暗着急。踌躇满志的我,坐在火车上,想着用明亮教室里获取的知识,去谱写未来美好的篇章。火车到站,解放牌汽车从火车站把我接走了。在汽车上,依然做着甜美的计划:指挥车辆行驶在平坦的大道上,我威风地指挥着威武铁龙⋯⋯半小时后,汽车戛然停止。"就这个地方呀?"我拍打着满身尘土,皱着眉头问接车的人。眼前是一排墙壁斑驳的低矮平房,门前有两个哨兵,全神贯注地持枪站在大门两边,要不是见着这两个威严的哨兵,我还以为这不是营房呢? 倒像一个"年岁已高"的厂房。接车的人迅速用微笑给了我肯定的答复,这就是我们一排的宿舍楼。我放眼望去,光秃秃的山头,裸露着乱石的荒漠,鸣叫着盘旋的鸦雀,几栋似乎落满沙尘的营房,三三两两皮肤黝黑的士兵。一时间,荒凉的感觉像洪水一样涌向我的心头。至于后来是怎样适应了这里的一切,在此我只想说,在人生的道路上,最艰苦的那一段路往往收获最多。

格尔木的冰层
不知何时因承受不了感情的分量
而彻底崩溃了
爱本身就是一团火
燃烧了整片雪海

兵城印象

格尔木究竟是什么样子？

其实，在我踏上这片土地的第一天就领略了，虽然先前我有足够的思想准备，可真正踏入青藏地界时，还是被眼前的环境惊呆了。到格尔木那天，我眼里映入的第一幕风景是风肆雪舞、狂风怒吼、冰天雪地的白色世界。格尔木的石头冻得紧紧缩成一团，所有的树枝都在寒冷中垂下了头，当时我在日记中写道："与山摔跤就有山的阳刚，我要直面茫茫戈壁无情的寒风，无情的暴雪，无情的岁月，直到自己如昆仑石一样坚韧……"然而，我并不知道，我所看到的仅仅是一个表象，更艰苦的考验还在后面。好在毕业分配教育时，我便知道自己上高原会享受沙浴，会接受紫外线的洗礼，可以随时体验缺氧的歇斯底里等等。于是，我很快就调整了心态，安下心来，只是我无论如何也不敢把这份面对沉寂的大山、面对这千里无人烟的荒漠的感受告诉父母和亲友。此刻，作为父母肯定希望我留在城市、过更好的生活。

汽车某团驻守在小城边上，围墙外面是零零星星的红柳，顽强地竖在一片荒漠上。官兵们的文化生活十分枯燥。寂寞，这个官兵心里最大的敌人，也一度像疯长的野草，在我的身上密密麻麻地生长起来。

那是怎样的孤独？当时的格尔木，只在城中心有几处集贸市场，人口稀少。冬季车队收车了，大部分战友休假回家过春节，留守的战友聚在一起，天南海北地聊天、侃大山，成了应运而生的娱乐消遣方式。大家围坐在一起玩起了小孩过家家的游戏，丢手绢、捉迷藏……当一切都玩腻了，就只剩下沉寂了。大家讲述耳闻目睹或亲身经历，自觉得最精彩动听的故事，以期待博得战友们的欢笑。搜肠刮肚，再搜肠刮肚，同志们的故事泉干涸了，笑话林枯萎了。于是，他们对着苍山大喊，山谷回荡，余音不绝，以此制造些许原始欢乐，暂冲淡积郁心头的沉闷，这就是我刚分配到汽车团时的生活了。

这么一块土地，可能有人会问我是怎样爱上她的呢？说实话，这源于我对格尔木历史文化的了解。起初，格尔木是一片不毛之地，如果要用确切的比喻来说，原先的格尔木是一本无字的书。半个世纪前，几代军人，几十万士兵，用青春的脚步填写了一段段激扬的文字。格尔木像一枚翠绿的书签，飘落在昆仑山下那赤热的戈壁滩上。这里原名叫高原兵城，如今叫戈壁绿洲，在没有路的日子里，驼工们问格尔木究竟在哪里？慕生忠将军把铁锹往地上一插说："我们的帐篷在哪里，哪里就是格尔木。"后来，伴着公路的诞生，格尔木就有了第一片菜地，第一片新绿，第一幢楼房，第一批工人和军人栽下的树苗……

是啊，当岁月掀过一个个和平的夜晚，在这男兵与女兵组成的世界里，青藏线的每一个男兵都像一粒种，他愿意长在雪域任何需要绿色的地方。曾经的战友倒下的地方，如今，生长起如白杨一样挺拔的男子汉，他们是我的战友，我和他们一起破土而出。在雪莲花盛开的地方，枪管是我们结实的胸膛，每一次激情都变得滚烫，枪机是我们不息的心脏，每一次搏动都喷出光芒。枪机、枪架是我们的靠山，每一次灵魂皱褶都号叫，难怪军旅诗人凌仕江会说："男兵是一粒种,一个信号鼓励满绿叶疯长,一场战争阐示蓝天云海,一切动作沉默如电,让荒野深埋的根,激动不已,为你的生长,我再也听不见自己的名字。"如果说男兵是一粒种,那么,女兵就如一朵云,一朵祥云,自由来去的梦幻撞击冰山上的云,乡情寄予的,一朵热爱高原,化为雨滴滋润了枯萎土地的祥云。

如果说格尔木是一本书,那么翻开书的首页,你会看见这片不断隆升的高地上,生生不息着一个坚忍不拔、顽强不屈的民族——勤劳勇敢的藏族同胞,在创造人类生存奇迹的同时,还创造了神秘而博大的文化。当军人们踏上这片土地,山便有了军魂,水便有了咸度,那可能是爱和汗水的味道。

在格尔木这片土地上,暮歌、残照、帮道、西风,不知沉积了多少悲壮,草原、白雪、朝阳、激流,不知放飞了多少人的梦想。一切荣誉和成就都是激荡岁月的乐章,是催人奋进的主旋律,是军号、战鼓的催征,它似乎在告诉我:"人的一生应该这样度过,当回忆往事的时候,他不会因虚度年华而悔恨,也不会因碌碌无为而羞愧;在临死的时候他能够说,我的整个生命和全部精力都已经献给了世界上最壮丽的事业——为人类的解放而斗争"。

多少年来,青藏线有多少军人重复地背诵着它,走向新的岗位;有多少人背诵着它,迎着新的任务,接受新的挑战。

其实,格尔木就是一部年轻的兵书,有了军人才有的城。年轻的士兵向往漂泊,熟悉的地方没有景色,在追赶黎明的路上挥洒青春的执着与斑斓。年轻的士兵永不言败,只把跌倒作为一次纪念。年轻的士兵承认沙漠,坚信前面一定有清泉在路旁,因为他们知道军旅并非轻松,并非四季如春,并非鲜花遍地,年轻的士兵内心渴望的就是体验百味军旅。

年轻的士兵像雨,面对分别,无数颗心雨蒙蒙,一个个动人的故事令他们心头湿漉漉。

年轻的士兵是昆仑山上一块年轻的巨石,没有固定的形状,没有一支笔能写透它的身姿,没有语言能完全概括它的灵性。

年轻的士兵像一片雪花,飘飘洒洒,浩浩荡荡,落在世界"屋脊",落在我记忆的星座,不过最后都化为串串靓丽的珍珠,钻进了厚厚的书本中。雪是它的标点,风是它的段落,军人是它的章节,格尔木的军人每时每刻都在书写这本书,记载自己的历史,勇敢、无私是最经典的部分,笑声、泪水是最动人的语句。

多么富有诗意的格尔木啊!我已深深地爱上了格尔木这个地方。

泰戈尔曾经这样说过:"爱就是充实了生命。"我想这些驻守在格尔木的军人身穿绿色军装,守着祖国的万里边疆,我们将自己最深厚、最伟大的情感献给了祖国,献给了人民,献给了我们守卫的地方,这种爱难道不就是高原军人的爱吗?

在这里,我向大家介绍一下发生在我们部队的一些小事,让大家看看高原军人的爱恋。

我所在的汽车团,是 20 世纪 40 年代末在江苏组建,20 世纪 50 年代奉命入朝鲜作战,战时隶属中国人民志愿军后勤部,20 世纪 50 年代,车辆装备由大依发、道奇、嘎斯、吉斯、斯柯达等车型组成,现在全部更换为五十铃、罗曼、斯太尔、北方奔驰等车型。

我是于 20 世纪 90 年代初来到这个光荣的汽车团任排长的,这时的汽车部队比起 50 年代已悄然发生了变化,比如车辆装备已经过数次更新换代,营房院落经过了数次改建。然而,不变的风雪、不变的艰苦奋斗精神是部队的一大特色。

记得第一次上青藏线执行进藏运输任务时,并不像我想象中的那么浪漫。我分到连队,没几天就跟着车队上线了。那天,我像去军校报到一样兴奋,摸一摸四个兜的军官服,再对着车前的镜子照一照,真威武!车队在锣鼓喧天的声响里排开长龙,一会儿就穿梭在荒无人烟的地带。我的心情猛地有点凉意,不过早听老兵们说了,青藏线就是这个样子,千百里没人烟,四季风沙,也没什么好稀奇的。

当时我是名副其实的排长,可老连长怕这个初来乍到的排长镇不住,就安排一个老兵来指点我。车队一路向西,过纳赤台,翻昆仑山,上唐古拉,狂风呼啸,胸闷气短,这种难受的滋味是没上过高原的人难以想象的。好不容易熬到兵站,我拿起脸盆、洗漱用具、碗筷,赶紧往兵站宿舍跑,青藏的风太大了,人都站不稳,不开口说话,风就像要把我的嘴吹歪。这时,老兵叫住了我。"稳住阵脚,管好你的部队!"要知道在车队老兵是很受人尊敬的,老兵不仅技术好,还有很强的组织指挥能力,在战士们心中就是权威。

我一下愣住了,心中的那些治排方案一下子变得那么遥远。在院校里,我片面地认为当了军官,就可以随便指挥人了,这下才明白,要想当官,首先要当好兵,这也是我们团制定的硬规:每个军官学员前几趟上线执行任务,都由一个老兵带着实习。于是,我只好忍住恼怒,平静地接受了最初的尴尬。从那天起,我就一心一意当这个1981年入伍的老兵的得力助手。早晨,老兵还躺在床上,我早已跑到停车场检查车辆了。检查整修车时,我自觉地上车擦洗,检查故障。一次,团长走过来,看我正光着脚跪在车上认真擦着车,团长拍了一下我的肩膀说:"好样的,好好干!"我急忙跳下车穿好鞋子,给团长敬了一个标准的军礼!此时我似乎明白了,带兵能身先士卒,共甘苦乃真英雄也。

在青藏线,首先得学会生存,然后才是工作。

我第一趟执行进藏运输任务,当车队行驶到距离五道梁五十公里的地方时,因路基松软,有台车侧翻了。当时我们开的是"五十铃"牌车,车上装有八百箱压缩干粮,散落了一地,这个地方正处于风口地带,缺氧程度高,风沙非常大,每隔几分钟,就来一场天昏地暗的风暴,几乎要把人吹倒。我就利用风沙间隙,凭哨音指挥拖车、装车。风暴来时,一阵急促哨音让大家靠在一起,抱着头、蹲下;风沙一过,马上吹哨让大家赶快装车。八百箱压缩干粮,我们八个人整整装了十多个小时,这是电影上才有的镜头,让我第一次上青藏线就体验了,这也是给我首次上青藏线的见面礼吧!

　　一次,一位领导上青藏线指导运输工作,刚到唐古拉山顶,就发现我们排的一个战士脸色铁青,嘴唇裂着血口。一打听,才知道他驾驶的车熄火了,怎么也打不着火,一着急就把自己的大衣脱下来,忍痛割爱将大衣里的棉絮拽了些出来。棉絮被点燃了,冻得颤抖的"铁鹰"被手里温暖的火光唤醒。温暖的火光照亮了雪原,也温暖了他的胸膛。这时又一场毫无防备的大雪,伴随突如其来的疾风急速奔驰而来,顿时群山一片粉妆玉砌。车队行至山顶,路上积雪盈尺,车队速度慢了下来。十几米之间,已看不到前行的车辆,这场大雪下了足有三个钟头。天空渐渐亮起来,路面上的积雪几乎有一米来厚,雪滑坡陡,停下来的车队像一堵银墙。在这里长时间停留,无异于坐以待毙。见了这场面,说实话,我在军校做梦也没想过,但是上了几趟线,我已有经验了。我立即跳下车挖雪,脱下皮大衣垫车轮,用不着动员,全排战友立即下车挖起雪来,铁锹、脸盆、饭碗和冻得红肿的赤裸着的双手,在雪原勾勒出一幅奔忙的场景。

　　挖开天路,全排官兵来不及休息便驱车赶路,翻过唐古拉山,跨过大风口安多,即刻进入西藏境内。放眼望去,纳木错就在我眼前。我肉眼观察,发现纳木错的湖水并不安详,可能是大漠的风沙实在害怕纳木错的湖水太寂寞了,所以舞动它的翅膀,变着花样地卷起风波,不知疲倦地围绕在湖的中央。狂风大作时,飞沙走石,沙丘流动,风裹着细沙,钻进了离我很近的汽车兵驾驶室,湖水也翩翩起舞,似乎在欢迎汽车兵的到来。干风是水的克星,在这戈壁滩上,就是躺着不动,每天自然界也会从人体内提走二三公斤的水分。今天我所带领的车队,已在戈壁滩上行驶了三天,自带的水早就喝得精光,而没有水,饼干就像沙子一样难以下咽,有人开始放车水厢里的水。是啊,如果这样下去,发动机就会停止运转,那意味着我们会永远倒在这荒滩上。

"水！水！水！"是谁在惊喜地喊叫,大家抬起头,前方出现一片水面,我们个个都来了精神,驱车飞驰过去。湖水顷刻间平静了许多,战士们用沾满油渍的手捧起畅饮湖水。湖水有点咸,可战士们分明喝出了甜滋滋的味道。战士们身上的疲劳就像害羞的姑娘,一晃就躲得没了影,"天湖"真是一点也不吝啬,战士们把水装进了肚子里不说,还提起油桶、罐头盒、头盔,只要能装水的东西,这时候都派上了用场。湖水融化了干硬的饼干,融化了战士们干燥的心,更融化了默默而滚烫的车轮。于是,汽车又驶出了欢笑,去温暖在苦难中挣扎的藏族同胞。

此时,我真想放声高喊:纳木错湖啊,您是母亲湖,您是天上的湖！汽车兵,您是祖国的儿子,您是天上的骑士！可是我最终没有喊出来,因缺氧,我必须保存体力,前方的道路任重而道远。

夜晚,车灯映照出雪原灰色的身姿,四周是群山雪海。天边边的夜,只有这一群人,在从事着全世界除了他们再无人知晓的壮丽而又艰苦的作业。当疲惫不堪的车队沿着几千里的雪胡同,与布达拉宫的脚印重叠的时候,我突然意识到,自己已被高原塑造,我感到自己就像昆仑石一样坚韧,相信自己再不会误入风的巢穴。

走出军校,来到青藏线与这帮汽车兵朝夕相处,我感到高原给了我一种胸怀,一种希冀,一种追求,我在高原找到了自己,塑造了自己。在军营我找到一种爱,一种力量。简单地说,就是让我长期在格尔木干下去的动力,动力来源于爱。

爱是什么？爱是一种给予,不是货币贷款,有了投资就会有丰厚的利润;爱,是一颗宝石,深藏在岩层之中,它需要以坚韧去开掘,理解去识辨,信任去琢磨,真诚去呵护。

爱意味着什么？这是我在风雪高原时常思索的问题,车尔尼雪夫斯基这样讲过:"爱意味着为他人能够幸福而去做需要做的一切,并从这个当中得到快乐。"可我觉得这不够全面,还应加上,爱意味着理解,意味着一种责任,意味着心灵的奉献,意味着感情的延伸,建立在众人幸福基础上的爱是高尚的,战士的爱就是这样的爱。为了祖国,他们离开了繁华的城市,来到白雪皑皑的山头,为了人民,他们告别了绿油油的田野,守卫在银装素裹的雪域高原,把全部深沉的爱都献给了边疆。

我还记得,我们排里的战士探亲归队,都要带来家乡的菜种、花籽;出差回来,他们带来了常青的松柏、冬青;有的战士还从一百多公里外挖来马兰草栽在屋檐下,从沼泽地里挖来野花培植在罐头盒里。每次上青藏线执勤,他们会在路上摘几朵小花放在车里面;还有些战士,在破旧的门窗上刷一层象征青春活力的绿漆。战友们说,这样特喜气,有生机!现在每逢收获季节,我们不仅可以吃上甘肃的黄瓜,山东的葱,而且还可以品尝到四川的莴笋和北京的"心里美"。到了冬天,窗外,冰天雪地,寒风凛冽;室内却是春意盎然,鲜花盛开。这些花开得那么红,那么艳,与其说它是大自然美的点缀,不如说它是战士们身居高原,热爱生活的见证。

战士们就像从远方移来的花草一样,坚挺地适应着,然后把根、把希望、把奉献深深地扎于格尔木、扎于青藏线,日复一日、年复一年地接受着恶劣环境的洗礼,肩负着急难险重任务的挑战,向部队、向祖国交上了一份又一份合格的答卷!

兵城恋情

　　每个青年男女,对婚姻爱情都有过青春的萌动,都有过浪漫的想象,我同样也幻想和憧憬过。幻想是赏心悦目的美好,是花前月下的浪漫,憧憬是喜悦的、乐观的。

　　乐观是一种风度,一种信心,我不仅对待工作报以乐观态度,对待爱情也很乐观。然而,现实生活却不因我的乐观而给予我特别的照顾。在汽车团,我的爱情跑道,拉得比青藏线还长,我的恋爱历程,俨然不像我驾驭的汽车轮子跑得那么欢实,而是常常"掉链子"。回过头来思量,我从骨子里理解了老兵们常说的那句话:"在高原当兵的人,找对象比爬唐古拉山,比在暴风雨中突围还难。"在全团的干部会上,老团长讲得更干脆:"年轻干部们,不要把自己的感情生活想得云里雾里的,能找个女人过日子就行,把主要精力放在工作上。"

　　是的,在这艰苦偏僻的地域,也容不得你多想——驻地仅有的几个单位里,可供选择的女同志很少;一年一次的几天假期,回家解决不了问题。我的恋爱道路就是极不平凡的,在亲戚朋友、领导和战友的张罗下,我开始频频相亲,又频频以失败告终,因为常年与风雪为伴,因为这张被无情的高原风沙吹得红一块、紫一块的脸庞,因为我钟爱的事业,所以那位美丽的小学教师,善良的乡村姑娘,端庄典雅的文化女孩,才会毅然选择离我而去。

　　然而,生活像梦,往往在你不想做梦的时候,有人会不经意地走进你的梦里,有人说这是缘分,我不否认。认识女友是在战友的婚礼上,女友当时是战友妻子的伴娘。女友叫李平,记得当时听到我问她叫什么名字,她羞涩地一笑,然后将瀑布似的秀发一甩,挡住了我直视她的眼睛,她轻柔的声音拂拭着我的耳膜,使我有一种甜甜的感觉。

从那以后,我深深地记住了这个名字,在我的识字生涯中,第一次将"李"和"平"结合起来。我在心里想:什么时候她的名字可以与自己的名字联结在一起呢?希望这不是在胡思乱想。因为我吃过胡思乱想的大亏,此时躺在床上,望着格尔木摇摇欲坠的月亮,我陷入失眠和痛苦不堪的回忆之中。那还是在回老家探亲的时候,亲戚给我介绍了青岛市一个工人家庭的女孩,女孩端庄漂亮,而且个子很高。姑娘的秀美与善解人意以及良好的人品,令我顿时心花怒放,我天不怕地不怕地给她写信,写情意绵绵的情书。一天,两天,三天过去,却没有得到姑娘的回信,就在我以为这个"玩笑"真的会以玩笑的方式结束的时候,姑娘的亲朋"暗访"到我家来了,因家境贫寒而倍受对方讥讽奚落。我满腔愤怒,但并未做出出格的事情,而是自己开导自己,男子汉何患无妻。

朦胧的初恋,我满含希望和憧憬,我心中的爱是神圣的,是纯洁和美好的,不容有丝毫的轻视和玷污。我并不恨这个姑娘,反而觉得她是让我成长的女人。话虽这样说,毕竟人是高级感情的动物,心中的阴影不会轻易被抹掉,所以在见到女友的时候,我还是尽量保持冷静。

她与战友的妻子是很要好的朋友。因为有了这次不期而遇的邂逅,因为有了这层关系,我在心中便产生了幻想。终于有一次,战友约我一起去她家做客,随去的当然还有战友的妻子,当战友和新媳妇卿卿我我时,她说:"别做灯泡了,我们出去走走吧!"我能为有机会与她单独相处显得格外兴奋,第一次交谈我们谈了许多,这里面有怕冷场而多说出的话,但总的看来我们的心灵是相通的。千古知音最难求,后来我们相见的机会也多了,因为同在格尔木这座城市,让我们有着更多共同的话题与空间。李平在军工厂工作,这使她接触军人的机会也多,她很欣赏军人那种独特的气质。但是我的外形切实使她产生了很多怪异的想象,她想:都说山东大汉个个长得人高马大,可他却清瘦矮小,这样一个人父母能接受他吗?木讷的我,却从来没认真揣测她会想这么多,和她见面我只有一个心思:逗她开心。结果,任凭我使尽浑身解数,她仍显得心事重重。

她是很有情调的人,可我却呆头呆脑。她说,男女共同走马路时,男的要走在里面,这样可以保护女的,这样的细节我哪能知道。但我觉得自己也有细心的一面,我很爱做饭,每次到她家,我做的饭菜都引来二老的赞叹声。只要自己稍有空闲,"包工、包料、带洗碗"的活就全是我的了,这里的"包工、包料"指的是买菜、切菜、炒菜。鉴于我的勤劳、朴实,二老经常邀请我到他们家做客。后来,她也想明白了,她想,纯洁的心灵比美丽的容貌更漂亮,高尚的品德比成套的家具更珍贵,勤劳的双手比显赫的地位更重要。别看她涉世并不深,她懂得的道理还真不少,她知道婚姻不是无边无际的幻想,不是娓娓动听的甜言蜜语,不是慷慨陈词的山盟海誓,不是如胶似漆的拥抱接吻,它是情操、忠诚、爱抚的化名,它是善良、忠贞、圣洁的结晶,它是理想的一致、意志的融合。

真诚是爱情的桥梁,几个月的真诚沟通,彼此的话语更多了,我们还时不时说句深情的话,渐渐觉得两个人的心贴得很近了,再后来,我们干脆就挑明了,也就是我们恋爱的开始。在和她的深交中,我知道在她的周围有许多比自己强百倍的人,但是女友最后还是将感情的天平向自己倾斜,那时我在心中发誓,将来结了婚一定要对她好,也一定会对她好。格尔木的街道就是那么屈指可数的几条,我俩不知一天要在这几条街上重复走上多少个来回。和她的相识,我们喜欢边走边谈,一直从喧闹的街道走到寂静的郊外,再从寂静的郊外走到喧闹的街道。我不时地抬头看着她,我感觉她真的好漂亮,柳叶眉下,一双炯炯有神的眼睛忽闪忽闪的,好像天上的星星点缀着美丽的夜空,桃花般粉红的脸蛋,微风吹动着她的发梢,就像风的线条,何等迷人又何等醉人!

她的话更让人陶醉:"我之所以选择军人,是因为他们甘愿拿自己的牺牲去换取祖国的幸福和安宁。"

我们的结合,就像田野里那排列整齐的禾苗,没有根盘枝、枝绕根的浪漫,是"爱"字在里羞于言表的,是质朴的,一切都在相互信任、共同守望中。

勇士，车轮，汩汩而行

荒漠，峰峦，疾风啸啸

一个世界在雪里飞落、呼啦啦

一群男子汉视线紧紧咬住雪原的背影

西部雪原呵

边关军人的风流在嘴里嚼出雄壮

一路向西

从东部田园到西部荒原，我把阳关古道的夕阳刻在眼底，沿着戈壁荒漠的走向，在骆驼刺和胡杨林的陪伴下一直向西行走，漠风吹着我的脸颊和衣衫，把青春的步履抒写得刚毅而坚定。

为了朝西的方向，长龙般的车队一次次沿着苍鹰飞翔的路径，把与海拔相关的数字踩在脚下，沿途的植被一点点退却，只有雪莲的馨香，在我的脚畔萦绕不休。走在氧气缺失的山道上，我再也找不到任何可以代偿的方式，只是不让心底的念头，在越来越高的行程上因缺氧而呆板和流失，在我的背后喧嚣而去，从此我把一种信仰，锻造得如高原的石头一样坚硬。

为了车队西进的方向，唐古拉山上的军人雕像，已在风雪中伫立了近 20 年，而雕像面前所恪守的世界上最高的天路，已走过了56 个春秋，这条公路静静地躺在这里，承载着人类的自豪与悲壮。自从慕生忠将军和他的战士们开辟了青藏线，青藏与内地就有了一条母婴相连的脐带，如今青藏线每天都在改变着自己的形象，伴着军人的热血和牺牲，青藏高原正在一步步追赶着时代。

回顾过去，我深感时间像一把重锤，把所有记忆都夯实在历史的深处。只有方向盘外流动的沙丘，依然是那样鲜活，只有不变的暴戾，还在考验着一个个汽车兵。唯有千百年文明的沉淀，依稀在这条公路上静默着，航线般对抗着沙海的迷惑，用神秘的方式，把历史浓缩，而后再延伸。

青藏线一头挑起西北大漠边关的冷月，一头连着西南边关燃烧的太阳。

青藏线是为文明而存在的，它燃烧的第一把火，照亮了昨天，辉映着高原的今天，在历史长河中树立了一个个文明的坐标。

青藏公路是为世界而存在的，它是人类通往世界的第一条神经，没有它的存在，人们对世界屋脊的认识将是一片空白，路的童年就是人类的童年，路的沧桑就是历史的峥嵘。半个世纪前，由军人修通的这条向西的路，记载着前人的业绩，也延续着军人的牺牲，一切故事都发生在路上，路上的人又在不断续写着故事的新篇。

青藏线的开通，似一条血色的飘带，永远散在了亘古的雪域高原，它像一条人类伸向生命禁区的神经，从此搏动着由昆仑山体与唐古拉山体共同承载着的这片不朽的高地。

我于 1991 年走上青藏线，在青藏公路上行车整整 14 年，我把这条路，作为放飞理想与信念的追求之路，也是我获得经验、得到锻炼、求得实践的西行取经之路。在格尔木工作的时候，一些来看望我的内地战友曾劝我说："青藏线太艰苦了，不能为了工作亏了身体，如果你愿意的话，我们这些老战友帮你托人调到内地工作吧。"听到这些话，我笑着对老战友说："没关系，再艰苦的地方，总得有人去呀。"在汽车团流行这样一句话，叫作"缺氧不缺精神"。

然而，当情感的哭啼刺痛心灵春天时，我还是禁不住淌下了心酸的泪水，我们这些汽车兵的泪水是吝啬的，只流给最亲的人。记得有一年，我在北京后勤指挥学院学习，难得的一次假期，我回了一趟山东老家，这是我时隔八年的一次探家。母亲早早得知我休假的消息，就在集市上给我买了一个西瓜。母亲知道我打小就特别爱吃西瓜,等我回到家,已是一个月后的事,一个月,西瓜早已霉烂变质,可母亲却舍不得吃掉,我知道母亲是特意为我准备的。当母亲抱着这个霉烂的西瓜向我走来时,我早已泪眼蒙眬。虽然母亲说不出"自古忠孝两难全"这样漂亮的话来,但母亲对我的理解和支持却是具体的,是我前进的动力。如果说母亲对我的爱是细致入微的,那么父亲的爱则是伟大而深沉的。五十来岁的父亲一直身体都不是很好,父亲患的是喉癌,也许,父亲早就预知自己即将走向生命的终点,于是叮嘱弟弟给我写信(当时没电话),父亲想在临走前看我一眼。得知消息时,我正在青藏线上执行进藏运输任务,作为连队干部我得出全勤,要是这个时候请假回家,连里的工作怎么办?我在回信中说,一定抽时间回来,这句承诺一直到父亲闭上双眼也未兑现。父亲在弥留之际不断念着我的乳名,带着遗憾和牵挂去了另一个世界。得知父亲去世的消息,正行驶到昆仑山的我停下了车,对着大山吼:"亲爹……"当车队一如既往向前行驶时,我发现自己的干劲儿比以前更猛了。

在汽车团工作的 14 年里,我先后跟随车队执行进藏运输任务一百多趟,基本是出全勤。我感到在艰苦的青藏线工作靠的是一种境界,这种境界只有与精神境界达成一种默契,才能形成战无不胜的力量。有幸在这样的环境里生存成长,感到是一种财富,一种宝贵的精神财富。有了这种财富可以战胜生活中的许多困难,每次生病发烧的时候,我都是悄悄地吃上几片药,然后再悄悄地守着这个秘密。直到退烧后,又像一头牦牛一样出现在官兵面前。在汽车团,我经历过基层工作和机关工作,从排长、副指导员、指导员、股长,一步步晋升到营政治教导员,虽然职务一次比一次高了,但青藏线恶劣的气候,却不会因为我职务的提升而给予我任何特殊照顾。

我于 2001 年开始就任汽车营教导员,在这个岗位上任职的时间比较长,将近 5 年,并且担任过两个营的教导员。这个时期是我成长进步的重要阶段,也是我西行路上的一个重要岗位。这期间,我得到了全方位的锻炼,拥有了统筹谋划和带领一支队伍向前进的认识、基本素质,并有了较成熟的世界观、人生观和价值观。我任教导员的第一件事,就是谋划怎样带出一流队伍。我始终认为,带一流队伍是争创先进营的基础,基础工作犹如万丈高楼平地起。今天,改革的洪流是全营的官兵,他们才是营里的主角。

带一流队伍,首先是整顿兵马。根据上级要求,结合工作实际,我提出了带一流队伍的标准要求:政治素质好、工作能力强、业务技能精、整体形象好、政策水平高。

那么,一流的队伍、一流的部队怎么培养?又怎么带领?

我针对连队上线工作任务,针对干部群众的自身特点,针对各连队的实际情况,着眼"一流",从部队整体上抓了八方面的工作,即抓班子强干部,把核心形象树起来,增强对部队的感召力;抓理论学政策,把头脑武装起来,增强部队明辨是非能力;抓教育搞活动,把积极性调动起来,增强部队内在活力;抓团结正风气,把良好环境打造出来,增强部队凝聚力;抓任务定目标明责任,把前进方向明起来,增强部队动力;抓制度建规章搞激励,把管长远的规矩立起来,增强部队工作的持续性;抓共建促协作,把军政军民和民族关系统一起来,促进部队的拥政爱民意识;抓后院稳亲属,把官兵后顾之忧重视起来,增强部队工作的坚强后劲。在具体环节中,我突出抓了以下工作:

一是抓思想政治教育,树敬业奉献精神。组织官兵认真学习邓小平理论和江泽民同志国防和军队建设一系列重要论述,实践"两个功夫",即在全面、系统掌握邓小平理论的科学体系上下功夫,在运用理论研究和解决问题上下功夫。通过学习,不断提高贯彻党的基本路线的自觉性和坚定性,树立正确的人生观、价值观和世界观。人员的思想是在不断变化的,思想政治教育也要结合敬业精神和奉献精神随时跟进、长期夯实,以增强事业心和责任感,这是调动士气、确保稳定的首要条件。

二是抓业务学习,提高政策水平。由于当时军队正面临体制改革,对于党委"一班人"的综合素质、知识结构、业务技能等提出了新的要求。对此,我着重加强业务和相关知识的学习,对于军队体制改革方面的知识,我带头加强学习。

三是抓制度,管长远。我任教导员期间先后建立和健全了责任制度、会议制度、请示汇报制度、廉政制度、民主生活制度、办公制度、考核制度和竞争激励机制等,坚持靠制度管人、落实工作。

四是抓团结,树团队精神。班子团结,部队团结,才有战斗力。我把团结视为生命,因此,在加强自身修养的同时,不断地要求部队要顾大局,讲团结,树立正确的世界观,坚持马克思主义的辩证法;要讲党性,严以律己;要学会正确处理部队内部矛盾,原则问题当面讲,非原则问题讲忍让;要警钟长鸣,做到自重、自省、自警、自律,人人争当团结的模范。

五是抓考核,选拔使用好德才兼备的干部。加强德才兼备干部培养,是建一流队伍的一个重要组成部分。在选拔使用连队干部问题上,我一向坚持这么一个原则:一看党性,就是看政治立场和政治水平,要忠诚党的事业。二看实绩,就是看带领官兵执行党的方针、路线和完成工作的实际效果。三是看民意,就是看群众拥护不拥护,赞成不赞成。这是我选拔干部的一条重要依据。同时加强考核制度,考核一要体现领导与群众相结合,定性与定量相结合,既结合实际考核标准,又有一定灵活性;二是做到德、能、勤、绩全方位考核。

通过多管齐下,标本兼治,营队全年发展稳中求进,逐步形成了一支风清气正、敢打硬拼、士气高昂的队伍。特别是在遇到急难险重任务时,不管是干部还是战士,不管遇到多大困难,都能服从于大局,团结一致、齐心协力,赤膊上阵,个个有着猛虎下山的劲头,部队士气"嗷嗷叫"。

在这期间,我的管理能力也得到了实践与磨炼。这一年,我先后发表了政工论文数篇,编写的《三营八连三十八年无事故无案件》一稿,被评为优秀稿件,编入《总后基层预防犯罪工作经验选编》一书。2003年3月荣立三等功。曾三次被团评为"优秀共产党员",两次被评为"优秀基层干部"。

面对荣誉,我始终保持着戒骄戒躁的作风。我觉得把荣誉装进私人的箱子,它就会发霉、变色;把荣誉放进集体的仓库,它才会永葆本色。叮在旗帜上的苍蝇,丝毫不能得到旗帜的光荣,而只能玷污它。荣誉对我而言有着巨大的鞭策力,使我不断向上攀登。为了力求更大进步就必须创新创新再创新。

创新,来自实践的创新,向人们昭示了,真理只有一个,而追求真理的途径各有不同。身为汽车团一名指挥军官,一名为兵服务的政治教导员,我深知,仅凭对工作的一腔热情是远远不够的。因此,我先后挤时间完成了长沙政治学院政工大专两年函授课程,长沙政治学院法律本科三年函授课程,并以优异成绩获得学院颁发的毕业证书和优秀学员证书。参加函授学习时,我只能在上青藏线执勤的间隙,挤时间、抢时间完成,白天我在青藏线上顶着严寒,迎着雷雨风暴执勤,夜晚则聚在灯光下读书。我感到书籍好比河流,使人四通八达;书页好比睫毛,能启开你的眼界;书魂犹如圣灵,能洗涤你的心地。十多年的知识积累,十多年的工作实践,在朝着宏伟目标挺进中,在不断探求真理的小路上,使我当干部的思想认识逐渐成熟起来。我静下心来总结出一些不算成熟的见解,斗胆与大家进行学习与交流。

见解之一:工作出色就是最大的形象。形象不是说出来的,更不是捧出来的,而是干出来的,表现在具体的事业中。你说自己的形象高大就高大吗?相反的,别人说自己的形象小就一定小吗?"说一千道一万,两横一竖就是干",不干就没一点哲理,只有干事才能获取经验,只有干实了干好了,才能出成绩,才能树丰碑。从我入伍的第一天起,我一直坚持在干中学、学中干,我的工作之地就是我的学习之处,业余时间总是见缝插针地学理论学业务,善于向领导学讲话和领导艺术,向工作学经验,向失败学教训,向书本学知识,向官兵学优长,所以每当我回忆起从军以来的经历,总感很充实,没有虚度每一天、每一段,也因此在我所经历的领导和官兵中都留下了好口碑。

见解之二:当官首要的是先学会做人。由于工作分工、变动,成了领导,当上了官儿。当了官儿,更要学会尊重他人,信任他人,关心他人,帮助他人,团结他人;当了官儿,不能摆架子,摆谱儿。想摆大架子,想摆大谱儿,那就大错特错了,要做实实在在的好人,只有加强自身修养,才有可能做一名实实在在的好官儿,好领导。多年来,我对部属一直坚持"爱"字当头,遇事对事不对人,不搞恶意攻击,不拉老乡和帮派,一视同仁,因此得到了官兵的信任和尊重。

见解之三:与官兵融为一体是真抓实干的重要途径。要当好一名干部,必须首先学会当兵,常深入官兵中,与他们打成一片,多听多看多察,不能高高在上,对下情一知半解,对单位建设凭想象做决策,这既害单位又害己,甩手掌柜要不得,否则会淘汰出局。只有扑下身子,深入实际,深入群众,才能赢得威信、赢得才干。多年来,我坚持以朴实、谦虚的姿态深入官兵中,实行"五同":同吃、同住、同操课、同娱乐、同甘苦。尽管营部离家属院很近,但我很少能回家,压根儿担不上家里的事。但正因这样,才带动、促进了部队,也摸清了工作底数,获得了经验,历练了才干。

见解之四:班子建设是单位发展的关键。一个单位要发展好,必须要有一个好龙头,这龙头就是党委、支部班子。抓好班子建设的关键是搞好团结,搞好班子团结的要害是破除私心杂念,关键是换位思考。领导干部要给一般干部做表率,在政治上互相信任,不猜疑;在思想上互相交流,不隔阂;在工作上互相支持,不拆台;在生活上互相关心,不冷漠。一旦有了失误和问题,主动承担责任,不推诿,不指责,班子成员尤其是主官,真正做到正确对待自己的同志。与此同时,领导干部有时不能等同一个普通战士,因为有些话,老百姓能说,干部不能说;有些事,一般人能干,当官的不能干;有些苦,一般人不能受,当官的必须经受。领导干部还要空话说得少一点,实事干得多一点,付出多一点,回报少一点,生活清贫一点,工作辛苦一点,要先天下之忧而忧,后天下之乐而乐。否则,就当不好领导干部。切记——喊破嗓子不如干出样子。

　　见解之五:善于化解矛盾是为自己营造舒心环境的必修课。在一个单位、一个群体中,矛盾是普遍存在的,如不善于化解它,就会疙疙瘩瘩,对工作、生活都会带来很大负面效应。所以,要敢于面对矛盾,而不是回避矛盾,要善于化解矛盾,而不是激化矛盾,要寻找恰当的方式方法积极化解,而不是耿耿于怀伺机制造矛盾。同志们在一起工作是缘分,要搞五湖四海,要团结,不搞无原则的纠纷。矛盾是经常发生的,有矛盾,有分歧,是正常的。有了矛盾,关键在于化解,协调,决不可以就矛盾而矛盾,矛盾越描越黑,越讲越大,上纲上线,这种做法是绝对要不得的。同志间闹矛盾,多是由于误会或者沟通不够造成的,我们要从误会入手,交流开始,矛盾定能化解。

　　见解之六:正确对待先进与后进是争先创优的不竭动力。一年一度的评选先进工作,目的是为了总结经验和教训,把来年工作干得更好。当了先进,要再接再厉,拉开大架势,比一比,赶一赶,超一超,使今后的工作更上台阶。没有被评选为先进,或者比较落后时,不要有包袱,也不要不服气、闹别扭。我们要辩证地对待,先进者在某一方面、某项工作也可能落后于后进者,后进者则可能在某一点上优于先进者。因为尺有所短,寸有所长,我们要取人之长,补己之短,达到争先创优,共同进步的目的。在我所走过的每一步里,也有过失误,有过差评,但从没气馁过,一如既往地保持了昂扬斗志、奋发热情,认清差距,找准不足,正确对待领导和同志们的点评,硬头赶上,后来者居上。

　　见解之七:正确对待个人得失是进步的人生态度。在日常工作中,有些同志对个人工作的安排和职务的要求有想法,找领导谈看法,交换思想是正常的,无可非议。这说明,大家信任领导,说心里话;但要把这种情况和个人要求、想法一旦不能满足就不高兴,闹情绪,发牢骚区别开来。有的人说三道四,甚至抵制组织的决定,就是个人主义,我们要坚决反对。这种做法是要不得的,并且会贻误自己的进步和事业的发展。一个健康成熟的人,必须有勇气面对得失,端正根本态度,确立正确的得失观,不能因一时一事的得失患得患失,斤斤计较,要有"有一失必有一得"的大度,才会有取得不断发展进步的动力和空间,否则就是对自己进步源泉的枯竭。我在教导员岗位上干了近五年,在这五年里,有的同级、下级在职务上提升了一两级,而我迟迟未动,这时有好心的同志劝我:"干得再好领导也看不见,还那么拼命图什么。"而我没有动摇,没有抱怨,始终如一地坚持:对得起自己的良心,对得起这份担当,把领导形象树好,把军人职责立起来,把事干好,把人做好,任凭组织和官兵的评选。最终经受住了领导、同志和工作对我的考验,得到了重用。

　　见解之八:干好一件事要坚持持之以恒。一旦确定奋斗目标,决不半途而废,决不改弦易张,一遇到挫折就退一步,绕一周。干事业一定要有宁折不弯,忍辱负重,委曲求全的精神;一定要有乐观向上的心态。这些都是事业成功的条件和保证。

　　见解之九:只有开拓性抓工作才能有大成效。领导干部不仅要有思想,还要能出思想;对本单位的建设要站得高、看得远;对上级精神,要结合本单位实际,创造性地抓落实,不能被动应付、蜻蜓点水;对部队允许追求真理的多途径,多层次,要让邓小平理论精神在实践中辉煌。鼓励广大官兵在实际工作中敢为、敢闯、敢干。只有这样,单位建设才有勃勃生机。否则,就落实而落实、就工作而工作，单位建设就很难有成效，个人发展也很难有作为。当领导干部要有在官一任、振兴一方的雄心，不能守摊子、混日子，得过且过，这样害人害己。

　　我所在的营是全面建设先进营，有着光辉的历史，一枚枚军功章，一面面锦旗足可以说明一切。当驼铃时代把它最后一个黑夜交给汽车时代的第一个黎明，英雄的汽车兵便开始了风雨兼程的跋涉，滚滚铁流和年轻的汽车兵，自此开始与这里的风沙、暴雪、滑坡进行无数次较量，每一次较量，都为我们营树起一面高高飘扬的战旗。战旗背后写满艰辛，高寒缺氧，对官兵的身体和意志是严峻的挑战。上高原执勤以来，全营官兵，无数次穿越被称为"生命禁区"的四千里风雪青藏线，为青藏地区社会稳定、经济繁荣和西南边防的巩固做出了重要贡献。

　　是什么精神激励官兵们，在艰苦的环境中秉承先辈遗志，在青藏线上一如既往地拼搏进取呢？我认为，这是因为我们营始终保持了良好的教育传统，坚持用党的创新理论夯实官兵扎根高原、无私奉献的思想根基。越是条件艰苦，越是要靠理论夯实思想根基。这是营党委"一班人"永远不变的信念。上线执勤中，我们广泛开展"草原讲坛"活动，官兵们个个争着登上讲坛，谈学习体会，话家乡巨变，数营队发展成果。提起"草原讲坛"，入伍前曾担任一名教师的战士说："登上汽车大箱板搭建的讲台，交流自己的学习感受，就和登上中央电视台百家讲坛的感觉一样过瘾。"

　　树木成长需要阳光雨露，人才成长需要良好的文化环境。

　　人人学理论、人人钻理论，是全营坚持的好传统、好作风。

　　走进营区，扑面而来的是读书学习的浓厚气息，感触最深的，是全营官兵对党的创新理论的思想共鸣和情感认同。驻地偏僻闭塞，学习条件先天不足，为了让官兵们"有书读、读好书"，我们倡导"少抽一包烟，多买一本书"；发动大家在休假出差、学习进修期间自觉买书，归队后为连队图书室捐献一本书，真正达到了资源共享、理论共学、人人受益。

全营官兵个个都有理论学习计划,并对所读书目、完成时限、读书笔记等进行了量化。连队还统一配发了政治教育、理论读本和条令条例、专业技术方面书籍,鼓励官兵多学理论、多做笔记,而后进入思想,变成工作实践。现在汽车团和过去相比简直有天壤之别,官兵精神面貌好,官兵们学习党的创新理论的热情比过去高,手段也特别多。有读书竞赛、知识比拼,特别是对高科技知识学习已蔚然成风,营里大部分官兵建立了博客,我们通过网络平台积极开展"争当优秀博主""我为理论学习献一计"等网络互动活动。官兵们踊跃投稿,载满思想成果的理论文章,像雄鹰一样插上了翱翔的翅膀。据统计,仅一个月时间,全营就向全军政工网和雪线政工网投送理论学习体会稿件20余篇。在团队"季度新星"的评选活动中,"理论学习之星"一直被我们营"霸占"。

我们营之所以取得今天的成绩,我想,不仅是有创新理论的指导,更重要的是,我们有一个好党委——党委"一班人"拧成一股绳,集心发力。干部骨干兢兢业业,一心扑在工作上,起到了很大的模范带头作用。当然,成绩的取得与全营干部科学带兵也是密不可分的。全营干部在科学带兵上,坚持把经常性思想工作和经常性管理工作结合起来,建立了一支过硬的思想骨干队伍,总结了一套"两百米散散步,两三分钟谈谈心,三两句话明明理"的工作口诀。上线期间,我们始终把思想工作流动到青藏线,都说指导员思想工作是无处不在。更重要的是,思想工作一定要起到润物细无声的效果。几年来,营党委"一班人",解决了80多个思想问题,消除了多起事故隐患。同时,干部也能很好地做好自己与家人的思想工作。由于工作繁忙,我们好多干部根本照顾不上家庭,营部虽然离家属院只有几步路,但他们却很少回家,究其原因就是他们的职责在岗位,工作就在战士身边。

争先进难,保先进更是难上加难,这是前任教导员留下的话。

再难工作也得干,而且还得干好,这是我的决心。于是,我紧紧抓住每一个能让营队发展的时机,下大力抓好工作落实。这一年,是全党全军深入开展学习实践"三个代表"重要思想之年,我充分利用这一时机,结合部队实际,在全营深入开展"成绩怎么算、形势怎么看、我该怎么办"大讨论,引导官兵认清形势、清醒头脑。围绕"如何正确看待当前形势,如何立足本职干好工作"为主题,深入调研,我和营、连队干部住进班排,与官兵实行"五同",认真听取群众意见。开展"我为单位建设进一言、我为单位发展献一计"活动,广泛征集官兵意见、建议,形成了"盯着问题做工作、攻坚克难求进步、自加压力求发展、瞄准一流创辉煌"的工作思路。

把准脉搏,集中会诊。对于发展中遇到的问题,营党委一班人,坚持用党的创新理论来审视、破解。针对官兵吃苦奉献精神弱化的问题,扎实开展"特别能吃苦、特别能忍耐、特别能战斗"革命精神教育,组织参观团史馆,让官兵从土豆、萝卜、白菜"老三样"到"八菜一汤"的自助餐,从"钻地窝子"到水、电、暖、氧四通的现代化楼房,从上下通铺到单人单铺,从翻浆路到宽阔的柏油路,从"白天兵看兵,晚上数星星"的寂寞生活到听有收音机、看有电视、学有图书室、玩有娱乐室等日新月异的生活变化中,深刻感受党的创新理论的蓬勃生机。

针对部分干部骨干反映"兵难带"的问题,我们根据改革开放后出生的官兵渴望被尊重、被肯定的特点,抛弃以往打压"刺头兵"的做法,在全营开展了"我心中的干部"和"我所希望的战士"为主题的互说心里话活动,让官兵敞开心扉谈感受,进行换位思考,共商带兵之法、共谋管理之策,归纳总结出情感激励法、因势利导法、目标牵引法等带兵法,增进了了解,化解了矛盾,促进了管理工作的科学化。我觉得,新时期军人就要掌握好理论,这样才不会落后于时代,遇事才有好方法,进步才有明确方向。

另外,带兵还需要一个"真"字。我想,只有我们心中时刻有战士,对战士如春天般地温暖,才能受到战士的爱戴。在工作中,我时刻把战士的事当自己的事一样对待,为了和别的连队争一个考学、学技术的名额,我常常和领导争得脸红脖子粗。别人对此不能理解,劝我:"又不是自己的事少管点,何必伤感情,如果为此让领导对你有看法,不是太傻了吗?"可我认为,这样争的目的和初衷,都是为对战士本人负责,也是对部队负责,更是对干部这个称谓负责。至于对自己的影响,我觉得只要是出于公心做的事,自己也就问心无愧了。

干部威信从何来?我认为就是从这样的"小事"而来,只有对别人倾注一分分真情,换来的才是别人的爱戴和信任。连队有个战士想报考军校,可他听人说,考军校首先得送礼,于是他夜深人静时悄悄来到我的寝室,给我送来烟酒,主动要求我给他提供方便。我见状婉言谢绝了,并告诉他只要好好复习比什么都强。后来,这个战士听了我的话,不仅学习刻苦,素质全面,各方面条件都符合要求,顺利考上了军校。上军校后,战士父母心存感激,提了一篮子鸡蛋找到我,这让我的心情久久不能平静。

我感到,作为一名干部,只要你向战士掏出一颗真心,一定能收获到一份真诚。这些年,从我手里走出的军校大学生已不在少数,他们个个都很有心,逢年过节,这些走出去的军校生,都要给我寄名片贺卡,里面的内容,句句包含着他们对我的信任与关爱。每当工作遇到挫折的时候,我都会在心里默诵着这几段文字:"让我怎么不感谢你,当我走向你的时候,我原想收获一缕春风,你却给了我整个春天;当我走向你的时候,我原想摘取一枚红叶,你却给了我整个枫林;让我怎么不感谢你,当我走向你的时候,我原想亲吻一朵雪花,你却给我一个银色的世界。"每当看着贺卡上这样滚烫的文字,我的眼中便会含着泪水,如果没有对战士们的爱与信任,我无论如何也走不到今天,这些情真意切的话语,既充满了战友情谊,又体现着自身价值,既让我有压力,又催生了我继续努力的动力。战友们的爱太值得珍惜了，每年我过生日，战友们知道后私下里买了蛋糕，专程送到家中为我过生日，其间电话铃声也是不断，这是我最幸福的时刻。

和谐聚力，和谐兴营。全营形成了"同心同德干工作，开拓创新谋发展"的和谐氛围。一名考上军校的战士在离开营区时说："在地方我错过了上大学的机会，是这支部队为我提供了新的学习环境，让我圆了军校梦，毕业后我还要回到这里。"

在学习和践行党的创新理论上，我们营一直与时代合拍，与形势变化同步，与保障打赢能力接轨，理论学习的成果不断彰显在战斗力的提升上。就是这种"比、学、赶、帮、超"的浓厚学习氛围，促进了部队科学育人的整体水平。仅一年时间营里先后有 6 名战士考入军校，18 名战士入党，25 名战士取得高、中级职业证书，53 名战士被评为"优秀士兵"和"红旗车驾驶员"。

对单位建设而言，每一份荣誉，都是推动科学发展的新起点。我认为越是成绩显著，干工作越要高标准，这也是营党委一班人在工作中形成的共识。

发展是硬道理，不发展是没道理，我和全营官兵没有留恋往日的成绩，没有陶醉在昔日的光环里，更没有让"荣誉谱"束缚手脚，始终坚持与时俱进、不断前进。

空谈误事，实干兴营。全营官兵是这么说的，更是这么做的。保障打赢能力，是运输部队的"主业"，任何时候都不得动摇，荒废"主业"无疑就是不务正业。全营官兵坚持"主业"主抓不放松，迅速掀起"苦练军事技能、争当训练标兵"的练兵热潮。在历年团队组织的军事大比武中，我们营都能够出奇制胜。

"永不自满、永远向前"，这不仅是句简洁的口号，更是全营官兵进取精神的映照。全营官兵心中都有一个信念：身在先进营，标准就要高一层，质量就要优一点。

集合集会呼号响亮、队列队形整齐是我们营外在的形象；上线执勤行车正规、安全率高准是我们营的内在素质;专业训练,精益求精、敢于夺第一是我们营的豪情。

在训练中,我们坚持科学组训,以运代训,严格按纲施训,按照实战化要求,有针对性地开展紧急出动、车辆防卫、夜间行驶、单兵战术等训练,在不断摔打与磨炼中提升部队战斗力。

在管理中,我们牢固树立安全发展理念,认真落实安全行车制度;严格组织车队运行,把"装、运、卸"三关作为重要环节,确保了以运输为中心的各项任务的圆满完成。在安全管理上,我们还总结出顺口溜:"大事小事不如不出事,早到晚到不如安全到;十分把握七分开,留有三分防意外;一慢二看三通过,麻痹大意闯大祸;人要安全靠右行,车辆安全靠慢行;十次肇事九次快,不要和死人去比赛;思想一走神,事故准敲门;把安全带上车,把幸福带回家;谨慎安全在,麻痹事故来;处理违章不留情,看似无情却有情;开车不急躁,条条都是安全道;实线虚线斑马线,条条都是生命线;马达一响,集中思想,车辆一动,关乎生命。"这些就像流行歌曲一样,在兄弟单位甚至在青藏线流传开来。

车队行驶和单车行驶不是一个概念,我们每次的途中运输,都是一个由100多台车组成、展开后有几十公里长的大车队,是一次集学习教育、军事训练、途中演习、作风养成等一体的长途拉练。因此,安全行车不仅是我们思想作风、过硬技术的综合体现,也是完成任务的重要保障,必须要有全方位、全时段的安全行车规定和制度。有人说,在青藏线上开车出现事故是在所难免的,我最不爱听这样的丧气话,车辆事故是可以预防的。车轮是一动三分险,人员思想抛锚、青藏线缺氧、悬崖峭壁、沙尘暴等都是诱发安全事故的罪恶凶手。如何防范车辆安全事故,我们针对不同路段、不同气候、不同环境采取了许多行之有效的办法。

一是雨冰雪天气行车要做到三稳、六防,即打方向要稳,加油要稳,踩制动要稳;防车速过快,防车距过小,防麻痹大意,防高速赶队,防操作不当,防行驶过于靠右。

二是便道的行车。要做到路面要选择好,车距要跟好,车速要稳好,档位要选好。

三是城镇的驾驶。要做到一慢二看三通过,具体来说就是车速要慢,判断要准,处理要快。

四是连续弯道的行车要做到减速、鸣号、靠右行。

五是牧区的行驶要做到降速早预防,小心防大意,宁停三分不抢一秒,不要按喇叭。如果碰见牛群在路上,你按喇叭就是我们平常说的对牛弹琴,不但起不到作用,反而会让牛群受到惊吓,到处乱窜。

六是泥泞路上行车三种现象要不得,即猛打方向、猛加油、猛踩刹车。经过这样的地方,一定要匀速通过。当车被陷住后,不要一个劲地加油,要把差速锁打开,然后挂挡、加油看车能不能上来。如果还上不来,那就要下车往轮胎底下垫石头或是其他硬物。若还解决不了,那就要用绝招——拖车。

七是便桥和窄桥行车要做到车距拉好、速度匀速。尽量不要在桥上停车,一般的小桥不要同时将几台车停在桥上,待前面的车通过后,后面的车再上桥通过。

八是夜间驾驶车速要慢、车距要大(200 米)、灯光要好、路面要看清。正常行驶时,车不要过于靠右,会车时提前变光(换近光),尽量少看对面来车的灯光,以防眼花。超车时,要提前变光(来回变光),然后按白天超车要领进行。

还有山路、坡道、迎着太阳行进、缺氧晕厥时……都有细微的行车技巧和规定。

列举这些措施,不是在搞文字堆砌、充数,而是这每一个办法、每一条经验都是由惨痛的教训和沉重的事实写成的,值得我珍惜和敬重。

由于措施得力、管理正规,我所在的汽车营车辆事故逐年在减少。然而,新的时代、新的历史使命给这支英雄的部队以新的考验,是战场就有流血牺牲,这是战争哲学。我曾亲眼看着一个战友从我身旁倒下,再也没能起来,他倒在方向盘上,倒在了自己挚爱的工作岗位上。战友临死的时候,还死死地抓住方向盘,只是眼睛却永远闭上了。送行战友的时候,全体官兵呈一字形排开,面朝山顶,带着虔诚的心情,一齐趴在地上痛哭,起立,走了几步,又趴下痛哭,动作是那样协调,整齐,前进着,重复着……

转眼,这位战友离我而去已经好些年头了,每天经过他长眠的地方,我都要停下车鸣笛,然后从身上掏出一支香烟点上,用马尼堆石块压住烟嘴,然后面对远方敬一个标准的军礼。这时,我感到全身充满无尽的力量。恍惚间,在耳际唤起了阵阵铿锵的呐喊声:

喇叭声声——响彻了那大漠冰川,激荡在狂风的嘶吼里;
车轮滚滚——翻越着那万水千山,步履在艰难跋涉中。
战斗吧,战友! 那方冻土之上是我们挑战急难险重的阵地;
前进吧,同志! 这艰险天路是我们践行信条的路径——
特别能吃苦,特别能战斗
特别能忍耐,特别能奉献
……

在机关工作的日子

机关工作是我获得工作经验、历练人生的重要一环。如果当时没有在机关的磨砺，在以后的当主官、带部队中，是难以有成效的。因此，每提到今天的进步，我就会想到在机关时的充电，每感觉有点小经验、小成绩的时候，就会想起在机关扎实奋斗的时光，每次提到机关工作时，我总是感到充实、感怀。在机关工作期间，我是在不断扎实地学习、不懈努力地奋斗中敬业着、拼搏着……

我在担任连队指导员时，教导员曾经常对我说："俊杰，你还年轻，应该多岗位锻炼，以后要有发展，要成为一名出类拔萃的干部，需要多方面的素质。机关工作对一个干部来说是不可少的，机关工作和基层工作结合起来，你的思路会更丰富、更宽广。"因此，第二年，我到了团政治处工作，成了政治处的一名正式干事。

机关工作没有想象中那么简单、轻松。刚去的时候，总看到一些人整天也不干什么事，好像无所事事一样，我感觉挺好玩。股长说："你先不要干什么事，先熟悉熟悉环境。"股长也没分配什么具体任务，我上班就坐在办公桌前胡乱地翻翻这资料，看看那报纸，整日感觉昏昏然、飘飘然。就这样，持续了有三天时间。

一天，政治处主任把我叫进了他的办公室。我喊报告进去后，主任抬头看了看我，只说了三个字"你先坐"，就伏在桌前低头批阅文件了。过了一会儿，一名干事拿着文件夹走了进来，呈在主任面前。只见主任看了他的材料后，满脸怒气，"咣"的一声把文件夹摔在地上，板起脸说道："你这是写的什么东西，文不对题，重新写！"干事捡起文件夹，低着头离去了。

主任又坐在那里,低着头批阅起了文件。看到主任生气的样子,我也不好问什么,只能静静地坐在那里等着。

又过了一会儿,主任拿起电话筒。"刘股长,你过来一下!"刘股长一进门,主任就抬头问道:"你们股今天的工作是怎么安排的?"刘股长一一地汇报着。主任没有表扬的意思,只是严肃地说:"工作安排要紧凑,不能留空当,要出效率!"刘股长应了声"是",主任挥了下手就示意让股长离开了。主任又坐在那里批阅起了文件。

过了大约半个小时,主任又摸起电话。"小陈,你来一下。"陈干事一进门,主任站了起来,问陈干事今天干什么事了。陈干事说下基层调研了,然后汇报了对官兵的思想调查情况。等陈干事汇报完后,主任有些生气地问道:"没有了?""没有了。"陈干事轻声应道。这时,主任彻底发火了,用手点画着说:"小陈呀小陈,你股长没教你怎么做调查研究吗?你看看,你这叫什么调研?表面文章,花拳绣腿!糊弄应付,无可用之处!根本性的东西没有调查出来,原因何在?解决对策何在?要搞调研,得先有计划,有方法,从不同角度,针对不同的对象,要有数据、有分析。回去重新调研,写出书面调查报告!"陈干事离开后,主任还是坐在那继续批阅文件。

我坐不住了,壮着胆子走到主任面前轻声问道:"主任,您找我有事吗?"只见主任抬起头,脸上露出一丝笑意,温和地说:"没事,你去吧。"

我转身离开了主任办公室,心却在打鼓……

到了第二天,主任又把我叫去,还是那句话:"没事,你去吧。"

第三天、第四天……仍旧这样重复着。

一周过去了。到了第二周星期一上午刚上班的时候,主任把我叫进了他的办公室。这时,主任与我面对面地开谈了。"你知道这几天让你在我这儿坐着干什么吗?这几天,你看到的、听到的,就是要教你学会的东西,让你明白机关工作的要求。听你们教导员多次推荐说,你是可塑之材。基层工作是一个练兵场,要求干部必须具备强硬的素质，机关工作也是一块试金石，千头万绪，不得有半点马虎。你刚来，首先要掌握最基本的业务知识，最基本的机关工作技能。要尽快进入角色，从本周起正式开始工作，希望你成为一名硬邦邦的参谋高手！"

我明白了，真是主任的一片良苦用心啊！这是主任在潜移默化中教我方法、指导我工作，我对主任的领导方法感到敬佩。在以后的日子里，我从主任身上学到了不少工作经验和领导艺术。

我的第一篇材料是这样炼成的！

在政治机关工作，必须有过硬的写作基本功。因为，在机关工作中时时处处都要用到文字材料。可以说，写好材料既是提高工作效率、做好机关工作的需要，也是机关干部的"立足之本""履职之基""成长之要"。毛主席有一句精辟的论断："干革命不仅要靠枪杆子，还要靠笔杆子。"如果没有能写材料这个功夫，机关工作这碗饭就很难吃好。在写作方面，尽管我以前写点东西，但这与写机关公文不是一回事，这是在学校里学不到的东西。主任说："写公文，没有捷径可走，只有多吃苦头，多思多练，才能写出好材料。"是的，我明白写材料的重要性，也明白写材料的难处，所以我必须横下决心，练就写作真本事，要不，在机关没戏唱。从此，我每天坚持主动寻找题目，从学写简报开始，每写完一篇就拿给股长和主任审阅，不行就拿回来反复写、反复练，直到主任通过为止。

一天，主任把我叫到办公室，对我交代说："这段时间我要出差，上级下达了一个写作任务，就是要上报"三营八连连续三十八年无案件"的经验材料，要上报总后勤部。这可是大材料呀，很重要，这个任务就交给你来完成，我相信你一定会写好，不会让我失望的……"我当时也向主任表示："坚决完成任务！"

决心是表了，但心是慌的。这可怎么办？就是个简报也才刚刚练得有那么一点点意思，可这么重要的经验材料，怎么写？写什么？一头雾水！

怕归怕，但不能等着，它有时间限制，等着就完不成任务，退却就是机关工作的失败，只能抢时间，靠自己。拼了！我要向这篇文章开炮！

首先，我得搞清楚经验材料怎么写。于是，翻阅各种写作知识读本，细心揣摩写作要点。第二步，我得搞清楚保卫工作和预防犯罪工作都包括哪些内容，也就是搞清楚写些什么问题。于是，我又把保卫股历年来的档案资料、文件资料和文字材料，厚厚的60多本一页一页地翻阅。这时天亮了，一天一夜过去了。第二天早晨，等我出操回来，饭也没顾得上吃，就回到办公室把门一关，继续查阅资料。等资料查阅完，已是中午了，根本顾不上吃饭、休息，紧接着就是考虑经验材料的语言表达特点，这已经是到晚上了。文章没写出，我誓不罢休，这样又是一个通宵，初稿终于出来了。等到第三天上午刚上班时，我把材料呈到副政委那里。副政委说："这样不行，你要先列个提纲，去连队调研调研。"按照副政委的要求，我又制作了调查表，跑到连队采取座谈、问卷等方式摸清连队的工作经验。我拿着调查的材料回到办公室，一一进行梳理、分析、归纳。到了晚上时，感到很疲劳，头昏脑涨，嘴上起了泡。此时，我感到了一种空前的无助又无奈！

我瞟了一眼窗外，天空正在下流星雨，一条条的火线，似拖着小尾巴的蝌蚪，似刷子，似丝带，在空中窜来窜去，擦来擦去，擦出或明或暗的条条光亮，钻进黑暗里，渗透在夜里，也渗透在我心里。我顿觉一丝丝的温暖，一丝丝的涟漪。

眼神又不觉移到稿纸上，我清楚地明白，此时不容多想什么，还不能睡觉，明天领导还等看材料，只能在此一搏了！于是，我一边往头上擦凉水一边坚持写作，一直坐在那里连夜持续写到第四天的晚上，初稿终于出来了。我把材料呈到副政委那里，副政委说："结构不紧凑，语言表达有些凌乱，你得再改改。"回来后，我把原稿推翻，按新思路重新写，又是一个通宵的夜战……

　　没有停歇,持续写到了第六天的早上。感觉没有问题后,我把材料先后呈到副政委和政委跟前。政委欣慰地说道:"很不错! 你不是抄别人的吧? 真是好样的!"听到政委的夸赞,我高兴得几乎忘记了疲劳,我成功了!

　　这持续的五天五夜,我基本上没吃没喝没睡,已是疲惫不堪,走路打战,站着就能睡着,并伴有阵阵的恶心、晕涨。这五天五夜,我练就了这篇文章,这篇文章也练就了我! 这篇文章被总后勤部评为优秀文章,编入《基层预防犯罪工作经验选编》一书,还颁发了奖杯。从此,我对写作开窍了,也喜欢上了写作。

　　这五天五夜,是我最难忘的。现在想起来,当时受的苦并不算什么,说起来它总是我的一个自豪,五天五夜像是一座丰碑树在我心中,时常把它当作经验,看作写作的起点。它使我明白,要干成一件事,必须付出沉重的代价,轻轻松松是干不出道道的。在这个世界上,没有哪个人、哪件事可以随随便便就能成功的,在每一个成功故事的背后,都有着鲜为人知的不懈努力。再者说,天上不会掉馅饼,不努力就可以获得香甜的果实那是不可能的!

　　这时,我为自己出生在农村感到自豪,因有了农村艰苦的磨炼,才有了不怕苦的情怀,才有了干好事的先决条件。我想到了我在不同场合都在讲的观点:一个人从出生到大学毕业,是素质准备的重要阶段,一个人的成功是综合素质的体现,如果只追求考试分数,而忽视基本素质提高,虽然可能一时考得很好,但从长远看很难成才成事,很难适应工作、生活环境的多方位转换。所以,从小就要注意基本素质的养成,应该在学校毕业的同时,你的吃苦耐劳功夫、善解人意的功夫、愈挫愈奋的本事等等基本素质也要毕业。只有这样,才能适应社会,立足本职,干出实绩。我也常想,有时要干成一件事,还真的要有一点拆桥断路、背水一战的决心。作为青年人,要尽量远离享乐,或是在享受舒适、安乐中保持清醒,不沉溺、不迷恋,在苦境、逆境和挫折中勇敢奋争,奋勇向前,在花境、顺境和纷繁复杂中斗志昂扬，身披铠甲，一往无前。无论处在何种境地，都始终保持"心中有梦，脚下有路"的心气。

从这五天五夜后，我对写作发起了全面进攻。从简报、通知、通报、请示，到指示、命令、通令、报告……个个文种，全面入手，各个击破，样样掌握。为学习写作，收集了二十几大本知识集萃。在追逐写作上，我不只限于会写就行了，而是要上层次，跨台阶，见高度。对此，我处处拜师学艺，向高手请教。我们处当时有一名股长，因工作出色被提升到上级机关工作，他也是写材料的高手，在他即将离开之前，我几乎天天去拜访。每次去，我都拿着笔记本，在我的反复请教中，老股长认真地给我传授了写作经验，从写作基本知识到写作诀窍讲了个遍，我也从中学到了老股长一些独到的做法。

只要是在写作方面成绩突出的，都是我学习的对象。听说，原政治处的一名士官写东西很好，由于腿受伤，不能继续留队，复员回家了。等到他回部队办手续的时候，我抓紧机会，跑到他跟前请教。他很吃惊，说："领导，您这是……"我说在知识面前无大小，你有特长我就向你学。他被打动了，同意了我的请求。从此，我每天晚上把他背到办公室，像小学生一样让他讲，我听记。当听到他对文章的写法时，感到他确实是高手，点醒了我，启发了我。到现在我也很感谢这名战士，他毫无保留地教了我！这名战士也感动地说："非常感谢领导对我的欣赏，我在政治处工作十几年，是第一次看到一名干部，如此虚心地向一个战士请教问题的。"我说，知识学问是老大，架子是老小，能写出好文章才是高。

平时，我几乎向身边的同志和领导学了个遍。就是上级机关来我团检查指导工作时，也是我学习的机会。一次，上级机关组织科副科长来我团检查组织工作，他与我是老相识，比较熟悉。他来时，我特意等在门口，一见面先是寒暄，然后我谦虚地说："能否请教些问题？"他哈哈地笑道："老李，你什么时候变得这么客气？"他边说边来到了我的宿舍。"说吧，有什么事？"科长开门见山。我坦诚地说："就是想向你学学写作经验。"科长谦虚地答道："我写作也很一般。这样吧，一时半会儿也说不清，等我到了西宁，给你介绍几个高手，咱们经常交流、相互学习。"就这样，一个在西宁，一个在格尔木，他通过电话经常给我传授写作经验，我也利用到西宁出差的机会，向经科长介绍的写作高手请教。

我的写作水平得到了很大提升，对一些一般化的材料，只要二十几分钟时间的构思就能见成效，由此得到领导和同志们的好评，被官兵称为"全团一支笔"。本处的材料基本先要经过我的修改后才能上呈领导，团长经常把从司令部和后勤处呈上来的材料和讲话稿交由我修改。

写作，对我拓展工作思路、提高讲话能力带来很大帮助。凡不是必须要用讲话稿的重要会议外，基本上我是脱稿讲话。会前，只要有几分钟的酝酿时间，就能清晰地讲得出；工作思路清楚，工作分几大块，主攻方向是什么，突出抓什么，都是比较清晰的，这些都是写作带来的好处。

年底，我被提升为保卫股股长。

部队保卫部门的工作与地方公安部门的工作是相似的，有些是一致的。它的工作范围也很广，很繁琐，其主要任务包括：对部队法律知识的宣传教育；对官兵及其亲属进行法律服务；侦察、破案工作；隐蔽战线斗争工作……这些，对于我是欠缺的，没有办法，只能迎着困难冲上去。因此，我向着掌握业务技能的"攻击战"开始了——

我不断地向老股长、老干事请教经验；向书本学宪法、刑法、婚姻法等法律知识；到地方公安部门请教办案经验。其间，我先后到长沙政治学院、青海省警校学习培训，参加了法律本科的函授学习，使自己的法律业务技能有了提高。

在当保卫股股长期间，经常与地方相关部门开展防间保密等联席活动,分析形势,找准对策,维护了部队安全。同时,还带领全股同志不断地进行执法护法活动。

一次,外大门口的值班哨兵发现一名外国人,不断地向营区内窥探、拍照,行动可疑,马上打电话报告了我。我立即做出反应,告诉岗哨不要打草惊蛇,要想法稳住他,不要让他走了。我迅速赶到大门口,装着若无其事的样子,与老外聊起了天。我用不熟练的英语问道:"你好,我能看看你的照片吗?"我伸手正要拿照相机的时候,老外转身就跑。凭着职业感觉,此人有问题! 于是,我让哨兵堵住了他。看到他照相机里的照片,我感到惊讶,他对我们营区的设施设备拍得如此清晰! 我立即打电话告知地方安全部门,经调查,此人正是一名间谍,他以旅游的方式到处搞间谍活动。

我们不断地预防着外来人员的违法活动,也积极预防着内部人员的违法问题。

预防违纪违法是我们的重要职责。在抓预防上,我们采取了针对特点,标本兼治的措施。

靠教育把预防根基打牢。高原上的官兵,每时每刻都面对着艰苦和牺牲,个别同志长期在这样恶劣的环境中生活,慢慢滋生了"在这里待着就是奉献,发生点小事小案不算什么"的情绪。面对这种危险的认识,我们把弘扬以"特别能吃苦、特别能忍耐、特别能战斗"为核心的高原精神,作为教育的重点课,时时刻刻告诫大家,我们是高原精神的实践者,绝不能把环境艰苦视为事故案件的挡风墙。针对在改革开放的新形势下,少数人感到"地方讲致富,我们讲吃苦;地方讲享受,我们讲忍耐;地方下海经商赚钱,我们上山当兵奉献"太吃亏,不如利用手中的方向盘捞点钱实在的模糊认识,我们开展"想军队宗旨,忆前辈业绩,看今天变化,说以后打算"的大讨论,及时帮助有错误认识的同志修正人生坐标。针对个别同志法律知识缺乏、法制意识淡薄,说话信口开河、行为大大咧咧的实际,我们把法律常识的教育作为常修课,设置专题,督促团、营、连三级定期落实，使做好预防工作有了坚实的思想基础。

靠硬件建设扎牢预防的篱笆。制度问题更带有根本性、长期性。为了扎牢预防犯罪的篱笆，我们制定了安全责任制度。自上而下地签订安全责任书，实施保卫股全程抓，连包排、排包班，思想骨干包重点人的承包责任制，并把预防工作与单位荣誉、个人进步挂钩，凡是因责任不落实，发生违法违纪问题的，单位不能评先进，个人不能评功评奖，板子打到具体人身上。连队通信员、文书、材料员、公务员、给养员等勤杂人员，住处分散，任务各异，是安全责任落实的难点，我们经常与这些身边的人谈心，了解他们的工作、学习、思想等情况，防止出现"灯下黑"，保证安全责任落实到每个角落。我们制定了安全检查制度，坚持每周一次的安全检查，主要内容是查违法违纪隐患，查骨干带头作用，查安全措施落实。对检查出的问题及时采取防范措施，堵塞漏洞，防患未然。我们不断抓重点人的防范制度落实，在调研分析的基础上，把思想基础不牢、入伍动机不纯的，金钱至上、贪图享受，喜欢看淫秽录像、书刊，心胸狭窄，承受挫折能力差，受封建思想影响深，哥们义气严重的；身体患有疾病，思想包袱重的；父母离异或父母下岗的。对这类人员，我们登记造册，重点监控。

一天，一名领导走进我的办公室，反映说他放在抽屉里的2000元钱不见了，他说什么时候丢的也说不清，今天打开抽屉一看才发现没有了，让我暗中查一下。我用排除法分析确定着作案人员范围，我想到能进领导办公室的无非有公务员、外来人员、本机关人员。领导说与外界人员无来往，平时随手锁门，基本无敞门而去的情况。那就剩下几种人了：可能是公务员每天打扫卫生时顺手拿走的，因只有公务员才能随便出入，他们的嫌疑最大；也可能是本机关人员顺手牵羊。如果是顺手牵羊的话，干部作案的可能性不大，因为两千元对干部来说不是什么事情，那就是机关的战士和公务员了。我尽力筛查，缩小范围，不能大张旗鼓扩大影响，以防引起不稳定,影响工作秩序。经过与各处、股领导沟通后,摸清了机关战士的底数,最后把嫌疑对象锁定在公务员及其同乡身上。

我决定打心理战,旁敲侧击。我见公务员小胡从楼下走上来,便故意站在二楼的楼道里,等小胡走到跟前时,我顺口说:"小胡,你到我办公室来给帮个忙。"小胡随我一同来到了办公室。我说办公室的东西摆放乱,让他给收拾一下。然后,我就坐在沙发上看报纸了。

过了一会儿,我说小胡先休息会儿吧,于是小胡就坐在了我对面的沙发上。我问他:"你会吸烟吗?"小胡低声说:"会。"我递给他一支香烟,小胡有些脸红地说:"不好在领导面前吸烟……"我说:"没关系,我也吸烟,咱们是知音。"我顺手给他点上香烟,借机问他:"家里父母都好吧?家里给你寄钱了没有?"我一环扣一环地问着,小胡说家里穷,从没有寄过钱。

我又问:"你一天抽多少烟?你一个月的花销是怎么计划的?"小胡一一地回答着,看起来,他的心情是平稳的,行为举止也比较大方。

这时,我装作吃惊的样子问:"哎呀,小胡,你没说实话。我给你算了一下,你一个月至少花一千多,而你的津贴费才一二百元,钱从哪儿来的?!"此时,只见他身子一抖,眼神无主、有些慌神,片刻便恢复了常态。

小胡瞬间的心理变化使我断定他心中有鬼!于是,我顺势拍了一下桌子,既肯定而又不明确地说道:"小胡,说实话吧,只有我知道,不会对你造成影响,否则后果自负!"

这时,小胡没了先前的平稳,腾地站起身,低下头,腿有些颤抖地说:"股长,我错了,做了不该做的事。我母亲病重需钱,那天正好打扫领导房间,发现有钱,就拿了一张。到了第二天看到钱还放在那里,心想可能是领导不急用的钱,我先拿来给母亲看病,以后再悄悄还给领导。拿了钱后,心里总是忐忑不安,一会儿想送回去，一会儿又想寄出去，挺矛盾的，所以先把钱藏在床底下的鞋子里……"

我把此事报告给了团长后，对小胡在小范围内进行了教育处罚，及时防止了他走上犯罪道路，也维护了部队形象。

我们总是注意抓苗头，只有防微，才能杜渐。一次，我随车队上线检查工作，一名战士向我反映，由于路况差引起塞车，车队到达安多的时候，副班长陈红从汽车上抽了一桶油用来到饭馆换饭吃。听到报告后，我通知其连长，立即制止了陈红的行为，并对其进行了严肃的批评。事后有人说，十几斤油算不了什么，再说陈红也是为了让全班战士吃上一顿热饭，不应小题大做。发现这种不良倾向后，我在其全连官兵中开展了一场"陈红的行为究竟对不对"的讨论。干部战士踊跃发言，最后大家终于统一了认识，一致认为陈红的做法是错误的，明白了"小洞不补，大洞吃苦"的大道理。

我们切实把小问题当作大问题解决好。随着改革开放的不断深入，青藏线也逐渐热闹起来。一些藏族群众经常在路上兜售中草药等高原特产。一次，连队的一名战士受朋友之托，从藏民手中购买了一个野牛头。连队的思想骨干把这事报告给了保卫股后，我责令其连队要严肃解决。对这件事，连队党支部进行认真分析后，立即在全连进行了保护野生动物有关法规教育，并制定了不准与沿途群众进行各种非法交易的规定细则。在军人大会上，我们反复向战士说明，执勤途中与商贩进行交易是违规的，购买野生动物头是违法的。让官兵认识到，这种做法是与军人身份不符的，有损部队的形象。我们把防小事、抓小事，把小问题作为大问题来解决的工作习惯一直保持不变。

我还不间断地对刚入伍的新兵及外来人员一一进行严格的政治审查……

我和全股的同志成了全团的法律服务咨询队。

有名战士反映，他家的宅基地被邻居非法占有，并打伤了其父亲,对此这名战士一心想回家争说法。得知情况后,为避免战士情绪不稳引起更大冲动,极力说服战士要头脑冷静,拿起法律武器,维护家人的合法权益,这才打消了战士回家报复的念头。我分别写信给其家乡所在地的武装部、政府及军转办等部门,了解情况,帮助解决。然后又安排在外学习的干部登门协调,在军地共同努力下,其邻居退还了宅基地,赔偿了医疗费,两家的关系也和好如初。这名战士事后说:"我明白了,以后不管遇到什么事,要寻求正确渠道解决,千万不能走极端!"

一天夜里,我正在办公室加班,一阵急促的电话铃声响起。我拿起电话,是一个女人求救的声音。只听到那女人哭喊着说,他是一连副连长的妻子,被坏人打伤,不能动……

我放下电话,带上警卫排的几名战士冲到了现场。我们发现在去往格尔木河东的路边上躺着一个人,正在呻吟。走近一看,满脸血迹,她正是副连长的妻子。

此时,一种强烈的责任感袭上心来。副连长正在青藏线上执行运输任务,不能让他分心走神,再说,军人妻子受辱也是军人的耻辱,必须得到法律的保护!

我和战士们一边抬起她往医院跑,一边打电话报告当地公安局。

到了医院后,经医生检查诊断,其身体没有大碍,只是其脖子上有抓痕,鼻子有轻微骨折,左脚崴伤不能动。经了解才知道,她刚随丈夫来部队时间不长,为减轻家庭负担,在格尔木河东一家饭店打工。夜间十二点下班回家,路经没有路灯、人烟稀少的地段时,迎面走来几个人,手里拿着酒瓶子,一边喝一边哼着流氓小调。这时,这位家属感觉这些人不是什么好东西,心里一阵慌张,随即躲在一棵树后,但由于距离太近,那几个坏蛋早就发现了她。几个流氓一下子冲上来,一边喊着"小妹妹别跑呀,跟哥玩玩",一边拉扯着她。在撕扯中,女人声嘶力竭地与其抗争。正在这时,从对面射来一束灯光,她灵机一动,拼上全身力气猛地一使劲儿,挣脱了流氓，冲到公路中间。一辆出租车猛地一个急刹车，流氓们吓得四处逃窜。之后，她用驾驶员的电话向我们求救……

这事我必须得管，必须将坏人绳之以法，维护军人的合法权益，维护部队良好形象！

军人的妻子称嫂子，俗称"军嫂"，一声军嫂便赋予了她们独自担负起赡养老人、照看小孩的重担；一声军嫂便给予了她们独守空房，对军人对国防绿的那分忠诚的守望。军功章的这一半牵连着军功章的那一半。我不时地审视着一个个来自四面八方的军嫂们：她，来自河北，自愿放弃在银行工作的优厚待遇，只身来到青藏线，陪伴在丈夫身边；她，来自大城市，不顾家人反对，毅然决然地选择军人来到青藏线；她，是乡村姑娘，任劳任怨地伺候着长年生病在床的婆婆，带着吃奶的儿子，还负担着种地等家庭重担；她，是军嫂，也是军人，双重身份，双副担子同时挑在肩上；她，她们……军嫂，这是一个特殊的群体，是一个令人敬重的群体！

公安局的警员看了现场后刚要离开，我说："流氓肯定就在附近活动，走不远，得趁热打铁。"在我的强烈要求下，公安人员和我连夜对歌舞厅、酒吧和大街小巷查了个遍，最后在一家羊肉烧烤店抓捕了嫌疑人。经审问，三名嫌疑人正是公安局正在追捕的逃窜犯。

到了第二天，我把此事向团长、政委作了汇报，并请求把副连长的妻子安排在了团服务社上班。

既然当上了保卫股长，我就要做好官兵的法律保护神！

战士小苏，这几天像变了个人，饭不吃，话不说，工作不想干，整天低头闷气、无精打采、心事重重。其指导员多次上前相谈，与其掏心窝子，小苏才吐出了他的心病——他的父亲在赶集的时候因人多拥挤，被挤靠在了一辆停放在路中央的宝马牌轿车上。车主一边怒骂说弄脏了他的车，一边用手推搡小苏的父亲。小苏父亲是个老实人，说不出个道道，讲不出个理，只是一个劲儿道歉，求饶。"对不起,对不起,我给擦干净。"小苏父亲一边说着,一边扯起自己的衣服要擦车,车主凶狠狠地拽起老人的衣领重重地将其摔倒在地,腿部恰巧碰在一块石头上,造成严重骨折。车主留下狠话说,要敢上告,就灭其全家,一边骂着一边扬长而去。小苏一家都是老实人,怕引起对方的更大报复,只能忍气吞声地守护着瘫痪在床的父亲……

我听到反映后,心情难以平定,这是典型的恶霸、欺负人!

我立即请示团领导,派出一名得力干部前往当地公安部门协调解决,我也多次写信督办。听说车主是其邻村的一位农民,因父母开办工厂家里有钱,其本人整天无所事事,满身刺纹,游手好闲。当听到部队人员到公安部门督办的消息后,四处托关系找门子,并扬言:"老子就是有钱,你拿我没办法!"此事持续了半年时间,一直未果。

我经请示亲自来到其所在地。

首先找到武装部,在武装部同志的陪同下到了公安部门,我开诚布公地说明了事情的性质和危害。公安局局长当即说道:"此事不办,天理难容,维护军人亲属合法权益理所当然!"

我表示,事情不解决我不回!局长也表态,说坚决给我一个满意答复!

局长当场命令要速查速办!

我在那待了五天,亲眼看到了车主绳之以法,并赔偿了各种费用。同时,我劝慰了小苏的亲属……

我和全股的同志帮助官兵及其亲属解决涉法问题二百余起。我们还定期组织法律问题解疑释惑活动,把官兵遇到的宅基地、婚姻、纠纷等问题归纳梳理,打印成小册子,印发官兵。还定期组织流动小法庭,深入部队,对某一个案例,举案说法,由大家找原因、寻办法,这大大增强了官兵的法制意识,提高了大家利用法律武器解决问题的能力,有力地促进了部队的安全稳定,使全团实现了无严重事故、无刑事案件的目标。

在我的心里总是装着几句话："我身虽微，但因走得踏实才感厚重；我官虽轻，但因干得扎实才感责任重大；我学虽浅，但因不虚度才感升华。"这是我的心声，也是我的实践，我一路都是这样走着、干着。我也经常对我的部属说，要干一行爱一行，要把单位当学校，把同事当同学，把工作当事业和使命来追求。不能这山看着那山高，同志之间关系乱七八糟，整日无所学、无所事；也不能仅靠个人的好恶情感来为人行事和工作。如果这样的话，不但自己干不好，还会危害单位整体建设。对单位、对工作、对同志负责，就是对自己的负责，这是一种修养，也是一个人的能力水平。

只有踏实肯干，才有收获。年底的时候，主任把我叫到办公室，他拍了一下我的肩膀说："今年干得不错，你要挑大梁了，给你换个位置，组织股和宣传股随你选。"我正在犹豫之时，主任哈哈地笑开了，"别考虑了，还是去组织股吧……"

我明白，这是领导对我的信任，对我的重用。但，组织股可不是个一般的股，是个"核心股"、重要股！

我对上任组织股长这个岗位感到光荣和骄傲。好多领导都曾感慨，要想找一个优秀的其他股的股长容易，但要找一个合格的组织部门的股长、科长难啊！

组织部门确实是一个磨炼人意志的地方，也是使人成才的地方，不吃点苦头，不受点罪，没有三两下的本事是干不动的。组织部门的工作有几多——

材料多——说材料多一点不为过，用我们形象的说法就是"简直是个材料加工厂"。我当组织股股长一年，亲手完成的材料就有200余份。全股同志写的材料，全团较大的材料，领导们的讲话稿，工作方方面面的总结、上报、调研，组织部门都必须参与，组织股长都必须上手。材料多还不说，难就难在材料写出后，呈阅的程序和领导多。由于每个领导的阅历、知识面和水平不一样，对同一个材料的看法就不一样，如果有一个领导不满意，那又得修改后重新呈阅，有时一篇稿子要折腾几个轮回。所以，加班、加点、熬夜是常事。

事务多——组织部门是一个繁忙的部门。可以说，单位大大小小的事情，没有一件和这个单位没有关系，只要是党委管的事情与党委领导相关的事，比如党组织建设、基层全面建设、政治工作、纪检监察、风气建设，以及学习成才，评功评奖，树立先进、宣传典型，还有妇女、青年、评残、抚恤、慰问等事，都是组织部门的业务。同时还要担任领导的智库、智囊，经常陪同领导检查、调研、蹲点，出谋划策。

组织会议多——在组织部门，除了材料多外，就是组织会议了。定期召开的会议有党代会、全委会、常委会、纪委会、党委扩大会、民主生活会、总结表彰会、训练中政治工作形势分析会等，还有根据工作情况需要召开的一系列会议。可以说，需要筹备组织的会议繁杂不断，而且都是涉及全团上下的大型会议，要求严格，不得出任何一点的差错，不得有任何纰漏。

我们团每年都要召开两次党委扩大会议，一次是在年初全面工作展开之前，一次是在下半年，这两个会议是团的重大会议，涉及人员广、会议内容多、时间长，会上要分析形势、总结工作、研究对策、讨论议题、部署任务。其间，最重要的材料是党委报告，它相当于地方的政府工作报告。这份讲话稿很重要，是整个会议的中心内容，它涉及的内容主要包括部队全年全面建设的指导思想、原则、目标；对去年一年工作的总结分析；对新年度工作的部署要求。它是部队全面建设的总纲领，并且在会后还要把此报告上报上级审阅存档。这份材料不仅要文字功底扎实，使其字里行间有文采，还要真实、实在、可靠，不得有虚假的东西。尤其是对一年方方面面工作的总结分析，必须有真实的数据，摆出取得成绩的事实，找准存在的问题及原因。对全年工作的部署也不能信口开河，必须依据领导的工作思路,针对部队的发展现状谈。

　　这份材料首当其冲是我的事情。写这种材料待在办公室闭门造车是不行的。首先要摸情况。这是很繁琐的,还得有很强的调查研究能力和协调能力。要摸准领导的工作思路是难的,领导都很忙,没有专门时间给你谈这讲那,只有自己先列好提纲,想好要问的内容,找机会,趁领导清闲的时间。我注意平时准备,就是我有一个随身携带的笔记本,对各级领导讲话中的关键点随时做记录,因领导的工作思路往往贯穿在平时的言行中。领导的思路也是在不断的调整中,所以,对主要领导还要找机会多次接触,还要注意不要影响到领导的工作、休息和情绪,这都是需要技巧的;再就是摸清机关各部门的情况也是很闹心的事;还要对部队、对基层单位摸情况,采取问卷、座谈和全面考核等方法,全面铺开,层层深入。

　　情况摸准后,就要下笔写稿了。这份材料,既是报告又是讲话稿,在语言表达上是很难把握的,作为讲话稿既要有力度,符合领导语言特点,还要显示出领导水平。作为报告,要求语言严谨,层次清、思路明。因此,我都要一个字一个字地、一句话一句话地打磨,不能多一字,也不能少一字,也不能多一点内容少一点内容的。要分清主次,全面工作都要兼顾到。这篇报告,涉及内容多,篇幅很长,十六开纸张需 30 多页。我每次写这材料,主要划分为四大部分:对去年一年工作的回顾,摆成绩、查问题、找原因;对新年度工作析形势、画蓝图、定原则;对完成年度工作任务树目标、做细化、定措施;对完成新年度工作把要点、明责任、提要求、作希望。

　　等初稿完成后,要召开一次党委会,专门对稿子进行集中会诊,然后根据各领导意见修改后再逐级呈阅。确定无问题后,排版、打印、装订,需打印 300 余份。除了党委工作报告外,会上还有纪委工作报告、书面通知、政治工作报告、主持词、会议结束时领导讲话稿及向上级报送的材料,这些都由我们来完成。

会议程序也多。期间要召开党委会、分组讨论会……组织部门要全程参与,并要组织协调。

会场布置要细而又细。座次要拿准,席位牌摆设要整齐,会场氛围要讲究,鲜花摆放要到位,摄像、宣传、报道不能少……

从准备到会议结束,组织部门的人员要持续忙上半个月,简直像脱了层皮。

这些都是组织股的业务工作,除了完成自身的业务工作之外,部队的正常工作不得误,必须按时参加。组织股的工作确实多,确实忙,也很杂,每天必须搭配好,安排好,穿插进行,多方位入手,兼顾并进。不过,能在组织股当头儿,感觉是非常自豪的,部队的官兵对组织部门的干部都比较敬重。我常想,人在年轻的时候能自压担子、敢于挑重担,苦上一阵、忙上一阵、拼上一阵,对个人的成长进步是大有好处的。如果没有在组织部门的磨炼,我看待事情可能不会那样全面、深远。所以,我感谢领导的栽培。

在机关工作,对人员的素质要求是多方面的。我认为首先是学会做人和为人处事。无论在什么单位,也无论在何时何地,这必须要认真修炼的。做人是最根本的,一个不能做人、不会做人的人,总会心术不正、琢磨人,会恶化一个单位的风气,引起周边人际关系的紧张,影响正常工作秩序。如你是一个品端行正的人,会成为一个单位的黏合剂,亮化单位工作氛围。一提起机关,就有好多人会想到:机关关系复杂,潜规则多,要圆滑世故,要会"混"才能站得住脚。是的,在一个单位,有干多的,有干少的,有闷头苦干的,有站着说话不腰痛的,有投机钻营的。但,自身素质不好,仅想通过拉关系、走后门取得发展,是没什么出息的,靠这些歪门邪道,也可能会得到一时的得意,但不能维持长远发展,早晚会败下阵来。打铁得靠自身硬,这个"硬",就是做事要有硬功,做人要有硬气、正气、底气,每个领导都喜欢本质好的人,工作踏实肯干的人。我把做人看得高于一切,从小父母就教育我,做人要坦坦荡荡,不能偷奸耍滑。我的领导也多次说,做人是随时随地的,也是一生一世要做好的一篇大文章。我不管在什么单位,总是坚持一个原则:把复杂的关系简单化。要想把复杂的关系简单化,首先是把自己的脑袋削平,变得简单一些,不能总是带着复杂的变色眼镜看待人和事,也不能钻进恶性关系的怪圈。因此,我始终坚持做到以下几点。

——坚持看事不看人。无论在什么单位,也无论在处理什么事情上,与任何人相处,都坚持一个"正"字,对单位、对部属中出现的问题就事说事,不恶意上纲上线,不恶意处置,不打击报复。

记得我刚进机关的时候,我们股里有一名老干事,是1982年入伍的老同志,在机关工作时间长,对机关工作熟悉。但他总是对我这个刚从基层来的门外汉有些看不顺眼,有些阴阳怪气和刁难,言语中总有些揶揄,但我没有对抗,没有与他交恶。当时我认为,生面孔相见,这是正常的心理反应,还得自己主动去化解这种敌意。一天,我把他约到办公室外,真诚地说:"我刚来,什么都不懂,请你教我……"可他显出一副不屑的样子,不冷不热地甩出一句话:"机关工作的道道多着呢,慢慢学吧,够你喝一壶的,哼!"然后扬长而去。对此事,我一直不作声,一如既往地干事,真心地对待他。后来,我成了他的股长,他更不服气了,总是想摆点老资格,在背后乱议论、发牢骚,工作被动应付。

此事让我感到,这个局面处理不好,很难开展工作,势必会影响单位的发展,现在到了开诚布公解决,力扭风气的时候了!于是,我召开了股务会,邀请主任参加会议。在会上,我对自身和同志们身上存在的思想、作风等问题作了点评,对下步的工作作了安排。我说:"我任股长,是主任和领导的信任,我既然当了这个头儿,就有保一方发展的决心,我们既然在一个锅里吃饭,那就把劲儿往一块儿使,时时处处站在团结的大局上干事、做人,至于对我个人有什么看法,可以公开指出来,我们可以谈,也可以交流。不管谁有毛病、有问题不要紧,只要出于公心处理好了,心平气正了,工作的渠道也就通了。切莫心怀小九九、钻牛角尖，贻误工作。如果哪位同志因个人不满情绪把工作当儿戏，别怪我不客气……"紧接着，让每位同志谈了看法，表了态。我看得出，老干事的表态是大而化之、表面应付的。我说："老刘，你是老同志，会后到各营连对官兵的思想状况做个调研。"

到了第二天上午刚上班的时候，我问刘干事："你调研得怎样了？"他吞吞吐吐地应付了一句："官兵的思想都挺好的，没什么可调研的。"我淡淡地说："你可以走了，我这里容不下你这个大仙！"他万万没有想到我会这样说，这也是我第一次跟他红脸。他吃惊了，呆呆地瞪着眼看着我。我毫不客气地说道："你是老同志，怎么对待工作，怎么对待上级和同志，你应该明白。你在机关时间长些，应当有些工作经验，我看你不是这样，你连调研都不会，你是白混了。自我来了以后，我看你也没干出什么有建树性的事情。你年龄比我大，我尊重你，但不是纵容你、迁就你、怕你，只是想让你懂得做人做事的道理。你所表现出的言行实际上是你的根本态度问题，我可能有些不如你的地方，但既然当了你的领导，你就得服从、执行！股里多你一个不多，差你一个不少，你可以离开了……"

他气冲冲地扭头而去，一会儿跑到主任办公室，一会儿跑到团长、政委办公室诉苦，发牢骚、说怪话。

领导们提起这事时，我一直坚持说："风气不正、关系不顺，无法开展工作，必须拿这事开刀。"得到领导的理解后，领导们共同做这名同志的说服工作。

当天晚上，这个老干事来到我办公室，没有了以往的趾高气扬，说道："股长，我确实做得不对，我以后绝不会这样了……"

此时我想，处理人的目的是为了工作，为了理顺关系，不是把一个人打倒。于是，我借着老同志的话，进行了推心置腹的谈心交心……

从此，老刘和以前不一样了，表现出了干劲，表现出了老机关的模范带头作用,经常为股队建设出谋划策,成了我工作上的伙伴,感情上的友人。在年底的评功评奖中,我推荐他为优秀机关干部。

由于我一直坚持对事不对人,不管是领导还是部属,从不对我有什么私意设防。我和我的部队有时也有失误的时候,官兵们从不恶意攻击,都能积极帮助我化解。我对单位事情的处理上,牵扯到哪个人的时候,哪个人都能理解,正确对待自己的错误,没有人认为我是在整人。因此,我无论走到什么单位,同志们都能坦坦荡荡地对待我。

——我善于处理本单位的内部关系,也善于处理与友邻部门之间的关系。本单位如出现不协调的事情,同志之间有了隔阂,我会找准时机加以调解和协调,活血化瘀。如果有哪位同志在我面前反映别的同志的问题,我分析语意,辨别视听。要是无中生有,诬陷别人的话,我当面会说服该同志,不能让其恶意传播。我在每个单位都设立了意见箱,设立思想骨干队伍,让他们深入部队,发现苗头解疙瘩。总有些工作要与相关部门发生联系,如处理不好关系,也是很难开展工作的。所以,我注意协调机关上下左右之间的关系。我在机关工作期间,与全机关人员的关系都很融洽,使得工作开展比较顺调。

——我善于处理对上与对下的关系。对领导我做到了尊重、诚实,对下级、对部属做到了严格培养与爱护。对领导安排的每一项工作,我都非常重视,总是千方百计地保质保量提早完成。对领导交代的事情,不管难度有多大,总是想方设法解决。对领导的批评能正确对待,从不埋怨、发牢骚,能把领导提出的问题作为自己发展的动力,下功夫克服解决。在尊重领导上,我做到了慎思、慎独、慎言,从不背后议论哪位领导。我一直认为,对自己领导的否定,就是对自己的否定。平时,遇到有哪位同志议论领导的短处,我不人云亦云,不从流、不传恶,并会当面说服对方,积极维护领导的形象。对下属、对部队,我坚持"爱"字入手,严格要求,力争使每个人都能健康成长成才,对后进的同志不放弃,让他们跟上队伍不掉队。时间长了,官兵们都愿意对我说心里话。

不管是作为兵的身份,还是作为干部的身份,我都把做人放在第一位,把维护一方团结放在首位。我无论是做人还是搞团结,都是讲原则的。无原则地做人,只能是个"好好先生""老好人"或和稀泥;无原则地团结,到头来是"乌合之众",这样会危害单位,单位建设必是"一盘散沙",导致有令不行、有禁不止。只有有原则有规矩地做人、搞团结,才能使单位形成一个战斗力很强的整体,无论什么时候都经得起考验,个人也有底气,有发展后劲。刚进组织股时,有一名干事叫张卫,是地方大学毕业分到部队的,由于擅长写作,被安排在组织股,他先于我三年到的组织股,也算是一个年轻的"老"同志了。

张卫戴副眼镜,瘦高个儿,外表看上去挺斯文的,可实际上言行举止比较稀拉。听说,他是政委的亲戚,由于这层关系,再加上年轻好胜,与周边人关系紧张。

我刚走进组织股的办公室,张卫就大大咧咧、笑嘻嘻地迎上来,他一只手搭在我的肩上,一只手接过我手里的东西,说:"欢迎股长驾到。"我一脸严肃地说:"请把手拿开!"只见他的脸刷的一下红了,很不理解地坐到沙发上不动了,只是一个劲儿地吸着烟,抖着手在生气。

我也没理他。到了晚上下班了,办公室里只有我一个人的时候,他走了进来,怒着气说道:"股长,我请教个问题,我好心好意迎接你,你怎么这样铁面孔……"我顺势说:"你叫张卫吧?坐吧,我正想找你。"我说军人要有军人的形象,有部队的规矩。上下级之间也不能庸俗化,在工作单位里上级就是上级,下级就是下级,该敬礼就敬礼,该报告就报告。在私下里就是战友,但也不能拖泥带水,搞庸俗的唧唧我我、腻腻歪歪。张卫说他是地方大学毕业的,对部队规矩懂得少,他还说他从来到机关一直都是这样。我说那是不行的,也是不对的,别人可能因为什么原因不好指正你,但你要心中有数,小节不注意,会酿成大问题,会影响到你的发展进步。我还说,如你不懂我可以教你,你学吗?我来当股长就是来让手下进步的,我只知道为你负责,不在乎谁有什么关系!

第二天,我把张卫的情况向政委作了表白,我说想把他打造出一块好材料来,政委高兴地说:"他确实作风上有些稀拉,从大学毕业到现在还没适应部队,曾跟他的前股长说过几次,对他要严管细教,可到现在还是那个样子。你不要有什么顾虑,大胆管,有什么事我来顶着,争取把他打造出一块好料子来。"

从此,我就对张卫从言表到工作开始言传身教。当时,有名战士因公牺牲了,我把为该战士整理先进事迹材料的任务交给了张卫。我说这是要报上级的材料,质量要高,他很自信地表态:"放心吧股长,小意思。"我看出了他的轻浮,心里想这是典型的不成熟的表现,这种态度能写出好材料?

到了第二天一上班,他就把写的材料呈过来了。我看了后很不满意,整篇材料根本不成文章,洋洋洒洒 15 页纸,不是抒情、赞颂之词,就是理论表述。我很气愤,说:"你胡写八道!"我给他指出问题,列出提纲,让其到连队调研,确实在脑子里构思成熟了再动笔写。

又过了一天,张卫的材料写好了。这次尽管比上次有很大的进步,但与要上报的要求相比还差得很远,我又令其重新写。他有气无力地说道:"股长,求求你了,我实在是写不出来了。"这时,我把桌子一拍,厉声说道:"站好!看你熊样,你说写不了就不写了?这是战斗,是战斗就不能妥协!你就是一粒糠,我也要轧你三两油出来,这个材料权当是你的练兵场了,不行再来,直到你行才收兵!"

听了我的训斥,他有些振作了,拿起稿子,抹掉眼泪,显示出军人的勇气,吼着嗓子答道:"是!股长!我听明白了!我坚决完成!"

我看到张卫确实在用劲了。第二天上午一上班,我发现他趴在办公桌前睡着了,知道他熬了个通宵。等他醒来,我故意试探他说:"写材料累成这样了,别写了,好好休息吧。"这时,他拧着一股劲儿地说:"股长,我非把它写出来不可!"我不再说话,但我明白:张卫成功了,只要从心底里下了决心的事情,离成功不会太远了。张卫此时的心境与我当时的心境一样,我理解啊!

张卫的材料在六次的反复中,终于成功了!

张卫的材料报上级通过了,牺牲的战士被树为烈士!

从此事后,张卫成了我的知心伙伴,无话不谈。他进步很快,后来他被调到上级机关,再后来他当了科长,但我们的联系一直没有间断,每逢过年过节,张卫总是打来问候电话。

我对部属就是这样,总是严着,也爱着,关心着,培养着。他们既是我的部属,也是我的好兄弟,我从工作到待人接物,里里外外、方方面面地传导着。因为我明白,部属有出息了,我同样自豪。

一次休假,坐上西宁至青岛的列车,半夜的时候我走到车厢连接处抽烟,只见一个正在吸烟的小伙儿,不住地偷偷地打量自己,当两人的目光相对时,小伙儿怯怯地小声问道:"您是……首长吧?"我疑惑:"你是……?"这时他激动地说:"我是李胜呀,我给你当过通信员!"我想起来了,是我当教导员时的通信员,干的时间不长。他说复员后在格尔木给某公司老总开车,待遇很好。并说他远在山东的父母想让他回家乡发展,他正处在犹豫徘徊之际,想让我给出出主意。于是,我们探讨了人生选择、事业选择与孝敬父母……他硬是拉着我让我去睡他的软卧,他睡我的硬卧……

这就是我的部属,我的好兄弟呀!真心感谢一路行走中同甘共苦的好兄弟!

做人做好了,就为自己处理好了人际环境、工作环境,那就要干事了。机关的工作千头万绪,要求高,必须时时处处做到细、快、严。不管怎样,耐得住寂寞,吃得了苦,这是最起码的要求。我的主任经常说,优秀的机关干部都是吃苦吃亏吃出来的,加班加点加出来的,挑重担子压出来的,急难险重任务逼出来的。

对于任何一个人来说,吃苦耐劳甘寂寞是安身立命之基,也是创造人生价值的必需和常修课。对于一名干部来说,要善于吃大苦,敢于耐大劳,才会有更大发展。如果遇事就躲,遇累就惧,遇难就逃,遇险就避,那么磨炼意志、提高能力、增强综合素质的机会就没了,也就很难有功效、得发展。一个有真正追求的人,都会慎于安乐,甘于寂寞,时刻警醒,逼自己不断地学习,不停地努力向前,这样才不会被工作淘汰、被时代抛弃。否则,环境抛弃你,连个招呼都不会打。我在机关工作那阵儿,也是处在改革开放的关键阶段,人们的价值观念也发生着变化,一度出现了追逐物质利益,崇尚金钱,留恋灯红酒绿的不良思潮。有些人心情浮躁,无心扑下身子干实事;追求享受,不愿做艰苦细致的工作……

面对外面的精彩世界,我没有分心走神,横下一条决心:必须成为机关工作的一块好钢!

我除了完成正常工作之外,抽时间搜集资料,学习各种业务知识,不间断地学习充电。我知道,要干好机关工作,一知半解不行,必须有丰厚的积累。我有一个习惯,不管走到哪里,总是带一个小记事本,对发现的问题、突然出现的灵感,对部队的闪光点随时记录,我写出了多篇有价值的调研材料,为领导决策提供了依据。

我勇于以苦为乐。我知道,不管干什么事,必须吃苦在前。如果只以苦叫苦,干出的事也是枯燥的。必须把吃苦作为一种乐趣,把干事当成兴趣,才能永葆工作的激情,乐此不疲。人生只有苦拼出来的精彩,没有享等出来的灿烂!因此,我几乎天天一个人加班到深夜,经常一个人冥思苦干,从没感到孤独,没感到苦闷。我对工作上的事从不应付,大事小事认真对待,把每一件事争取干到极致，就是累倒也要把事干好，这是我的乐趣，也是我的执着。有一天晚上，我加班到深夜，刚想拖着疲惫的身体回家休息，电话铃响了，是领导的电话，说明天早上一上班召开军人大会，让我写一份高质量的讲话稿。这时，我虽然有些说不出的滋味，但有一点我是明白的：这是领导对我的信任，这是领导给我提供的磨炼机会。苦算什么，大不了撑一会儿就过去了。我以高兴、感激的心态又坐回到办公桌前。从写作到打字、排版一气呵成，一直持续到凌晨五点才完成任务。为让领导开好会，又不影响他的休息时间，我一直坐在领导的办公室里等着，直到早晨出操时领导来到办公室。看阅了稿子，领导对我说："写得很好，完成得很快，你没睡觉吧？"

我总是痛苦并快乐着。还记得我们部队演习的情境。在部队演习之前，机关先要进行推演。演习，就是模拟战争环境，进行作战训练，一举一动必须按战时要求，行为举止必须符合战争规范。机关推演，就是处在战争状态中，练整个指挥系统的协调一致，指令通畅。作为政治机关在演习中的事情也非常多，主要是文书的通达。这时的材料牵扯到每个环节，并上传下达要快、要准，从写到出炉必须在几分钟之内完成。如作战动员稿、作战命令、指示、通报……材料几乎渗透在各个环节之中，这期间如有一个部门配合不好，有一个细节衔接不上，整个指挥系统就出问题，整体推演就要反复。由于个别部门失误，造成演习受挫，团长、政委大发雷霆，严令机关干部：就是不吃饭不睡觉也要练好！因此，晚饭后，所有机关干部集中在作战室里，反复推演，彻夜作战。等练好后，天也亮了，紧接着就是与部队进行合练，直到整个演习结束，我和全股的同志基本上两天两夜没合眼，全股的同志整个地瘫软在办公室里……

我现在经常问当时与我在机关一同奋斗的战友："你当时感到累吗？苦吗？"他们总是很自豪地说："正因为当时的苦，我才不怕苦，正是因为苦和累才有今天的成绩！"

是的,俗话说"梅花香自寒苦来",要成功成才成事,不经受苦难就是天方夜谭! 我勇于吃苦,敢于挑重担,啃硬骨头。一天,主任对我说,他和副主任要外出学习,处里没有领导了,由我负责全处的工作,问我能不能做好? 我当时表态:"做不好,你就处理我!"

主任离开后,我感到压力山大,怎么才能带动起一个处?

为完成此项任务,我常常站在主任的角度模拟、思考、筹划全处的工作。我经常与各股长碰头、协调,对各股的工作进行梳理,制订出完成时限,达到的目标,然后分发各股执行。我在完成本股工作的同时,穿插着对全处的工作进行督促,对全处上报的材料一一把关,对人员管理一个个地交代。对于涉及的地域、范围一个个要查到,不留死角,不留空当,这是我每天做的事,因此全处的工作协调有序,齐头并进,没发生任何问题,没出现任何纰漏。

半年后,主任回来感到很满意,他高兴地对我说:"你成功了,我没看错你!"随后,我被提升为政治处副主任。自我提干任职以来,除当了一年的干事、一年半的副政治指导员和一年的政治处副主任外,其他时间都是在主官岗位上。有人说,副职副职,上班看报,下班吃饭,工作瞎转,是空职、空转。我可不这样看,也没有这样干。我认为副职期间正是我学习充电的时候,因此我绝不给自己留空当。主任也没给我留空当的机会。他反复对我说:"你要把全处的工作负责起来,一般性的事情,你直接安排、处置,不用请示。"我知道,这是领导在压担子。我暗下决心,力争在这个岗位上做好三件事:广泛地学习,充实头脑;协助主任抓好全处的工作,使全处的工作上一个新台阶;做好领导的助手,发挥好参谋作用。

我坚持在干中学,在学中干。我不断地把理论知识、书本知识与实践结合起来思考、运用,然后转化为感悟,寻找出切实可行的工作方法。在机关工作,与领导接触的机会多,每个领导各有各的特点,有的理论政策水平高,有的管理领导能力强,有的文字材料好,有的业务能力精……一个领导就是一本学不完的书,我善于学习他们的工作方法、领导艺术、讲话特点、为人之道,在我的身上时时体现着每个领导的影子,我也时时处处在领导无形的引导和影响中。

我还注意向身边的官兵学,每个人的优点就是我学习的内容,每个人的缺点和错误,就是我力戒的教训。尤其是吸取自己和他人失败与错误的教训,并做到警钟长鸣,时时用别人的教训警示自己不能犯此类错误。我不断地向工作学、向业务学,每进行一项工作,每经历一次事情,在认识上都要上升一次,这就是学习深化。我也善于向环境学,俗话说环境塑造人,这话有些道理,环境与人总是在相互影响下发生着改变,人改变着环境,同时环境塑造着人,这是事实。不同的环境能给人以不同的心境、个性与气质。我常面对艰苦、枯燥的自然环境,外练筋骨皮,内修坚强意志;面对纷繁复杂的社会环境,外练适应,内修静力。

学、思、悟是无止境的,我总是在无止境的学习中探索着,在无止境的思考中感悟着。我对每一项工作都反复问几个为什么、怎么干,然后创新作为。因此,我有一些独到的见解被领导采纳。一次,我随领导去拉萨查看车队在途中的运输情况。利用这次机会,我与营连的干部战士进行了广泛的接触,从中摸清了官兵的疑惑和思想状况。夜间,我把从部队中搜集到的问题归结成文字,呈给政委。政委高兴地说:"你发现的问题,都是团里正在思考寻找的影响部队工作热情的大问题,你摸得很准,对策也可行。"于是,我的有关加强途中思想政治建设的十条意见被采纳,制订在年度工作计划中。

我在协助主任抓好政治处自身建设的同时,为活跃部队的文化氛围,激发工作热情,在全团广泛开展了文化广场活动,成立了上千人的集锣鼓队、秧歌队、腰鼓队、军体拳队等一体的文化表演队,从干部到战士人人参与,极大地鼓舞了士气。

我在机关工作的一切努力,得到了各级领导的认可。政委语重心长地对我说："在你的身上有三大特点,一是你本质好,忠诚可靠;二是你稳妥扎实,好学上进;三是能干点事,也能干好事。希望你继续保持和努力,准备向上级机关推荐你,给你提供更大的发展舞台……"

后来,我被提升为政治处主任、师级机关的保卫科科长。在机关的每个工作岗位上,我都一步一个脚印地走着,一点一滴地挥洒着……

我伫立于唐古拉山山顶,回望在机关工作的日子,总感到沉甸甸的……

车团战友

　　"昆仑山张开欢迎的双手,青海湖亮起动听的歌喉,岁月印证你的风采,江河激荡你的情怀……"这首小诗虽不成熟,却是我对青藏线汽车兵的纯洁情感。

　　我曾经也是一名青藏线汽车兵,虽然离开车团好些年了,到新的岗位工作也好些年了,但我最怀念的还是在车团的日子,还有朴实的汽车兵兄弟。想起车团兄弟,我就想起了 2002 年春节前的那一场大雪,这场大雪下得有半米厚,走到唐古拉山附近的时候,我们营里有一台车突然陷在雪窟里。当时,除了我们那辆车和路面冻死的牦牛尸体,周围白茫茫一片,风刮得站不住脚,在这里几乎闻不到生命的气息。我们营里有个战士是第一次上线,他下去铲雪,一边铲一边哭。他本身身体壮实得像头小牦牛,自打上山以来,日夜奔忙,又不肯休息,眼里布满了血丝。他挥动着铁锹,突然只觉得胸口钻心地疼,喷出了一个血口,他一下倒在地上,半天才爬起来,牙咬得咯咯响,舌头都被咬烂了,鲜血从口里流出来,染红了地上的雪。我给他递了块面包,他咽下去几口又接着干,车轮长时间打滑,只好把大衣脱下来垫在轮胎上,才勉强把车开出来。我在一旁劝他:"不要急,慢慢来。"他的眼泪像断了丝的珠子直往下流。事后我开玩笑说,你要是再多哭一分钟,我的眼泪也出来了。

　　在车团,战友们寂寞时不是放声大哭,而是放声歌唱,我们那时最爱唱的歌是《西部好儿郎》。

　　　　儿当兵,当到多高多高的地方,
　　　　儿的手,能摸到娘看见的月亮。

娘知道，这里不是杀敌的战场，

儿却说，这里是献身保国的好地方。

这首歌是青藏线汽车兵最熟悉的歌，它唱出了每个人心中的柔情和豪情。

我在车团任教导员时，营里有个士官老杨，他就是唱着这首歌，从新兵变成老兵的，他不仅歌唱得好，令人称道的还有他的车技，他是连里的红旗车驾驶员。战友们都说，他还有一颗比太阳还要滚烫的心灵，常年生活在少数民族地区，使他与哈萨克族结下了深厚感情，哈萨克族是戈壁滩的少数民族，他们常年以游牧为生，当他们游牧到海西洲大柴旦，因争抢牧场发生严重冲突，州政府便重新划出花海子这个地方，给哈萨克族居住。牧民有上百户，定居就要解决吃饭穿衣问题，可这里人烟稀少，几乎没有路。为了保障这些人的基本生活，州政府决定每个月给他们送去生活用品。当我接到由我营出一辆车去执行这一片区物资运输保障任务时，我立马就想起了老杨。老杨接到命令二话没说，装好物资就直奔目标去了，这活一干就是好些年，他已经记不清，车子有多少次陷进泥潭了。有时，他出一趟车就是上百公里的路，一折腾就是到深夜才能返回连队，回到连队他的迷彩服都沾满粪便。在换衣服时，他发现衣服、袜子与血肉牢牢粘在一起，怎么也脱不掉，但每想起这事，他的脸上还是露出了灿烂的笑容！

可当提到他的家庭时，老杨却一脸苦涩。常年在青藏线开车，他被检查出患有静脉曲张，先后到全国各大医院进行过治疗而无效；结婚四年来没有孩子。即便没有孩子，夫妻俩的感情仍然非常好，无论是在开心还是忧愁的时候，老杨都能收到妻子热情洋溢的信，她的信就像白天温暖的阳光、夜晚皎洁的月光一样如影随形，照亮着他的心房。用他的话说，妻子的信是他行军路上的歌谣，饥饿时的面包，高原上的氧气……虽然信上的大多数内容，只是重复了又重复的几句简单问候语，但却是他快乐的源泉。好多信他都舍不得丢掉,于是就把它用布包好珍藏起来,还经常拿出来"晒一晒",温习温习,这里面有岁月的痕迹、爱情的见证,就连她那吃饭要细嚼慢咽、累了注意休息、冷了多穿件衣服……这些都是他记忆的珍品。

他和妻子结婚四年了,他最大的愿望就是要一个爱情的结晶。他无数次在睡梦中见到自己的小宝宝,脸型像他,鼻子和眼睛大大的,像妻子。

记得结婚第一年,洞房花烛夜他的"宝贝计划"被部队的一份紧急电报搅乱了。第二年妻子"例假","宝贝计划"又落空了,第三年妻子生病了,第四年渐渐适应了高原气候,但身体、生理机能怎么也无法与缺氧、高寒的气候达成一致节拍。为对下一代健康负责,几次从老家到格尔木探亲的妻子未敢要孩子。就这样分多聚少的生活,耽误了两人要孩子的最佳年龄,他心中的苦只有自己知道。"怎么想做个爸爸这么难啊!"他精神极度疲惫,他能战胜风雪,却战胜不了爱情的饥荒。既然走上了军人这条路,那就是要以最大的毅力,忍耐,再忍耐……我看他年龄越来越大,几次找他谈话,批假让他到内地大医院去好好检查,但他都说,还年轻,孩子可以慢慢要。

他和妻子都可以忍耐,可苦了他的双亲。眼看着同自己儿子年龄相仿的小伙子,孩子都要背着书包上学了,可小两口仍是干巴巴的两个大人。父母迫切想抱孙子,总是隔三岔五地写信或打电话来:"你俩也都三十多岁的人了,怎么整天跟没睡醒一样。你们不着急,我们老两口可等不及了呀。"每次他都耐心地做父母的工作,说"再等等吧,等转业回内地再说。"老父亲的嘴磨出了茧子,经常发出"儿大不由爷"的感叹,渐渐也没了信心。

他心里有时也很纠结:"当爸爸和工作究竟哪个更重要?"最后他还是选择了工作,选择了在格尔木当一名汽车兵。已经在青藏线上跑了十来年车的老杨,去年探亲顺道去了一趟广州,一家运输公司的老板听说他在青藏线上开车,当即说:"你来我公司,最低给你月工资六千元。"老板说他看重的不仅是汽车兵过硬的技术,更看重的是"能在高原上当兵开车本身就比别人优秀"。

在部队有很多像老杨这样的老兵,退伍前,即便换上了便装,依然会在连队帮助新兵检查车辆,排除故障。记得有一个老兵临走时流着泪说:"连长,指导员,你们一定要把连队带好,拜托了!连队有好消息,别忘了给我打个电话。"连长、指导员和这个老兵紧紧抱在一起,在场的人全哭了。

在汽车团的老兵个个素质高,带出的新兵也是顶呱呱!小刘新兵连一结束,就分到这个营工作,跟着班长老刘学车。班长是出了名的红旗车驾驶员,性格刚硬,对他要求特别严。青藏线是检验汽车兵驾驶技术的大试验场,刚跟随老班长上线的他,一上车还是有一种莫名的害怕,手一摸到方向盘就瑟瑟发抖。

班长是个有耐心的人,像所有老汽车兵的性格,他从不因为他学得慢而不耐烦,对车辆操作细节,他都严格按照操作规程一步一步教,不急不躁。每一把方向,每一脚制动,都必须要求做到恰到好处,有时遇到紧急情况处理不够完美时,他都一一纠正,不厌其烦地讲解。

小刘第一次上线,天很冷,由于上高原时间不长,对高原环境不适应,快到唐古拉山时,小刘昏昏欲睡。班长在旁边不停地提醒他,唐古拉这个地方海拔高,如果睡着了就有可能醒不过来,还命令他不停地吃东西,增强抵抗高原反应能力。在班长不停的提醒下,小刘坚持到了唐古拉兵站。

一段时间,班长经常让他下车慢走,后来他才明白,这是提高抵抗高原反应的一种有效方法。现在,无论什么时候上线,他觉得这个"偏方"倒还真灵。老刘告诉他:不要因为顺利爬上了唐古拉山就以为没事了,困难多得是。就下山时,天气喜怒无常,一路上阴晴不定。这不,又遇到了冰雹天气,雪粒像鸟蛋一样,噼噼啪啪地砸在车窗上。雪上加霜的事就在此时发生,他们的车突然性爆胎,他和班长只好下车,赶紧换轮胎,在冰雹中拧螺丝。平时换轮胎只需十来分钟就能搞定,而这次换轮胎却花了半个多小时,这时他产生了不想当兵的念头。班长看出他的情绪,立即与他进行思想交流。"如果车修不好,两个人都走不了。"等修好车坐进驾驶室,他们的脸上几乎失去了知觉,手冻得红红的,拿东西都拿不住。

　　途经沱沱河时,已是夜间十二点多钟,天空突然又下起了大雪。当时能见度底,根本分不清哪是路,哪是河,当时带队车里坐着班长老刘,老刘驾驶的是带队车,在前面探路,他只觉得肩头有沉甸甸的责任,他后边有二十九台车,稍微疏忽就会发生意想不到的事情。地方车辆有十多辆都停下了,他却一脸沉静。老刘想起了连长的话,"平时兵怎么练,战时怎么用"。走了两个多小时,他终于把车队带离险境。到兵站已是凌晨两点钟,雪下了半米厚,官兵身心虽然疲惫,又饥又饿又冷,但他们脸上却都洋溢着欢笑,因为他们又一次战胜了困难。

　　小刘和我是好朋友,他还告诉我有一次他和班长上线的故事。当时由于申格里贡山修路,次日八点开始封路,车队凌晨三点才到达安多兵站。到站后立即帮助兵站卸大米、黄豆、白糖、青油等物资,等卸完物资已是凌晨四点,满脸疲惫的官兵顾不上休息,为了不影响第二天行程,顾不上吃早饭就匆匆上路,昼夜兼程,全连官兵终于按时将物资顺利送往拉萨。

　　如果说,战友们持续不断地征服雪域高原,是一种对自然世界的挑战;那么,他们对国家与家庭、奉献与获取、艰苦与欢乐等关系的处理,则是向情感世界的挑战。后者,有时显得更艰难、更苦涩。

　　在青藏线驻足,除了直观切身地感到世界屋脊的高寒、缺氧和荒凉外,我还感受到了特别的苦与特别的爱。"自古忠孝难两全",这句妇孺皆知的名言,对官兵们来说,人人都有太多的体会。远离家乡在高原当兵,他们中的多数人饱尝着思念之苦。有时,家中发生不幸,使在远处高原、鞭长莫及的他们,久久沉浸痛楚和愧疚当中。

张老兵的妻子,是多么希望与丈夫一起迎来新生命的降临。妻子就快要生产了,张老兵还驾车,行驶在荒无人烟的青藏线上。说实话,张老兵此时比谁都着急,但因任务确实脱不开身。试想,天底下哪个丈夫不想在这个时刻守在妻子身边,与她共同来分担那份撕心裂肺的痛苦。可当时张老兵还在青藏线上执勤,他没有心安理得地放弃工作,去享受做父亲的快乐,而是让望眼欲穿的妻子一次又一次失望,直到孩子一岁时,他才拖着疲惫的身子回到家。见到自己的孩子,望着日渐瘦弱的妻子,他心里涌出一股难以下咽的酸楚,300 多个日日夜夜,他不知道妻子是怎么熬过来的。在家里他拼命地干活,似乎要把这几年欠下妻子的全部还清。还得清吗?刚刚升温的亲情,没过几天又要冰凉起来。一张“速归队”的电报,又把他召回青藏线,他带着歉疚再次走向了高原,驾车上线了,又是一次上线,又是一次走向不可预知的未来,他的感情真的会像他亲密的青藏公路那样,一直是那么平坦吗?爱情的轨道会永远与漫无边际的青藏线相连吗?生活的导演并没有宠爱这个老实的汽车兵,妻子的散伙信,比唐古拉山的暴风雪来得还要突然。离婚!一个汽车兵只在电视言情剧中听到的词汇,竟然今天也要和张老兵的生活联系起来。至于离婚的原因,张老兵对我说得很轻飘,工作忙,顾不了家,长期分居,妻子无法忍受;婆媳矛盾不好解决,婆媳争吵偏向谁都不行。但我细想,这又是大实话。指导员告诉我,连里四年有三个老兵离婚,原因都是如此。

类似的故事,在战士身上发生过,在干部身上也发生过。一个大胡子排长,立志要当将军的排长,当组织得知他儿子患了心脏病,批准他带孩子到内地医院治疗,他却放心不下连队,让妻子独自带着孩子回老家治疗。当时正值连队上线执勤最繁忙的季节,作为排长他得带队出车。实在脱不开身,只有夜深人静躺在床上,他才有点工夫去思念儿子。他从衣兜里掏出儿子的照片,无数次地复习儿子甜甜的笑脸,泪水一次又一次地浸湿纸巾。可车队一出发,他又把这一切抛在脑后,全身心地投入到日复一日的运输工作中。进藏运输任务一趟接着一趟,回家的梦就在这来来往往的路途中,一次次破灭了,他把对妻儿所有的爱,全部倾注在战友身上。哪一个战友思想抛锚,哪个战友身体有病,都在他的心中。战士们也都把他当成知心人、老大哥。

天亮了,阳光穿透沉沉的夜幕,悄悄地爬上山巅,新的一天又开始了,排着长龙的队伍,又将再一次穿越"天路"。后来听说孩子的病情加重,妻子只是整日以泪洗面,泪水里只有爱,没有恨。是啊,我常想,亲人的泪水就是世界上最干净、最纯洁的水,它净化了汽车兵的心灵,使他们高尚。它可以净化他们的名利,使他们淡然。它可以净化他们的思想,使他们纯洁。

像大胡子排长这样的故事,几乎在每位汽车兵身上都能"挖"出许许多多。随手撷取的,只能算是"代表"吧。从中不难窥见他们情感世界的无奈与苍白。

诗人艾青说:"为什么我的眼中常含泪水,只因我对这片土地爱得太深沉。"读到这句话的时候,我就会想起汽车部队官兵,他们对高原的爱是那么平凡,那么纯洁、崇高!

说不清为什么,我总会轻易地被面前朴实的汽车兵而感动得流泪,有时一场简单的车队出发仪式,也会让我激动不已,我永远不会忘记,每次车队出发前的场面:

宽大的车场内,所有的汽车明亮整洁,披红挂彩。驾驶员全副武装,整齐队列。

"出发!"高大个团长下达命令,连长舞动小旗,指挥车辆有序前进。汽车兵齐刷刷地跨进自己的爱车,整齐登上车,就连关门、发动车辆都是一个声音。

车队缓缓前行。营区大门口已列成长长的欢送队伍,锣鼓喧天,鞭炮齐鸣。队伍尽头,是一溜儿的妇女,那里面全是官兵的家属。每次上线都是这个场面,每次凯旋,所有在家的团领导还要迎接他们这些汽车兵。

当时,我站在浩浩荡荡的出发车队前,目睹着昨天还在谈笑风生的官兵,今天,一个个表情庄严地驾驶着车辆,走向艰险的"天路",热泪不禁由双颊滚落。

战友们,一路平安!我在心中默念着这句话,在这个冰冷的世界里,青藏线的汽车兵像一团火焰,融化着一片向西的土地。

故乡的路好长好沉
似思念一步一回首
肩挑手扛沉睡了几多日月
岁月的泥泞
斑驳成一幅永恒的画

乡魂如诗

雪外的田野，是我的故园，思念的风暴中，我是一个多情的载体。四季的怀抱里，伫守雪原的乡思遥成一叶归帆，在一片浩瀚中沉入拉萨河底。十月可触的温暖，大漠的荒冷，寒夜的孤寂，孕育着一个个花期，心跳的凄美，温馨的等待埋藏在春的泥土里。

故乡是一株合抱粗的大树，我是那蓬不断延展的青藤，无论漂泊多远，总向着它灵魂憩息地伸出缕缕触须，用青葡萄辛酸的阅历，酝酿着甜美的相思。无论走到天涯海角，斩不断的是故乡情，说不完、道不尽的也是故乡情。乡情是一幅立体的画，乡情是一首无字的诗。人们赞美乡情，缘于乡情是一把思念的锁，锁住了距离却锁不住心。

我不到20岁就离开了家。在此后的日子里，伴随我的，总是那种离乡的苦楚和思乡的深情。

故乡坐落在平度与莱州的交界处，是一个不足百户的小村庄，它的名字叫北坡子，听名字就让人有种荒郊野外的清凉感，但它却是古老的。据传，最早的村民是明朝年间从四川迁徙而来，虽没出过什么名人名胜，也没有像城市一样的高楼大厦和繁华街景，那小路小草小平房，却有着一种别样的美在心头。这种美是大自然之美,是纯朴乡风之美,是辛勤的劳动人民的田园之美,这不正是人所向往的美吗? 故乡的名字对于远在异乡的我来说,感到特别的亲切。

想在 20 年前,我到青岛这座滨海城市打工。起初,当我操着与当地人不同的方言想与他们攀谈时,他们互相用一种别样的眼神看了一会儿,然后抛下一句我听不懂的话,伴着一种别样的笑声跑开了。我呆呆地立在那儿,皱起眉头。后来得知,他们所说的那句话是:"嘻,外地来的"。我至今不明白所谓"外地来的"对他们来说是什么意味,但我却深感受到了轻视,甚至是侮辱。我跑回去问母亲,母亲说:"他们是不对的,但你要勇于用你自己的话与他们对话。"可我那时并未领会母亲的意思,便模仿起当地的方言。当我用这种被他们称之为"撇腔"的语言与他们说话时,那笑声就更大更刺耳了。

在这种不和谐的环境中,我度过了一段打工生涯,之后又来到另一座城市——云南砚山。这座小县城是傍山的,连绵高大的群山,在我的家乡平原是绝对看不到的,可,也正是这连绵高大的群山,遮住了我向着故乡的双眼。

这时,故乡的轮廓在我脑中已渐模糊,我忘记了从家到"乡村学校"的路,忘记了夏日鸣蝉最多的那片小树林。小时候,我特别喜欢到树林里玩,用绳子绑在几根树杈上做成摇篮,把幼小的妹妹放进去,小妹妹随着绳子的摇动,挥舞着小手,咿咿呀呀地唱着,不多一会儿就甜甜地睡着了。我坐在旁边看书,闻着丛林中一缕缕的野花香,听着微风吹拂柳叶的沙沙声,宁静、凉爽、心旷神怡!

我的童年乃至少年都是在乡村度过的,那碧绿的小草,宽阔的田野,清澈的河流,留下了我欢跳的足迹,收藏了我的喜怒哀乐,成为我心灵深处永恒的记忆。在这记忆里,是乡村的组组生活片段,成了我心间遥想的诗。恍惚间,我会突然泛起对家乡的阵阵情思——在墙头上,一只大公鸡朝天一声长吼,报晓了黎明,顶着晶莹露珠的小草、小花在探头探脑。清晨,小鸟们在树上,在屋顶上,在院子里叽叽喳喳欢唱,蹦蹦跳跳,充溢着晨起的精气儿。还有母亲在灶前做饭,风箱发出阵阵"咕哒咕哒"有节奏的悦耳声,并有那缕缕牵魂的炊烟,似薄雾扶摇,袅袅盘绕;一场春雨过后,我喜欢走在一片葱茏、苍翠的田野间,或蹲下来,或俯身,侧耳细听那"唧……吱……"的虫鸣声,那咔吧咔吧的玉米成长的拔节声,那微风吹拂玉米叶的唰唰沙沙声,细细缕缕,入心入境。也会嗅到那阵阵田地的清香,体味到土地的舒展……我独享那分温馨的寂静;每到伏天的夜幕降临,结束了一天的劳累之后,在大街小巷,人们一堆堆一簇簇围坐在小煤油灯下,编草辫、纳鞋底、摇蒲扇,谈家长里短,猜谜语、讲故事,时而发出阵阵爽朗的笑声。还有小孩子们,或托腮侧耳听故事,或躺在大人身边,把土覆在自己身上睡觉,或窜来窜去,蹦蹦跶跶。无论春夏秋冬里,放映着一帮帮、一群群的大孩小孩在一起嬉戏、玩耍的景象。夏日的夜晚,小孩子们围在一棵大树下,点起一堆篝火,一个劲儿地摇晃树干,或用木杆拍打树枝,或爬上树晃动树枝,只见那树上的知了哧溜哧溜地钻进火堆里,成了小孩子们口中的美味;麦收季节时,是农人们最繁忙、最重视,也是最喜庆的日子,家家户户跑前忙后,围在田间地头聚餐、忙碌。尤其是夜间,生产队的打麦场上更是一片繁忙的景象——在一盏高高悬挂的明亮的汽灯下,男女老少齐上阵,有驱赶着马车牛车运麦秸的,有脱粒的,有堆垛的。小孩子们在各个麦垛之间捉迷藏、躲猫猫。整个场地上,那紧张繁忙而又欢快的场景和那隆隆的机器声、木锨与扫把等各种器具碰撞的铿锵声、混杂的喊叫声、场边树上的知了发出或长或短的音乐声,喧嚣了整个夜空……每每想到它们,我便忆起童年,特别是乡村小学。

　　乡村小学本没名,大家叫习惯了,就自然成名了。它坐落在一条街道的边上,据说是一座庙宇改建的,只有三间教室。由于年代太久远又欠维修,一到下雨天,破旧的墙壁上有许多蛇洞,屋顶便遮风不遮雨,地上东一个水坑西一个水洼。还经常有一些鬼神传说,学生吓得不敢上课,躲在窗口探头探脑。无奈的老师只能放下手中的粉笔,气愤地去找村支书。

转眼,我在外工作了二十多年,每当夜深人静的时候,思乡的感觉便会爬上心房,起先丝丝点点,继而扩张至整个心灵,这种思念随着时间流逝越发深刻,以至于接到一位老战友的电话,说接我去故乡叙叙旧情,会激动得整夜无法入眠。

怀着久别的心情,我坐上老战友的车。闭上眼睛,儿时片段一幕幕浮现。正当我沉浸在这无尽的遐思中,一声"到了"把我扯了回来。"这么快!什么地方这么漂亮?"我抬头仰望着一幢三层小楼迷惑地问。老战友神秘一笑,说这就是乡村小学。

变了,真的变了!这哪是那座只有三个教室的学校?高高的楼房,耀眼的琉璃瓦,洁白的墙壁,宽敞明亮的教室,标准的操场,处处展现着欢乐的气息。就连当年我亲手栽种的杨树,原先瘦弱的样子也一去不返,现已壮枝浓叶了,如果树也和人一样有不同命运的话,如今它该扬眉吐气,意气风发了吧!

站在大树前,我又想起了父亲送我当兵时的情景。父亲笑着对我说:"俊杰,你要当兵走了,我带你来这里是要告诉你,永远不要忘记你是农民的儿子,你的根在这里,无论今后走啥样的路,你都要脚踏实地,像农民看他的庄稼一样充满希望,永不放弃。"父亲当年就是站在这棵树前对我说的这番话,当我再次见到阔别已久的家乡时,我又闻到了泥土的芬芳,闻到了家乡玉米粥的香甜,我贪婪地吮吸着,捧着满碗的玉米粥喝了一碗又一碗。母亲见状对我说:"大儿子,外头好还是咱家里好?"我眨眨眼面带微笑地说:"家里好。"说完,又往嘴里扒了一口玉米粥。"这孩子咋吃起来恁香哩!哈哈……"母亲望着我笑了,笑得是那样甜。

短短的假期说过就过去了,我还未尝尽家乡菜的滋味,又要匆匆离她而去了。临行前,父母拿了鸡蛋、花生米送行。我的泪流下来了,我跳下车,冲到村口的井台旁,深吸了一口盛在木桶里的井水。此时,我方知:故乡啊,这才是你原本的滋味啊! 人们常说你是苦涩的。不! 只要是故乡的水,那就是最甜最美的啊! 你比那滨海的,比那傍山的水要好上千倍万倍。

故乡都是我这一生的牵挂,不管是明月高悬天空,还是夜色笼罩田野,我总改不了独自怀想故乡。我常因思乡而失眠,因不能为家乡的富裕倾力而失眠。现在回家探亲,已经很少见到家乡年轻人的身影,不知为什么,家乡现在的年轻人不像父辈们那样,愿意忠诚守卫这片土地,是乡亲抛弃了土地还是土地抛弃了乡亲? 我无法统计现阶段家乡有多少人走出乡土,投身到沿海改革开放的大潮之中。他们尝到了甜头,尝到甜头的年轻人,将信息源源不断地传递到年青的乡邻。于是,一伙又一伙的青年人到沿海城市去寻梦,他们中大多人早已改变了乡土味,改变了乡音。而乡土,不会因为他们的改变而获取新生;相反,乡土因少了年轻者的活力而日渐荒凉。

最近,我没事时老爱琢磨"华西村",这片土地为何充满热情? 为何可以拴住众多年轻者的心? 最后我找到了这样的答案:村子需要改革,具体怎么改革,我觉得就是要找到一条脱贫致富之路,怎么寻找致富之路,这需要全村人的共同智慧与努力。我常常想,不管做什么工作,只要用真心、用真情、用真诚去对待,就一定能获得一分真心、真情和真诚。我盼望着能有机会和村里青年人交流意见,能劝更多年轻人回乡发展。我虽没有多大能力直接改变家乡的面貌,但却想通过努力,为家乡注入一种全新的观念。

未来不管到哪里,不管在什么岗位,从事何种工作,事业成功与否,我都永远不会忘记自己的根,不会忘记自己对家乡的情,不会忘记报答父母的养育之恩,不会忘记对伟大祖国的忠诚。

记得,著名作家王宗仁曾说过,"乡魂如诗",不过我想补充几句:乡魂是流淌的诗,我便是封冻的河,在不眠的长夜呐喊,在梦醒的平原沉睡,在陌生的高原躺下,乡魂如潮般涌来,掀倒了梦外深邃的背影,模糊了男儿来时的路,屹立抑或躺下都为一种厮守的力量。

生日那天

那天是我三十岁的生日,我仰望着故乡朝北的方向,眼睛与思想同时被远方的母亲占领。

人们都说,"儿的生日便是母亲的受难日"。是啊,当离开母体的那一刹那,清脆的啼哭声,向世人宣告我已来到这个世界上,这一天对于母亲来说,是一个多么伟大的日子,是母亲教会了我唱生日歌。

今天是我的生日,在神鹰飞过的地方,风雪太大,我没有点燃生日的烛光,只是面朝故乡,双手合十,用虔诚的心把思念化为祈望,许下了人生的第三十个愿望。从枪的眼里我看到了故乡美丽的景,思绪再一次穿过故乡的山,熟悉的水,终于思念的眼神停留在久别的小屋前,很模糊,却很亲切。揉揉眼睛,再看时,却猛地发现,不见了小屋,也不见了熟悉的山水,只剩下了眼前的黄沙飞雪,铺天盖地在原本就很贫瘠的土地上,缄默的样子就如我此刻的心情一样——原本只是思乡的情绪太浓时充满心田的幻觉。

记得,在老家要是碰上青黄不接的时候,我最希望过生日,因为母亲说了,要是碰上谁过生日,那一天中可以让谁先吃饱。其实,那就是煮一碗红薯粉和小麦面搅在一起做成的黑面条。

母亲是一位极普通的农村妇女,和天下所有的母亲一样,对家庭对子女有着相似的爱,但也有着不同的塑造和特点。从我记事起,我们家的生活仅仅是能吃上饭而已,一天到头就是地瓜、玉米饼子和咸菜,基本不换样,很少能见到炒菜和肉等。那时候每个家庭都是相似的,能吃上饭已是不错了,如遇青黄不接或旱涝灾害时,野菜、树叶便成了主粮。母亲经常说,生小孩坐月子连一个鸡蛋也吃不上,吃饭和平常人一样。姊妹们有时确实吃不下一咬掉渣的干玉米饼子,饿得无精打采地围坐在母亲身边。此时我看到了母亲眼中的无奈,她望了望一个个像小鸡待哺似的孩子们,怜悯而又习惯地说道:"睡去吧,睡着了就不饿了。"我们姊妹几个就是这样,一到天黑早早就睡觉了,那时也没有灯,以求在黑暗中忘记饥饿。

母亲也总是在有限的条件里,想尽办法调剂生活。当时,我外婆家条件好一些,母亲姊妹三人,她是唯一的女孩,也是家中的娇惯。她经常从外婆家拿点糖果、馒头一类的东西给我们打馋虫。她经常把野菜掺进玉米面里做成菜饼,尽量改善口感。生活上的苦是那时的普遍现象,家庭负担重也是我家的大问题。那时爷爷奶奶的身体不好,不能干活,家庭重担全落在父母身上。地里的活要干,家里的事也要担,特别是像我们这种要吃没吃的,要钱没钱的家庭,难上加难。有时在捉襟见肘、毫无办法的情况下,父母急得发生争吵是常有的事。在这样的环境影响下,我很早就懂事了,能体谅父母,力所能及地帮家里干点事。这对我后来"能理解人,善于同情人"的性格形成有很大影响。不管遇到什么事,母亲从没有自暴自弃,每次愁过之后就又哈哈大笑,人们常说母亲真是一个无心无肺的人,这是母亲的无奈,也是母亲的豁达。这对我的影响也很大,直到现在不管遇到什么困难,都感到那是小菜一碟,不管遇到什么挫折,都把它当成磨炼自己意志的一次机会,总是以积极心态寻求解决办法。

母亲上了六七年的学,是小有文化的人,直到现在还坚持看书学字。

母亲还有一个特点,就是爱说爱笑,宽容、和善。她与左邻右舍相处得都很融洽,遇事不计较,不记仇,说说笑笑就过去了,待人接物总有爱意。时间长了,不管是村里人还是邻居,大家总是有什么好处都想着她,约她吃饭,到家里喝茶聊天。一次,母亲搭乘本村人的三轮车到镇上去办事,当走到半路时,车子碰在了路边的石头上,造成母亲腰部骨折。开车的人感到过意不去,一再要求拉她到医院检查,她硬是不去,只是让本村的赤脚医生推拿、贴膏药,硬是在炕上躺了一个多月才好。我们全家都不理解,当问急了时,她总絮叨着一句话:人家好心好意拉你,别让人家感到为难。此时,我才明白母亲的善良之心,也正是由于母亲的宽厚,才迎来了人们对她的尊重。对我们子女,母亲也是宽容的,没多少条条框框。但遇到大的原则性问题时,她是严厉的。

母亲的爱是用她默默的关心传给我的,母亲对我的学习一直要求严格。一次,我因为贪玩忘了做作业,为了应付老师,随手拿了同学的作业本抄,我想就抄一次,母亲是不会知道的。谁知,我抄作业的事偏让母亲知道了,我清楚地记得母亲是怎样责备我的,那时我伤心地哭了,倒不是怕打,母亲粗壮的大手掌落在我身上一点也不疼。

后来我上学了,从书本里知道了许多做人的道理,但我常会这么想,这些母亲给我讲过。这么多年,在书里找到了一句话,叫作"勿以善小而不为,勿以恶小而为之"。自然母亲口中绝难说出这样的言辞,然而她的眼睛,她的心,不就是这样教导我的吗?我始终忘不了母亲的双眼,忘不了母亲的嘱托,忘不了母亲送我当兵时的情景:母亲把我拉到身边,用她那双硬茧的,曾哺育过我的宽厚的手掌,给我理着头发,整着衣领。我望着母亲,母亲苍老了,眼里已布满血丝,目光浑浊,皱纹爬上了眼角,那是几十年来风风雨雨辛劳的见证啊!母亲一遍又一遍重复着她的动作,她忽然又捧起我的脸,附在我耳边轻轻地说道:"要好好干,争取干出个样子来。"想起这些,总有一股暖流涌上我的心头。

描写母亲的词汇和文章到处都是,然而,我的母亲的爱是不在言表、也绝难挂在口上的,是没有"爱"字样的。她是含蓄的,是潜在的,是各种情况下在背后的默默关注,是她言传身教中的潜移默化。这就是我的母亲!

奶奶的围裙

想起童年,我总能想起奶奶。奶奶生在战乱的时期,虽没有经历前线的硝烟弥漫,却也饱尝了生活的辛酸。从我开始记事起,奶奶就系着一条藏青色的围裙,用米汤洗过,很硬。

童年时,我常听奶奶讲述她小时候的"精彩片段",其实在那时看来,我丝毫没有被她那近乎传奇的故事所吸引,倒意外地发现,她整天系着的围裙远比那故事诱人得多,因为每到这时,奶奶会用围裙兜着好多吃的,分给我和弟弟妹妹们。于是,我们便盼着奶奶所谓的"下一次"。至于奶奶的故事嘛,我是一点也记不得的,而奶奶总是沉浸在回忆之中,偶尔还会不停地撩起围裙,擦拭着红肿的眼睛。

我从小就对奶奶有些害怕。她裹着小脚,弓着背,满头白发,性格爽直、脾性大,如果谁有违规矩的事,她是不放过的。我很小的时候,村里有个老太太去世了,人们在收拾她的衣物时,从衣兜里找出几块糖,我站在边上看热闹,大人顺手把糖递给了我,要知道,在那个时代,糖是高级的好东西,是人人喜欢的宝贝。于是,我毫不犹豫地接过了糖,就像得到一个大宝贝似的,一口气跑回了家报喜。奶奶知道这事后,满脸的不高兴,呵斥道:"赶快扔了! 再穷也不要这贱东西!"当时因年龄小有些不解,后来渐渐地明白了一个道理,就是奶奶经常说的话,人要有骨气,人穷不死饿不死,没了骨气就是贱胚子。在我们家的饭桌上,不管大人还是小孩,如果谁在盘子里乱夹乱翻;如大人还没上桌,小孩先动筷子,这都是不行的,奶奶是要拿规矩说话的。我就生长在这样的家庭里,一个贫寒的家庭里却有着规矩,有着教养,有着做人的高贵。直到我走上领导岗位后才明白,这些都是一个人在成长的路上必须要具备的素质。后来,我经常用它来教育官兵:要不怕艰难困苦,堂堂正正地做一个大写的人。这些都是受奶奶的启发,此时我便对奶奶有了敬佩之心。

白驹过隙,渐渐地进了小学,又上了中学,奶奶仍旧系着她那条藏青色的围裙,只是上面布满了斑斑点点的洗不掉的油渍,就像奶奶走过的岁月里,留下的永不磨灭的记忆。而这些痕迹,便成了奶奶终日的话题,在奶奶闲时,总会给我讲那些陈年往事,一开始我听得挺认真,也被感动了,可听得多了,便也厌烦了。什么"我们那时连饭都吃不上""我的一条围裙在姐妹面前还是红过一阵"啦,我都倒背如流,每每这时,我总免不了要嚷她几句:"都什么年代了,还提那些陈芝麻烂谷子的事,烦不烦啦!"听了我的抱怨,奶奶一脸的不解与失望,似乎还带着一股责备,直盯着我,盯得我不敢看奶奶一眼。然而,当我再抬起头来,奶奶已叹息着蹒跚而去。

现在,虽然奶奶离我远去了,但常常想起奶奶,总感到奶奶当年是想用她一生的故事讲明一个道理,这道理就凝结在那条围裙里。哎,可怜而又可敬的奶奶!

神仙洞

在离我家不远的地方有一个山洞,乡亲们称之为"神仙洞"。谁也说不清它的来历、是什么时候立在那里的。上几辈子的人都说,听他的爷爷的爷爷说过它的故事。它以古老讲述着自己古老的传说,又收藏了代代人们不老的故事,吸引着男男女女们对它瞻仰、膜拜。故此,在我幼小的记忆里,那里总是一个充满神幻的世界。

"神仙洞"坐落在一座小山上,此山很小,也算不上什么山,人们都习惯叫它"埠子"。洞不大,只有约 200 平方米的一个洞庭而已。在洞的一侧根上有一条不知深浅的小洞,一个人能勉强趴着匍匐钻进去。小的时候,我曾和小伙伴们点着蜡烛钻过,当爬到约五百米时,因缺氧只能作罢,不过心里总是纳闷,洞到底有多深?通向哪里?后来听大人们说,这小洞有几十里长呢,无人敢进,打仗的时候八路军在这里穿梭过。

此"神仙洞",虽不是《西游记》中那个"神仙洞",但同样因其名,因其洞中有"仙"而显得神奇。洞中常年滴水不断,洞中央供奉着一尊神像。村中谁家有人生了病,家中就要带着祭品前来烧香叩头,祈求病人平安。特别是到了干旱季节,这里更是香火不断。乡亲们为了求得雨水,整日敲锣打鼓,抬着猪、羊等祭品,到"神仙洞"中烧香求雨。我几岁时,出于好奇,也时常和小伙伴们一起跟随在大人们的后面,到"神仙洞"看热闹。尽管如此,乡亲们的庄稼还是因干旱而大大减产,不得不靠国家的"救济粮"度日。

　　山很小,但对于我幼小的心灵,是足显高度了,曾感觉它是一座很大很大的山。站在神仙洞顶上,四处的风景一览无余,漫山遍野的小花、野草,疯狂地生长着,频频地随风摇曳,像是晃着头在喊:"来吧,小伙伴。"我不由得蹲下,撅起小嘴亲了它。一条蜿蜒的小路通往山下,像是两眼之间的一道射光,无限延伸,穿过一片片的高粱地,穿越一个个的村庄……余光的尽头,总是我想象的天地:有探求、有呐喊、有向往……把射光收回来,又缩成了对小草的依恋,对小山的依托,对此情此景的怀念。啊,小山成了我心路历程四季的伙伴,也是我青春的瞭望塔!

　　神仙洞历经时代更迭,经受了岁月的洗礼,如今,渐渐地也变得美丽起来,其石缝、石层上,被风覆上了厚厚的土,在土层之上,长出了块块边角齐整的梯田,像是穿上了一件华丽的衣裳。远远看去,又像是一只大鸟,展着翅膀,拖着长长的尾巴,立起五颜六色的漂亮羽毛,站在那里做出展翅欲飞的姿势。

　　我再度见到神仙洞,已是十年后的事情,眼前呈现的是瓜果飘香的世界。一片片枝繁叶茂的果园,一阵阵瓜果的芳香沁人心脾。那又红又圆的红富士、黄澄澄的黄金帅、红澄澄的红香蕉、红玉苹果,让人垂涎欲滴。

　　今天,站在家中的房顶上,遥望"神仙洞","神仙洞"的四周,同样是一片片绿油油的果树和庄稼。乡亲们告诉我,近几年县乡两级政府为了制止封建迷信活动,在此大种果树,并把"神仙洞"里的水引到山脚下,现在不管天气有多旱,庄稼都不会缺水,水有了保障,庄稼获得了丰收。乡亲们终于明白了一个理儿,靠烧香求神不能摆脱贫穷,只有靠党的政策,靠科学技术才能走上致富路。如今一片片果园,那一口口机井,那一辆辆运送水果的卡车,正在改变着这里的一切……

　　顺着目光再往上看,那条上山的小路依稀可见,只见小路顺势而上,直插神仙洞顶。此时的山顶上,在一方翠绿、一片金黄中,出现了乡亲们忙碌的身影：有挑担的，有施肥的，有浇水的，有弯腰弓背的，有小跑似的走动的，有……只见人影窜动，相互交织，一片繁忙景象。整个看过去，就像一群群、一队队天边的来客，欢腾在那美妙的田地里，我不由得喊道：这不正是一道仙境吗！

父亲的天地

父亲叫李祥云，寓意天上吉祥的云彩。父亲活了50多岁，50多岁的父亲头发灰白，岁月的风霜，把他脸上冲刷上了许多川川道道。每当看到父亲时，我心里就十分难过，常常处于自责之中。我恨自己未尽到一个儿子的孝道，也许对军人来说，忠孝两难全吧！虽然父亲从未责怪我什么，但我心里总觉得过意不去。

我们家祖上三代主要是以种地为生，都很贫寒，我爷爷头脑灵光一点，在青岛做生意赚了点钱，回来盖起了四间草瓦房，这才算有了像样一点的家。父亲姊妹四人，有一个姐姐和两个妹妹，他是三代传递的唯一男孩。听奶奶讲，父亲在小时候是很顽皮的，也是很好学的。结婚后，由于家口大，上有老下有小，那时候没什么来钱门道，也没什么外援，单靠父亲一人奋战，里里外外的压力，压得他透不过气。我经常看到他暗自伤心，但从不向外人讲，也从不向困难低头。每当遇到愁事时，他总以自己的名言诠释：小车不倒只管推，车到山前必有路。在他的脸上总挂着笑容和自信。所以，父亲在我的脑海里，一直是一个没有怨愁，昂扬向上的人，这也潜移默化地影响了我，使我不管遇到什么困难，都有一种愈挫愈勇的精神。父亲最大的希望是让子女有出息，他经常讲："只要你们好好学，就是砸锅卖铁也要供你们上学！"父亲就是这样，总是看事情很远。在吃不好穿不好的年代，省吃俭用，从牙缝里省下钱，硬是盖起了三套大瓦房，以备我和两个弟弟娶媳妇。房子盖好了，人却压倒了……

父亲是靠种地养活我们姊妹五人的。在我读高中的时候，农村已分田到户。暑假里,父亲带我去割麦子,手里提着镰刀,头上戴顶草帽,父亲弯着腰在前,刷刷刷,刷刷刷,田里很快齐齐倒下一排。我呢,一会儿将田里割出一个"大"字,一会儿又割出一个"一"字,在金色的大地挥斥方遒,妙趣横生。

小麦成熟了,村庄丰富了,村里的人们心里盛满了充实。父亲脸上也堆满了笑容,他的心里增添了无限的喜悦,身上多了一股劲,他和庄稼一起成熟。

金秋的田野一片金黄,枝头果实累累,鲜红的苹果压弯树腰,饱满金黄的玉米一大片一大片地排列着,像等待将军检阅的士兵。秋高气爽,月明星稀,天阔云淡,使人坦然,潭清泉幽,令人深沉。一层层薄霜覆盖着大地,大地恢复了淡泊素雅的本性。

在云南当兵,每当看见如父亲一样的中年男人收割庄稼时,我总会驻足多看一眼,我似乎总能看见父亲,在自己的一亩三分地里,浇灌着他一滴滴汗水,那样子像极了云南老伯。父亲已过半百,两鬓已白,但他苍老的外表,总是被活跃的心所掩盖。也难怪,父亲整日在田园里孕育着嫩绿的新苗,孕育着希望,他的心能不年轻吗?每当我途经当雄至拉萨的一片青稞地的时候,我总是停车驻足,浏览那波动如海的青稞和那一个个忙碌的身影,并认真地用双手搓上一穗青稞,细细地品尝父亲的味道。

父亲在我的印象中,一直是一个和善、慈祥、可亲、心细的形象,父亲种地可以说是一个令人津津乐道的"好手"。他日出而作,日落而息在贫瘠的土地上,耕耘着生活与梦想。春去秋来,父亲的脸渗出的泉,浇灌着软绵绵的春;父亲的腿,撑起山,拥抱火辣辣的夏;父亲的背弯成镰,收割着沉甸甸的秋;父亲的嘴,拢成的圆,圈点着白茫茫的冬,这就是我眼中的父亲的四季。

父亲不仅是一个硬朗的庄稼汉,还是名扬全乡的识文断字、有见识的文化人。他写一手好字,也能说会道,经常被调到乡镇政府帮忙,每次镇里组织的水利工程,他都要去测量、施工和带队组织;

每逢谁家有什么家长里短,总是请他去调解、说和;每次村子里谁家写对联、写家书,或遇到困难,总会想到他。每天父亲帮人写家书、写对联回到家,总能带点好"点心"。这些足够家里几个嘴馋的孩子"享受"一些日子了,况且,农闲的时候,他给人写点什么东西,家里的饭桌上也总会出现几样平时很少吃的菜。我知道,这是父亲看着我从学校里回来,特意为我改善的伙食,父亲每次都是往我碗里夹菜,自己从不舍得吃这些好菜。

父亲还有一个特点,就是爱说爱笑,会讲故事。他经常讲"岳飞传""穆桂英挂帅"等好多故事,说话风趣幽默,随口就能说出个小段子,常常逗得人们哈哈大笑。记得有一天晚上,我们姊妹五人和父母围坐在一起搓玉米,就是把一棒一棒的玉米粒剥下来。那时没机械,只能靠手一粒一粒地搓,有时手被搓得流血。搓到半夜的时候,姊妹们由于年龄小,累了困了,熬不住了,这时父亲有意放大声音说:"给你们讲个故事,愿不愿意听?"姊妹们呼啦一下来了劲,用小手揉揉困倦的小眼睛,一边侧起小耳朵细细聆听,一边用小手唰唰地不停搓着。天亮了,一大堆的玉米搓完了。这时,父亲面带笑容地说道:"任务完成了,故事待明晚继续分解。"到了第二天晚上,姊妹们不需要招呼,不约而同地围坐在一起搓玉米、听故事。这是我记忆里的一个画面,我们家就是由许许多多的这种画面拼凑起来的,这画面也是我们家大人小孩共同拼搏的景象。是父母用责任、用爱撑起了一片小天地,子女们才能像小鸟一样,在这片小天地里相互依偎,争相勤奋。

父亲最怨恨的就是冬天,因为冬天土地上不长粮食。老家的冬天,土地上盖着一层厚厚的积雪,劳累了一年的土地冬眠了,她要休养生息,积蓄开春的力量;庄稼将生命收缩在种子里,准备次年萌发;动物将力量储藏在脂肪里,孕育下一轮的繁殖;村子里的人将收获归了仓,计划着明年的耕耘。但是父亲就是不死心,他还硬是在冬天搭起了温棚,这样冬天他就又有事做了。

家乡平度是一个物产丰盛之地,土地上生长着牲畜、家禽、野兔、斑鸠、蜈蚣、蝎子、蜜蜂、鱼、虾等。它们各自有各自的王国、语言和生活,也有自己的子孙后代,它们和谐共存着。农牧结合是家乡的农业特征,这种农牧结合的历史,可以追溯到新石器时代,姑且说是新石器时代改变了平度的农耕文明,不如说是农耕文明催生了新石器时代。在平度这片土地上,乡亲们农耕与畜牧的目的是,既要耕作又要保护土地持续使用,这是千百年来形成的共识。乡亲们世代在这片土地上生存,既照看好家畜又保护了水草,同时也获得了生活资料。所以,这儿的自然生态环境很好,乡亲们按照自然生态的规律,尽量予以保留。于是,土地成了全村所有生物系统的共同生命。

在平度这片土地上,还生长着河流、山岳和树林,它们相互依存,为这片土地增添亮点与乐趣。

我的父亲和这片土地打了一辈子交道,他离不开土地。他把土地收拾得年轻而有活力,自己却一天天衰老,干不动活了。那天,当父亲将最后的余热散发在土地上时,母亲捧起一把黄土狠狠地哭了一场。

父亲去世,母亲、弟弟、妹妹叫来乡里的木匠师傅,锯掉父亲浇灌了一辈子的大树,为他做了一口很像样的棺材,然后父亲就这样,永远归于他挚爱的黄土地。得知父亲去世的消息,我非常悲痛,当时我任连队指导员,正在执行格拉运输任务的路上。作为主官,千头万绪离不开,当车队行至唐古拉山顶时,战友们和我一道默默致哀。我不由得从内心喊道:"爹——大胆地走,大胆地往西走……"后来,我也在不同的场合,给我的官兵讲过,我有一个普通而又伟大的父亲,这也许,能给天上的父亲一点慰藉吧!

父亲带着对土地的眷恋走了,连张相片也没留下,但他的音容笑貌,依然清晰地印在我的脑海中。现在每当我上坟从父亲的坟头走过,我都会发现这片土地,父亲的骨血还是那样鲜红。

当青春简洁成潇洒的短发
在雪原随便摆成一种姿势
就站成，一座
永恒的丰碑

雪线情深

　　我喜欢称青藏线为雪线，这里我所指的雪线，是指从格尔木到拉萨这一段路。尽管实际上的青藏线，还应该包括西宁到格尔木的路段，但是在那个年代，格尔木到拉萨是一段不通火车的路，当时上线只能靠汽车轮子，路途非常艰苦，所以把格尔木以后的道路，格外提出来，冠以青藏线的名字，也是情理之中的事情。

　　"雪线"这两个字很有诗意。我做梦也没想到，我喜欢的这个雪线会和国防通信线联结在一起，会和自己的名字联结在一起。

　　"屋脊的银线——天上的琴弦……"

　　倘若诗人的比喻是贴切的，那么青藏线上的通信兵应该是"琴师"了。我是 2006 年来到某通信团任政治处主任的，因为工作关系，我近距离目睹了青藏线通信兵的风采，更荣幸地聆听到"琴师"们那一曲曲非同凡响的生活之歌。

　　为了使读者立体认识我工作的雪线，让我把生活的镜头拉长，去温习一下通信部队的历史吧！

　　水之战——

　　"高高山上有好水"，这在那泉水叮咚的青山绿岭上或许是真理，可昆仑山的五道梁和长江源头的沱沱河，就未如此，这些地方，夏天无好水，冬天没有水。五道梁人称"鬼门关"，因为人到那里，互相看看,脸就变成青色了,那是缺氧弄出的形象。曾经有许多年,驻扎在那里的官兵,每人发两条背包带,一条用于打背包,一条用于背冰化水。那里的水,摄氏七十几度就开了,放一滴开水到显微镜下,就能看到活着的小红虫。那是富含矿产资源的地域,水的硬度很高,水里的有害物质超过人体所能接受的健康标准,喝起来令人作呕。沱沱河的水,则咸不啦叽的,难以下咽。通信兵刚在这里安家,饭没吃几顿,百分之六十的人不是胃疼就是拉肚子,于是他们想到打井。然而,大伙儿用汗水换来的地下水则更咸,这些咸水好几次差点吃死了人。

唐古拉山的温泉站,比起那两个站来算是得天独厚,紧靠冰河,水质较好,但一样有难处,没有抽水工具,他们就组织人滚着汽油桶运水,两三个人推一桶,不到一里路,累得大家气喘吁吁。天一转冷,吃水更难,从 10 月到来年 4 月,全靠化冰取水,一遇大风,几天出不了门,守着冰河也有断水的危险。没有水官兵们洗澡更难。建站之初,根本没条件建澡堂,好多战士一上山就是几年,直到退伍,也未能得到在一个热乎乎的澡堂里泡一泡的机会。

"孤舟行"——

茫茫的天空茫茫的地,茫茫的高山茫茫的岭,茫茫的雪野茫茫的风。在这荒无人烟的地方,伫立在风雪中,通信站就像大海里的一叶孤舟,大海的孤舟最怕迷航,这高原的孤舟最怕生活寂寞,报纸一月来一次,一来一大抱,大家诙谐地称它"抱纸"。看电影更是稀奇事,好长时间看不到,一来就是四五部,只好来个电影"会餐",一直看到上下眼皮打架还舍不得离去。在这种环境里生活,战友们总想打破无聊的沉寂,哪怕来点恶作剧。甚至一只牧狗窜到院子里,定会撩逗得他们坐不住,争先恐后地围上来,发出阵阵满足的大笑。特别是有生人尤其是异性露面,他们总会跑出来多瞧几眼。在青藏线很有名气的作家王鹏,写了一篇很有名气的散文《狗也寂寞》,真实地再现了这个时代的官兵生活。

在通信部队这个知识分子堆里当领导，必须心中有一杆秤，必须把党组织赋予的权利，当作责任来对待。任主任以来，我首先对自己和身边人约法三章，在干部考核、立功受奖、评技术职称等问题上严格把关，决不能让做出成绩的人吃亏，业绩不佳的人也别想占便宜，想通过拉关系走门子而达到个人目的，在我这里绝对行不通。

对于管理工作，我坚持公开、公正、公平原则，将考评干部的材料光明正大地摆在桌面上，谁做的工作多，取得的成绩大，谁做的工作少，成绩不够理想，让大家一目了然，高度透明。我想，这种事绝对不能藏着掖着，越捂着盖着越容易出问题。工作经验告诉我，通信团知识分子多，这些人都受过高等教育，有知识有文化，只要你把道理给他们讲清楚了，为什么让他上不让你上，只要说得在理，他们都能接受。当然，这样做，有一个前提，就是必须每次都是公开公正公平，如果有一次违反了这个原则，那以后的工作就很难做了。因此，我对一切请客送礼者都谢绝。有事办公室谈，凡是登门拜访的，只要是为违反原则的事而来，我一概不予开门。一次，一个跑关系的人，提着贵重的礼物前来拜访，被我拒之门外。这个人不死心，特意找我不在家的时间将礼物送了进来。当我知道此事后，立即让公务员将礼物送了回去。

我想，为官者首先得信奉这句俗话："吃人家的嘴软，拿人家的手短。"只要你吃了人家的，拿了人家的，那你就无法理直气壮地在人家面前主持公道、仗义执言，就会在群众面前失去威信。因此，这个口子绝不能开。说实话，相对来说，拒绝下级的请客送礼还是较为容易的，而对同级甚至上级的说情电话，拒绝的难度就更大了。因为说情的人同自己的关系很不错，人都是有感情的，谁还没有几个交情深厚的朋友呢，何况工作中的事情，许多还有赖于人家的协助，许多事情还需要人家的支持。但，我每次还是毫不犹豫地回绝了这些说情的电话，作为党员干部，绝不能因为个人的私交而破坏了集体原则。为了弥补由于自己坚持原则伤了的感情,事后我专门去向对方解释回绝他们的原因,情况讲清楚了,他们都能够理解。到目前为止,还没有哪一位领导,因为自己回绝了他的电话,而在日后的工作中给我出难题,穿小鞋。久而久之,团里的同志知道我的个性,来找我说情的人也越来越少了。

如何发挥好政治处团队作用,做到人尽其才,这是我常思考的一个问题。我深知,要把处里的工作搞好,光靠一两个人是不行的,必须把大家的力量都调动起来,形成一股劲,拧成一股绳,才能形成一个团结的更有凝聚力的向上的集体。当主任两年来,我对处里上上下下的工作人员的品行都有所了解,在用人方面,我记住了老政委的话:"看人先看德,然后再看才。"我深知,权利是党和人民赋予的,只有用好权利,真心实意地为官兵谋利益,服好务,才能履行好自己的职责,才能赢得群众的信赖和对事业发展的支持。

以单位为家,倾注爱心,这是我任职为官之道。要想为官兵服好务,就得先他人后个人,就得过好家庭关。

我的家庭靠的是妻子这"半边天",妻子在某军工厂工作,平时我俩工作都很忙,孩子出生后,主要靠岳母照看。由于我常年在青藏线上执行运输任务,家里的事根本没时间管,也照顾不上他们母女,但只要我有时间,就希望补偿一点遗憾。只要不上线,我坚持每天早上送孩子上学,算是一种对家庭的补偿吧。因为忙,女儿与我在一起的时间很有限,有时实在忙不过来,团里的战友就帮忙接孩子。我从未因家庭琐事而影响工作,我总是每天中午晚一个小时才下班,节假日基本是在办公室度过,很少跟爱人和孩子好好吃一顿饭,过一个生日,更不说给孩子买礼物,或者带孩子出去痛快玩一次。我也不是不想休息,也不是不愿享受家庭快乐,而是工作实在太忙。

在通信团工作的两年,是我的腿伸得最长的两年,在办公室待着,我总感到工作缺乏实践。因此,有事没事时,我总喜欢往基层跑,每一次去基层,我总能发现一些问题,更能体会到雪线上官兵的不易。

我深切地感受到,驻守在青藏线上的通信兵,就像医生一样精心卫护着银线,而高原上的疾病,无时不在威胁着他们的健康。尽管"天路"上有这样的现实——一个活蹦乱跳的人,竟在一夜之间莫名其妙地离开了人世,但他们对待疾病,还是有自己的信条,那就是等休假回内地,养一养就好了。

有一次,我去检查工作时,发现一名战士患慢性咽炎,病重时连说话都困难。我多次劝他下山治病,几次给他找到了顺路的车,他却推三拖四,死活不去,我再劝,他的理由多得连我这个主任也说不服。这个战友指一下连长说:"你看他,都患风湿性关节炎好长时间了,双腿戴了护膝,常年不敢脱棉衣裤,整天一拐一瘸的,还照样带人顶风冒雪排线路故障,每晚查铺查哨。有一晚,连长查铺时,得知站岗的战友有病,他就从深夜十一点代岗到天亮,营领导几次催他下格尔木住院,他都推说战备通信任务重,连队干部少,离不开,他确实不愿意离开自己摸得滚瓜烂熟的线路,哪一处容易混线,哪一处还要加设临时的哨位,他都心中有数,前几天,他根据气候变化和公路过往车辆情况,带人加固电杆,整修线路,一连干了四天,每次回来,总要在火炉上搓揉他那不听使唤的关节。"

在这里,男兵坚强,女兵也一点不示弱。这里的女兵俨然一副男儿气质,高高的柏油线杆,她们上下自如,有时还扛着几十斤重的修线工具,一色的迷彩服,一式的解放鞋,刷子辫扎进军帽,黑红的脸庞略带几分粗犷。倘若哪位多情的少女,忽略了从帽檐上认人,说不定叫她们一声"兵哥"呢!这些假小子,多年来和外线的男兵一样,担负起了国防通信任务。

这帮假"小子"最大的特点就是永远不服输,她们和男兵一样,平时爬个山下个坡,腿都不打战,真是一点都不虚。有一次,有个新兵女同志,第一天上阵,面对三层楼高的杆子,旁边男兵都不敢上,她自告奋勇站了出来。可这事并不简单,她还没爬到一半,两腿就直发抖,"哧溜"一声滑了下来,那白白的脸庞被杆子擦破好大一块皮。这情景,把站在一旁看的人都吓呆了。而她却真和这杆子较上劲了。为了爬上杆,她白天练、晚上练。一周过去了,爬这杆她连上带下只要一两分钟,一个月过去了,她甚至可以背上工具上杆了。男兵们佩服她,给她送了个雅号——假小子。两年过去了,假小子当上了班长,又带出一帮假"小子"。

有人可能会问我,这帮假小子爱美吗? 当然,爱美之心人皆有之,更何况她们还是姑娘身。姑娘爱打扮,然而一年四季风沙里来,冰雪里去,年复一年,日复一日,抢通,整修,连走路都恨不得把腿扛在肩上。晚上回来,简单洗洗,往铺上一倒,呼噜直响到天亮。起床后,洗漱,准备工具,吃饭上路,紧张得连镜子都顾不上照,哪有工夫打扮呢! 但是只要她们快休假了,一定会在镜子前好好照一照,打扮打扮。此时,她们才感到原来自己还是女儿身。

这些基层的战士太可爱了,能为他们服务是我的荣幸。能够在雪域高原,为这些可爱的通信兵主持婚礼更是荣幸,在这里,我曾多次为官兵们主持婚礼。这是有日记记录的一次婚礼,每次心情低落时我会打开日记看看,想想曾经难忘的幸福时光。

2007 年 8 月 1 日　　星期三　　晴

今天,我又主持了一场婚礼,和往常一样。场面显得有些简陋却极其热闹。没有婚纱,没有钻戒,唯有的就是战友们从雪山采来的不知名的小花,为一对新人铺垫成的花地毯和花环;没有双方的老人和亲戚,却有着节日盛装的藏族职工,还有所有在队的家属子女,他们有组织,有纪律地走入婚礼现场,他们手捧洁白的哈达和香甜的青稞酒来为这对新人祝福。

鞭炮声中,藏族姑娘跳起了舞蹈,我拿起麦克风,大声宣布"婚礼现在开始",随后的一系列熟知的程序,按部就班了下来。唯一不一样的是新郎、新娘讲述恋爱史。这对新人都在本部队工作,他们的爱情是建立在共同事业基础上的，纯真的爱情之花，是在革命理想中孕育出来的，是在和睦互励中生长的，是在共同战斗中开放的。

婚礼正在进行，站在两旁的官兵和藏族小伙子们，不断向新郎、新娘抛洒五颜六色的小山花，旁边一位德高望重的老阿妈，为新郎新娘献上洁白的哈达。随后，前来参加婚礼的官兵和藏族男女也迎上去，向这对新人敬献青稞酒和酥油茶。十六岁的小姑娘卓玛，唱着一曲《心中的恋人》，把婚礼推向高潮。

每主持一场婚礼，我的心情就会感到一次莫大的喜悦，这种滋味比在格尔木吃羊肉串、喝羊肉汤的滋味还要美。

成就一桩婚姻，比做任何思想工作都要好。部首长适逢下部队检查工作，也参加了这场婚礼，对我主持的这场婚礼表示赞赏，首长希望我不仅要当好主任，更要当好爱情舰长，也愿更多的有情人能在格尔木土壤中生根发芽，开花结果。

我想，格尔木这片沃土，不知培育了多少爱情之花。然而，并不是所有的爱情之花都能结出丰硕的婚姻果。有的甜蜜，有的辛酸，有的苦涩，甚至有的爱情之花会枯萎，干缩，凋谢。我真诚希望这些花，能够经受住风雪考验，终修正果。同时，我也是期待着部队的下一场婚礼，希望那时，我仍然是幸福的主持人。

不必担忧春日的微寒
让渐长的年龄如花朵一般
在生命树上烂漫盛开
开得潇洒
开得甜美

花开无声

谁没有父亲，谁没有母亲，母爱似黄河，父爱似长江，父爱，母爱是人间最伟大的，最真挚的感情。

我们习惯于父母亲的呵护，习惯于父母亲的垂爱。然而，在青藏线的孩子的心中，最缺少的就是父爱。

妻子怀孕已六个月了。

听战友说，内地人在格尔木生的孩子，智力和健康状况会受到影响。但是没办法，我和妻子都在格尔木工作，只有选择在格尔木生孩子。

我在心里默默地算着妻子的临产期，越来越近，每次我想把打好的报告掏出来请领导批示，但却没有掏出来。我知道，连队正在执行进藏运输任务，如果此时我不在，对工作影响很大，此时只有将心事放在一边，没日没夜地投入到紧张的工作中。

转眼，妻子的肚子无法抗拒地大到极致。她清晰地感到，小家伙在宫殿里拳打脚踢，可能迫不及待想出来了。妻子知道我对工作的执着，从不轻易向部队请假。

结婚以来，尽管我们同在一个城市，却过着让人不解的"牛郎织女"般的生活。妻子大部分时间吃住在岳父岳母家。军人的天职是牺牲和奉献，妻子理解我，更支持我。向来如此，怀孕的强烈妊娠反应，又吐又吃不下，酸软无力近一个月。随着肚子一天天膨胀起来，她洗衣、打水、切菜越来越不方便。一次，在给未出世的孩子做衣服时，针不小心掉到地上，她想捡起来，可怎么也蹲不下去，那个装在腹中的大西瓜，像个卡子似的硬是让她弯不下腰。折腾了一身汗，也没能捡起来，最后还是她的母亲看见帮助捡的。每每孤独无助时，妻子不免顾影自怜，可一想到我上青藏线执勤更辛苦，在氧气都吃不饱的艰苦环境里，生活工作更艰苦，心里不由自主地又升腾起战胜困难的信心。

此时，我躺在兵站冰冷的床上，怎么也睡不着，尽管我努力控制自己，却仍然无法不想起妻子。想起她，我总会自然地想起一位哲人的话，"一个成功男人的背后，一定有一位善良的女人"。特别是在风雪青藏线，我的体会就更深切了。的确也是如此，有了贤妻，家中的各种事务料理得头头是道，还给我一个温暖舒适的家，如此我才可以无后顾之忧，尽全力冲刺自己的事业。赵本山小品里有一句台词说，"男人是天，女人是地，女人把男人捧得高高的，自己甘愿站在地上看着男人"。难道妻子不就是这样的人物吗？

妻子即将生产了，她无奈之下，拨通了我所住宿兵站的值班电话，这时我正在队列前安排晚上卸货任务。兵站通信员找来告诉我说，嫂子要生了，还不赶快回去。这时营长也跑过来，催我赶快回去，我就这样被营长赶走了。我风雨无阻地赶路，可还是晚了。妻子那天正在上班，忽然感到下身一阵痉挛般的疼痛，等她赶到医院，羊水都快流出来了，这时我风尘仆仆直接赶到医院。一位医生知道我是孩子父亲，便悄悄地将我叫到僻静处，神秘郑重地告诉我，胎儿是横位，难产，并问："你是保孩子还是要保大人？"

问得多么荒唐，我焦急地对医生说："求求你大夫，大人孩子都要保，而且必须要保好。"大夫理解我的心情，也就没有跟我急，随后语气缓和地对我说："我们一定会尽力……"

　　孩子生下来,是个女孩,皮肤说红不红,说白不白,看起来很小,十分可爱。孩子在暖箱里放了半天才回到母亲身边。

　　一个小生命,你多不容易才来到人间啊。你在想什么呢?爸爸?妈妈?终于,孩子抬了一下眼皮,又很快闭上了。这时我才想起,孩子出生时怎么不会哭呀?我急忙叫来医生,医生告诉我这是缺氧造成的,是在高原上生小孩常会遇到的可怕现象。医生熟练地配上各种针剂药,然后在女儿的小屁股上打了一针,这时女儿才哇哇地叫开了。"女儿,你是不是愿意见爸爸?你心里恨爸爸吧?女儿,对不起,爸爸对不起你……"我在心里一遍遍地对女儿说。刚才眼睁睁地看着大夫在女儿的屁股上注了一针,心里更加难过,满腹的愧疚又袭上心头。我再也抑制不住自己情绪,悄悄地掉下了眼泪。

　　女儿的降生,给我带来了天大的喜悦,也有了为父的责任。我迫不及待地写信告诉了远在老家的父母,我的父亲说:"高原上的雪莲花生命力强,就叫她雪莲吧。"我倒觉得女儿不能像我那样整天奔波了,应平平安安的,平安的生活,平安的家庭。因此,我就不停地念叨、琢磨与"庭"音有关的美丽字眼。这时,在一边的妻子听到我嘴中的"庭",顺口说:"就叫婷婷吧。"女儿的乳名就这样确定下来了。然后就是提大名了,我是动了一番脑筋的,我在字典里查找、揣摩,最后确定在"晓彤"上。我的战友,一个机关的"老笔杆子"说:"这名字好,寓意早上红彤彤的太阳,有朝气,再与姓连在一起就是女中之杰。"我真希望女儿就像名字一样,健康地成长。

　　我心想,这一次一定要好好陪陪女儿,陪陪妻子。可是,我仅仅在家待了不足两天,又急匆匆地回到青藏线执行进藏运输任务了。

　　妻子的理解和支持,是我工作的力量源泉,而往往我心里又很矛盾,妻子越对我好,我就会越觉得内疚。有一年闹流感,妻子和女儿都发高烧,打电话来时,我正组织部队大阅兵,一分钟也走不开。阅兵式结束后,我去看妻子女儿。护士告诉我说,母女俩都烧到三十九度多，女儿还说胡话，赶紧给打退烧针，叫了几个人扶到急救室输液。等我赶到的时候，妻子还发着高烧。那一夜，我守在母女俩床边整整一通宵，什么也帮不了她们。

在我的宿舍里，有许许多多女儿的照片，那是女儿在山东老家学校上学时的照片。女儿的小学是在格尔木上的，初中在山东，后来才转到拉萨。女儿在内地上学时，当我突然开始关心起女儿的学习生活时，她显得极不适应，笑着说："太阳从西边出来了，怎么今天会突然想起我来……"看着懂事的女儿，我想明白了，以前我真是忽略她太久了，现在想弥补也是很难很难的。说实话，我是很爱女儿的，我希望她快乐健康成长。然而，在女儿成长的道路上，只有母亲陪着她在前进，在女儿的教育上，妻子作为女人的执着体现得淋漓尽致。写作业、练歌、跳舞，哪一样都没落下，我只是这样整天忙自己的事业，在家里是个"甩手掌柜"。有时妻子也会发发牢骚，但语气里充满暖意，我能感到一种由衷的爱，对家庭的爱。

好在这些年，孩子学习很用功，妻子很顾家，所以我自己工作也顺心。生活得很开心！如果说生活有什么变化的话，那就是这两年来，我的烟竟然越抽越凶了，烟无论好坏，每天平均一包。对于我抽烟，妻子曾不止一次劝过我，说："别人都在戒烟，你的烟也就不要抽了，那东西对身体没好处！"

我听了，嘿嘿一笑，说："我靠它想事儿呢。"

妻子望着我，哭笑不得，也就不说什么了。

妻子在家里是一个真正的贤妻良母。平日里，对孩子的生活起居照顾得无微不至，给了孩子一个母亲所能给予的最伟大而全面的爱，没有耽误过孩子的学习。我上青藏线去去回回，妻子都要变着花样做可口的饭菜，让我享受家庭的温馨。

应该说，我的每一份成就里面，都包含着妻子深深的爱，而妻子的每一份关爱，每一句鼓励，都是我前进的动力。多年来，为了支持我的工作，妻子担起了全部的家务，一切杂活累活都由她来干,她无怨无悔为我撑起了一片天。每当我"挑灯夜战"写材料时,她总是给我准备好夜宵,并泡一杯醇香奶茶,一日三餐做出我喜欢的饭菜,让我能精力充沛、心情愉悦地工作。我下基层检查工作,如果是在冬天,妻子必定为我织一件毛衣,准备好一些御寒的衣物。细心的妻子怕我因缺氧而身体感到不适,她还特别为我挑选了好几样抗缺氧的药物,让我带在身边。每当我执行任务回来,妻子高兴得像个孩子,还特别为我摆个庆祝晚宴。每当我在外面遇到烦恼的事情,心情郁闷时,妻子又温柔地加以安慰,开心的话语溢满我的心田。战友们看着我的家庭如此和谐美满,不禁问我:"老李呀,你治家有什么秘诀?"其实我的秘诀很简单,就是:大事不糊涂,小事不明白,家里的一切由夫人说了算。

说是这么说,可是作为男人,在家庭生活中总有着多个角色。在父母面前是儿子,在岳父母面前是女婿,在子女面前是父亲,在妻子面前是丈夫……每个角色都需要以不同的态度去对待,用不同的心思去扮演。无论怎样,每个男人在所有的家庭角色中,都需要在负责的基础上表现出一种宽厚、一种伟岸和一种豁达。但是作为军人,对于家庭角色的扮演往往是残缺的,因为职责所系,都会身不由己地让家庭和事业的天平向后者倾斜,所以军人们经常感慨,咱当兵的人"累了妻子、苦了孩子"。前不久妻子带孩子到山东上了两年学,因为女儿思念我,妻子知道我工作很忙又不会照顾身体,也不会操持家务,因此女儿又转学到拉萨,到了我工作的这个城市。这儿虽然物质条件差点,可一家人能在一起幸福地过日子,妻子白天上班,女儿白天上学,晚上妻子给孩子辅导完功课,照顾孩子上床睡觉后,再把屋子收拾得干干净净,才安然入睡。

妻子为我付出的一切,我记在心里,看着妻子每天太辛苦了,我就给她计划了去内地疗养的机会。好不容易说服妻子去一次青岛,她却勉强待了两天就匆匆忙忙回来了。妻子说,她实在不放心我在家带孩子。其实孩子很听话,在拉萨某中学,生活过得愉快而

充实,妻子这种开明的思想,平和的观念,使得晓彤没有任何思想
负担与包袱,轻装前进,学习成绩一直在班里遥遥领先。女儿乖巧
机灵,自立性比较强。一个人的童年最需要的是父母的陪伴,而我
却是孩子心中的影子,没有尽到为父的责任。不过,这在无奈中也
养成了女儿自立自强和善解人意的特质。她心地很善良,有时看
到家境贫困的同学没有饭吃,就从家里多带一份饭,分给这个同
学。有时女儿看着我加班晚,还亲自下厨给我做上一碗热气腾腾
的面条,这让我感到十分欣慰。我感到女儿真的长大了,女儿长大
了也理解了我的事业。记得一次在学校安排的"与家长交一次心"
活动中,女儿对我说:"爸爸,女儿已经长大,能够理解你的事业,希
望你好好保重身体,我一定会好好学习,参加工作了你就可以享清
福了……"面对女儿的善良和懂事,我平生第一次流下了热泪,这
是我为女儿流出欣慰的幸福泪。

仰望雪山魂

在"世界屋脊"之上，有着这样一群人：他们常年雷打不动地驻守在海拔四千米以上的地方，这是伸手可触到云彩的地方，这是天的高度，他们倍受恶劣自然环境的考验，却依然挺拔在白雪压顶的高山之上，这就是青藏线上的兵站官兵。因为有了他们，茫茫青藏线不再寂寞；因为有了他们，"生命禁区"便成了传说；因为有了他们，青藏高原便有了灵魂。所以，我常常把他们称为"雪山之魂"，他们的事迹可圈可点，他们的精神可敬可叹，我心永远仰望……

我曾多次以一名汽车兵的身份，投宿过青藏沿线所有兵站，从某种意义上讲，兵站就是我的家，也是汽车兵共同的家。

我经常隔着兵站厚实的营房，放眼观望那银装素裹、惟余莽莽的白色世界，在海拔 4000 多米的兵站，除了几张熟悉而缺氧的面孔，远近没有人家，难觅飞禽走兽，没有一棵充满生命活力的树，来得最多和见得最多的是风雪。大多时间风雪结伴而来，风在怒中吼，尘在吼中狂，雪在狂中舞，翻云搅雾，铺天盖地，流露着唯我独尊的暴戾和张狂。我习惯把这儿的兵站叫"风雪驿站"。想想也是，我们在这儿集合站队，风雪喊着口号；我们走队列，风雪围观着；我们拉歌，风雪也放声高歌；我们谈心，风雪窃听着。

站在兵站客房，透过眼里的窗外，我看见了一群如同白杨一般挺拔的男子汉群落，他们把高原的影子追赶。我听到旷野地震般的嘶鸣的强风呼呼地刮着，像是要用它的力量撕裂这个世界。这时，兵站接待员用心穿上手中的针线，细心地缝出了比棉被还要温暖的房间，让我们这些汽车兵享用。走进食堂，我闻到了炊事班饭菜的香甜。吃了一口，还真是不一般。他们告诉我说："烹调'成功'的秘方其实很简单，就是将'抱负'放到'努力'的锅中，用'坚韧'的小火煨炖，再加些'汗水'当佐料，便能出来美味佳肴。"是的，在兵站这块责任田里，人人都在用顽强的毅力去征服任何困难，因为他们深深懂得，环境良好，条件优越，时间充裕，是丝毫加快不了弱者步伐的；环境恶劣，条件艰苦，时间紧张，也是无法阻挡强者步履的。兵站官兵，也许，因为你默默无闻，执着追求，永攀高峰，青藏高原才有了世界屋脊的高度。因为你永远站立成和平的姿势，藏族同胞才频频向你伸出大拇指！因为有人笑你不懂生活，高原歌星才为你唱出这样一首歌：

"儿当兵，当到多高多高的地方；儿的手，能摸到娘看见的月亮。娘知道，这里不是杀敌的战场；儿却说，这里是献身保国的好地方。"这首《西部好儿郎》，是兵站官兵最爱的歌，因为它唱出了兵站官兵心中的柔情和豪迈。

宿营里，有一种声音从灵魂的音响里钻出来，这是汽车兵鸣响的汽笛；自由来去的鸟儿，是在欢迎汽车兵吗？在车队休闲的时候，我喜欢在夕阳的余晖里，远望兵站，我看见眼前的兵站，像停泊在戈壁上的一艘龙舟，船舱里，有我们的老船长和新水手，是他们，将沧桑的龙舟驶出破损的海湾，迎着惊涛骇浪，找寻那幸福的方向。

当我满身疲惫住进温暖兵站的时候，我不得不承认，这便是我心中的驿站。在这个驿站，我度过了人生最美好的青春年华，这是我今生都值得回味的青春。十四年的行车生涯，使我与兵站官兵结下了深厚的情谊，这种情谊就像唐古拉山的雪有增无减，这种情谊一直持续着、绽放着，直到我任该部队政委也未改变。任政委后，让我有机会对兵站官兵有更多的了解，走进他们，我的感受是敬佩大于骄傲。我越来越觉得，常年驻守在青藏沿线的兵站官兵，就像傲骨的"红柳"，扎根于戈壁荒滩，顽强地学习、工作、生活，用青春和汗水造就了"红柳"精神。当然,我更没法忘记的是,曾经奉献在这里的历代官兵,他们是推动历史真正的主人。

自从 20 世纪 50 年代,慕生忠将军带着他的筑路大军,在这里扎下第一顶帐篷,点亮第一盏灯火,食宿接待便摆在军人们面前。

于是便有了沿线兵站。

于是一簇簇绿色的人群崛起在青藏线上,像不畏严寒的昆仑草一样,在已蒙上历史尘埃的唐蕃古道上生根发芽。

当我任政委来到青藏沿线兵站的时候,兵站已不像史料记载的那样,地上摆着兵站全部家当:一副水桶、两口铁锅、三把菜刀、四顶帐篷。取而代之的是帐篷、地窝变成了高楼,老三样(萝卜、土豆、脱水菜)变成了八菜一汤的自助餐。如今的兵站成为汽车兵真正的温暖家园,温暖的兵站用它那宽广的胸怀,迎接了数以万计的汽车兵,一批批汽车兵住进兵站,而后载着温暖驶向大西南,使满目疮痍,饱经风霜的大西南坚挺起来。是天路上流淌的"血脉",充实了大西南贫瘠的肌体。

兵站历代官兵,是靠艰苦奋斗不断改善生活环境的,先辈们"安居"的艰辛,给兵站的后来者开出了一条先河,也给后来者力量和胆魄,兵站官兵全力以赴投入先辈们未竟的事业。我任政委的时候,藏北几个兵站第七代楼房正在全面装修改建,兵站住宿楼、办公楼、伙房、餐厅"四位一体","阳光棚"、高原制氧站也雨后春笋般在青藏沿线兵站落户了。一次,我去安多兵站检查工作,兵站教导员给兵站描绘出历史上最精彩的一笔,他邀请了军内画家为兵站饭堂、客房、卫生所、娱乐室绘制各种素雅精美的山水画;自费为兵站购买了电子琴、手风琴等多种现代"玩艺"。他还组织官兵制作了一辆架子鼓,专门用于迎送汽车部队,那场面就像过去迎亲的队伍……

谁说高处不胜寒,官兵用情和爱传播着春天。

色彩的单调和孤独寂寞,永远是青藏线官兵面临的最大挑战。

　　缺少色彩,兵站就用油漆全部刷上红色,在黑河兵站检查工作,兵站站长告诉我:"红色是积极向上、昂扬精神状态的象征,激发着官兵源源不断的强劲动力,就像国旗军旗的颜色,当汽车兵行进到看不到尽头的天路时,远处鲜艳的红房顶,会让他们感到有种到家的感觉。"

　　自从执行第一趟格拉运输任务,我就开始和兵站官兵打交道了,应该说,我是看着兵站一步步成长起来的。记得第一次上青藏线在沿线兵站住宿时,兵站官兵正在大河滩,乱石堆上平地盖标准房,他们请来设计人员,叫战士提意见,当时没有经费,主要靠自己动手,那时我们汽车兵也自发加入建房的队伍,汽车、吊车都有,劳动力还是不够,就组织家属上昆仑山捡石头。劳动力有了,施工的材料有了,可是"天公"不作美,七月的青藏线,风在荒原上横冲直撞地"疯",卷着不知从哪儿来的黄沙,最大的像羊粪蛋,铺天盖地昏昏然,茫茫然,野马似的在荒原上奔跑,漩涡似的在工地打旋,天空和草地都是一片狼藉。就是这样的天气,我仍带着一帮年轻的汽车兵继续战斗。当时,我也是年轻气盛,身体素质过硬得很,干什么总有使不完的劲。记得有一次为了建房,我一连两晚没休息,等上工时身子一晃倒下去了。医务人员把我扶起来,我推开医生,张着发紫的嘴唇,喘着粗气冒出一句家乡话:"俺没事,俺先迷糊一会儿。"说实话,我那时身体还是好,渴了捧口雪,累了喘口气,早就忘记了劳累,忘记了身居高原,忘记了身后深爱的父母,忘了……

　　我回头想,人确实是适应能力很强的动物,给人多大的压力,他就会产生多大的动力。仅用了半个月的工夫,一座座庄严气派的兵站纷纷建起来了,造型、外观、质量可与内地一些军事机关相媲美,这些营房到我任政委时大多还在使用,只有少数几个兵站局部进行了一些小的维修。现在我成了这个兵站的"当家人",每当走进营区都感到十分骄傲。

　　我曾多次在文学作品中记录兵站的营房:

营区里高低错落有致的营房,像等待检阅的士兵威严挺立着,办公楼、家属区、训练场、餐厅、猪圈、温室井然有序,整齐划一。

过去,几个小木箱里种几棵小青菜,白天端到墙角晒太阳,晚上放到锅台上,没长大就放到锅里的几片青菜叶不见了,取而代之的是兵站的大温室,温室里四季常青:菠菜、黄瓜、辣椒、扁豆、西红柿,赤、橙、黄、绿、青、蓝、紫,简直像个大花圃!

这一切有谁能想到?

改革像一支巨大的螺旋桨,给千年死寂的荒原插上了腾飞的翅膀,兵站已向世界敞开了它博大的胸怀。

我想,改革的精神以及改革所呈现的面貌,是兵站全体官兵共同打造出来的,它是意志、智慧和汗水的结晶。

我也曾在不同场合谈到兵站官兵的苦:海拔高,氧气少,饭做不熟;严寒,风沙大,紫外线强,常常感觉困乏难受;人烟稀少,四处雪域高山、荒漠,荒凉;两地分居,家属、小孩不能到达。这些,都在无时无刻地摧残着官兵的身心,官兵们不同程度地患上了这样那样的高原疾病。一次,我走进一个兵站检查工作,一名三级士官标准地向我敬了个礼。"首长好!"我抬眼望去,这是一个高个子,透着刚毅的汉子,但面部严重变形:脸色青黑泛红,眼球布满血丝,头发稀少,这是长期缺氧的结果。当时,我心里很不是滋味,我紧紧地握住了他敬礼的手,关切地问道:"你苦不苦?把你调整到拉萨休养一段时间好不好?"可他坚决地回答:"谢谢首长关心,我不怕苦不怕累,年底就要转业了,我想在这里站好最后一班岗!"多好的战士啊!多么可贵的精神啊!作家魏巍回答了《谁是最可爱的人》:是我们的战士!此情此景,我由衷地发出惊叹:"我们的战士,我们边防、高原的战士依然是我们最可爱的人!"正由此,我也联想到现在的有些人,他们在和平、舒适的环境里工作、学习、生活着,却心理失衡,牢骚满腹,怨天尤人,好像为社会做出了多大贡献似的。殊不知,你安定、舒适环境的取得,是有人在默默无闻地为你负重前行。朋友,当你看到这群官兵的时候,又会作何感想?

今天,很庆幸自己能走进这个光荣的集体,并且是以一个领导的身份走进了这个团体。组织把这个朝气蓬勃的先进团队交给我来管理,这是对我的信任与栽培,我定将不负厚望,把肩上这副担子挑起来。作为政委,我深知官兵的现状是什么,官兵的进步需要什么,部队的发展方向是什么。我深知当前自己最重要的工作,就是坚持"爱"字入手,思想政治工作先行,把大家的工作热情,从艰苦的环境中激发出来。如何才能做好这个工作,是一个很大的命题,但我坚信,只要把自己的全部才华和情感都融入集体当中,不当看客,像一支发光的蜡烛那样,去照亮他人,就一定能做出有意义的事来。多年政工干部任职经历告诉我:做思想政治工作,其中重要的一条就是做人的工作。没错,人是世界的创造者和推动者,照此推理,军人则是军队的创造者和推动者,当然,军人还是和平的捍卫者。而做好战士思想政治工作,我觉得行之有效的手段,就是强有力的政治理论。

政治理论教育就像一条没有终点的路,我是永远在路上。我一直把自己的一生当成学习的过程,不断累积的过程,不断升华沉淀的过程。

我经常扮演"教师"角色,我的部属就是我的"学生"。上政治教育课时,我十分注重案例教学,由于部队官兵文化参差不齐,年龄差异大,因此必须区分不同层次的听课对象,因材施教,只有这样才能取得好的教学效果。

在给官兵讲课时,我力争做到"脱稿",所有要讲的东西都装在脑子里。在我看来,照本宣科是对教育内容不熟悉的表现。所以,我备课的时候尽量不停留在编写教案上,而是把讲的内容全部背记下来,做到熟练精通。有部属问我怎么做到这一点的,我告诉他们,大家的精力都是一样的,关键是看心思是否用在工作上,只要对工作有足够的责任心,自己全身心投入进去了,这些很容易就做到了。

我觉得做到不照本宣科，只是上好政治教育课的第一步，这并不能保证官兵就爱听你的课。所以，还有一个方法问题。我认为教育方法没有一定之规，某一种很有特色的教育方法，不一定适用于所有的人，因此要针对不同的人采用不同的方法，关键是随机应变，在创新中融合不同的方法加以运用。授课者最大的成就感，或者说最大的乐趣，我觉得无外乎有两点：一是听课者受教育，二是听课者有收获。我常常采用电视电话的形式，对全线官兵进行集中教育与分散教育、个别教育相结合的方法。我给部属讲课喜欢提问，这样做的目的是引导他们思考、互动。对于听课者的发言，我一边归纳总结，一边提炼讲评。但我不会明确告诉听课者是什么，应该怎么样，更不会把自己的观点强加给他们，我只是引导他们按照自己的思路继续研究，得出自己的判断和结论。

所以，我上教育课，特别注意营造积极、良好、和谐和愉快的课堂氛围，我认为这样可以使官兵们思路开阔，思维敏捷，认识深刻，想象力丰富活跃，从而能更好地接受新知识，并在获取新知识的基础上，分析、综合、联想，进行创造性学习。

我所在的部队官兵大都很年轻，年轻人有朝气，有活力，求知欲强。我知道，对于年轻者，总有一块美丽的地方等待你去探索……

因为强调创新，我极其反感"剪刀加糨糊"的成文习惯和揣摩风气，我十分注重培养部属的独特个性。对于求上进的干部，我毫不保留地给他们传授自己的工作经验，并积极为他们的成长进步创造有利条件。我在自己的电脑里，给每一个干部都建立了一个文件夹，要求他们撰写政工研究文章，对于有新意的文章，我一般都会逐字逐句地看，逐字逐句地改，尽可能地帮他们联系刊物发表。文件夹会在我的电脑里一直保存到他们调离工作岗位。

在工作上，我是一个闲不住的人。任政委以来，我经常下基层调研，了解基层部队需求，解决具体问题。这不仅使我开阔了视野,同时也从基层官兵身上学到了从书本上学不到的知识。

对于政治教育的方法,我想用一代武学宗师霍元甲的话来概括:"没有风格就是最好的风格。"这或许就是我从政以来所追求的风格吧。

作为政委,肩负的责任很大,管理的范围很广,但我始终坚持抓根本、管长远性的东西,始终坚持重抓龙头促班子、重抓带头促干部、重抓风气正环境、重抓教育促活力、重抓稳定打基础、重抓制度促规范、重抓创新求发展,使部队建设出现了正规有序,生龙活虎的勃勃生机。

当我提笔记录以上文字时,各个兵站的官兵正在全面贯彻落实科学发展观。作为政委,在落实科学发展观上,我想对官兵们说,加强知识"充电",进行技能"淬火",提升综合素质,凡事多思考几个为什么。始终如一贯彻这一点,就一定会有丰厚的回报和惊人的收获。

我们汽车兵

去过西藏的人,大都见过这样的场景:长长的公路上,一辆一辆绿色的军车,首尾相连,缓缓地在公路上前行,形成了一条靓丽的风景线,这就是行驶在青藏线上的汽车运输部队。他们常年担负往藏区运送物资任务,就像流淌在大动脉里的血液,必不可缺。

格尔木是通往西藏的一个重要的站点,1954 年,慕生忠将军率领筑路大军来到格尔木,前后仅用 7 个多月的时间,便打通了从格尔木至拉萨一千多公里的道路。通了路,汽车运输就开始了常年艰巨的任务。这条路就是我们汽车兵的征程,这任务就是我们汽车兵的艰巨使命。

在雪域高原,只有一种颜色可以把洁白的雪覆盖,那就是橄榄绿。

我是一个穿了二十多个年头橄榄绿的西部军人,蓦然回首,虽然我把美好的青春年华都留在了高原,但我从不感到后悔,因为在那里,我从一个农家娃成长为一名共和国军官,心里已经很满足了,考学、入党、立功、提干等等梦想都变成了现实,更感知足。

在高原,我扮演的最重要角色是汽车兵,可以说,饱尝了汽车兵生活的酸甜苦辣。在青藏线,起先西藏是不通铁路的,进藏军用物资的百分之九十要靠汽车运送,因此,青藏线在当时是名不虚传的钢铁运输线,而我们汽车兵就是在这条线上的主要运输力量,总部首长比喻青藏线的汽车运输线为"雪线热流"。

汽车前身是驼马队,意即用骆驼、马匹运送物资。开辟了青藏公路后,就改用汽车运送物资。在高原,这支队伍没有人不知道。

关于汽车兵的故事，不是一两篇文章，或一两本书就能写清楚的。所以，我的文学作品中所反映的汽车兵生活也只能算皮毛了。即便这样，我还是不停地在写汽车兵，因为值得写。

我们汽车兵的脸都是黑的，高原的风霜刮得我脸上凹凸不平，强烈的紫外线烤得脸由红渐渐变成紫铜色，兴许我脸皮较厚实，个别人皮肤嫩的一层层脱落。因为这里的空气含氧量仅占海平面不到百分之五十，人体内血色素升高，溢于体表，女孩子的白脸蛋变成红脸蛋，形成一道道特殊的"高原红"。在高原上待久了，因为很少能吃上新鲜蔬菜，维生素缺乏，嘴唇发黑，嘴角溃烂，指甲凹陷。高原对人是一种考验，对意志，对毅力，对作风都是一种考验。高原虽然可怕，但它可爱可敬，许多老高原语重心长地讲："在高原吃过苦的人，到任何地方也不怕。"

我们汽车兵虽然脸黑，但心却是红的，表现在对祖国的忠诚，对人民的热爱，对部队的眷恋。每年休假临近，百分之百的官兵按时归队，一半以上的是提前归队。汽车兵回到家里，心里老是惦记着部队；而一旦回到部队，出发在路上、日夜奔波在青藏线上时却很少惦记家里，以至家人，包括父母、妻子、孩子都放心不下，总是想能上高原看看。许多汽车兵怕影响工作，家人的这个正常的愿望有时也未能实现，我就是这样一个"绝情者"。

我们汽车兵最勤劳，话不多，干起工作来默默无闻。运输路上，冒风雪，顶严寒，任缺氧与饥饿，一路劳顿连轴转。车抛锚了，穿上工作服往车底下一钻，一干就是三四个小时，比如换离合器、折变速器等。车队回场后，仍是两眼一睁忙到熄灯，没有喘息的空隙。日常的工作、学习、训练、劳动，还有保养车、装货、卸货……节节相连，环环相扣，汽车兵就是在这样的紧张、繁忙中超负荷地拼搏着。

我们汽车兵最好客，尤其见到内地过来的记者、摄影爱好者时，或挥手，或鸣喇叭。如果谁要坐我们的车上线，那真是难得的机会。我们一定会拿出在线上吃的饼干、瓜子、花生、糖等给你吃，要知道，这些备用的食品，在路上是难得的东西，买不到。如果你要和我们合个影，我们觉得这是最幸福的事。

我们汽车兵面前没有鲜花与掌声，最热闹的，是出发之前，部、团领导都要到车场送行。在锣鼓铿锵有力的节奏和噼里啪啦的爆竹声中，汽车兵与首长们一一挥手告别，开着车缓缓驶出车场。他们都很有礼节礼貌，心情也格外激动，首长在期望着他们，家属小孩在盼望着他们，西藏的兄弟在等待着他们。眼神充满期盼，脑海印着责任，车轮碾碎杂念，滔滔江河将成为历史的见证，记下他们奔腾的身影。

我曾经在青藏高原行车十四年，见过了太多汽车兵的身影，他们全部以年轻活泼的面容出现在我的眼前，只有躺在医院的时候，他们才开始抱怨风雪，抱怨高原，抱怨无情的事实，以及那自以为是的豪迈日子。

汽车兵在临近退伍的时候，最不舍的是唐古拉山顶上那尊西部军人雕像，这是 1989 年青海省和西藏自治区人民政府为了褒扬军人为国家经济建设、民族的团结稳定的贡献决定竖立的，它以汽车兵为原形，经过艺术加工而成。雕像屹立在唐古拉山山口，宛如一座导航的灯塔，我每当从它身边走过，寂寞和疲劳顿时化为云烟。雕像如一位沉默的巨人，风雪的洗礼抹不去它那坚强的品格。在"钢钎打不进人也要扎根"的青藏线，汽车兵是开路先锋，他们把改革的春风开进了圣城拉萨，把文明的信息传递给了藏区，把幸福带给了藏族同胞。

汽车兵的又一突出特征是他们的手。那是一双劳动者的手，那手拿着扳手拧过螺丝，那手拿着抹布擦过车，搭过车篷布，理过承运的物资；只要车辆一动，手一时不得闲，时常用手套抹抹又摸起方向盘向前开去。到了兵站，未来得及洗手，抓起馒头就吃。他们的手指和手掌连接处，黄色的茧花像铜屑，手背呈褐色，皮肤上的皱纹又粗又深,凹陷的指甲呈月牙状,指甲里黑色的油腻令人反胃。你若跟他握手,一定被钳得生疼,可指甲是软绵绵的,没有一点血色,这就是我们高原汽车兵的一双手,也是我的一双手。我骄傲,因为正是这样一双双手,托起了青藏线的繁华,正是这一双双手,给西藏人民带来了幸福和安宁。

如今时代前进了,火车开通了,汽车兵们的手,似乎在人们心目中渐渐模糊渐渐淡忘了。日月经天,江河行地,今日的汽车兵,赋予有别于前辈的特征,他们不会像风萧即落的桃李之花,年轻开放,年年一样,而是像傲雪凌霜的青松,把时间的推移化入身体的年轮,不断增添新枝玉叶,更显出峥嵘之姿,苍劲之美。我们用双手托起沉重的年轮,战风斗雪,在四千里的青藏线上谱写光辉史。

真的很感谢我这双手,每次车抛锚了,都是这双手起了大作用。一次,上青藏线执行紧急运输任务,风刮着电线杆呜呜地响,冰雹打在脸上像刀子刮,我拿着套筒扳手、千斤顶,下车去拧螺丝。这双手在风雪中一上一下。红了,用嘴呵口气;僵了,放在皮大衣里暖一会儿。轮胎换完了,手也顾不上擦,抓起方向盘朝车队追去。到了兵站,我又拿起铁桶,到水房提水擦车。载重十几吨的军用大卡车很不容易擦,在零下近二十度的唐古拉,动作慢一点,手和抹布会粘在大梁上。车擦完了,也要开饭了,我简单地洗了一下自己劳累的手,朝饭堂走去,有时来不及,干脆用干抹布擦一下,拿起馒头就吃,没办法,两顿没吃上饭了。

到了拉萨,我这双手也不得闲,首先得解车厢上的大篷布,然后是没完没了地往仓库卸货。只有到了晚上,我这双手才能得到应有的犒劳,那就是擦一点部队配发的护手霜。每当夜深人静的时候,我躺在床上想,这双手实在太重要了,没有它,我开不了车,也指挥不了我的车队,没有它,我擦不净车,也卸不了货。手啊手,你才是我的好兄弟!没有你,我将一事无成,尽管别人怕接近你,尽管你有点羞涩,尽管你有点无赖,但也只有你最明白汽车兵生活的种种滋味。

那滋味是由酸甜苦组成的。

汽车兵的酸表现在技术差时,班长说一两句,新兵鼻子会酸;在与女朋友吹灯时鼻子会酸;两地分居,老婆跟人跑了,鼻子会酸。他们的酸,不是那种穷酸气,相反,他们很无私,很慷慨,把自己的青春年华奉献在这里的人,怎么能说他们是穷酸气呢。

汽车兵的甜表现在到兵站后能睡个香甜觉,能吃上一顿热饭。汽车兵到站没什么规律,半夜三更到站是常有的事,兵站的饭菜往往是热了又凉,凉了又热;把货安全送到拉萨后笑得最甜,这时路上的颠簸,缺氧的难受,连续忙碌的疲劳皆抛之脑后,因为爱好承运物资是汽车兵的职责,他们把信誉看得比生命还重要。

汽车兵的苦表现在高原缺氧之苦,雪域严寒之苦,大漠飞沙之苦,吃不上饭之苦,睡不好觉之苦,车辆抛锚之苦。当内地人在疯狂地追逐"五子登科"(票子、房子、车子、位子、折子)之时,我们的汽车兵正在不怕累身子,苦妻子,误孩子地默默奉献。

我深深地爱着青藏线上的汽车兵,因为他们是我的兄弟,因为他们是风雪中的精灵。我喜欢把生活浪漫化,我喜欢把汽车兵比作雪花,难道不是吗?他们像雪花一样,忙忙碌碌在空中飞舞,一片又一片,密密匝匝;他们用自己的身体,把这白色世界染绿,然后不断地扑向大地母亲的怀抱。我常常陶醉在这样的世界里忘记寒冷,忘记烦恼。雪花总是调皮地和我玩耍,玩着玩着,我发现自己变成了一朵美丽的雪花,从空中轻盈飘下,落在有海拔的高地,我和许许多多的雪花在一起,盖住了青藏高原裸露的脊梁。此时,我蓦然发现,整个青藏高原白色不见了,只有橄榄绿的颜色,在眼前使劲地晃动。

青春的光辉

　　一个人在世界上走一遭，会接触到许多形形色色的人，会经历到形形色色许多事。而人的记忆仿佛漏斗，有的人和事在脑海中只打了一个转身，便没有了踪影；而有的人和事却往往能伴随甚至影响一生。姚志祥可以说就是这样的人。

　　他出生很苦，曾经在童年和少年时饱尝过人生的苦楚、严酷的磨炼，又在青年和中年时，尝到过事业的甘甜。

　　姚志祥曾多次朴实无华地述说过他自己的故事。他的讲述像一条清亮的小溪，涓涓地流淌。渐渐地，我被他的谈吐吸引住了。他的故事，或许像溪水一样平淡，但平淡中蕴含着崇高。

　　知道他的故事，是从知道青藏线上输油管线开始的。在一条通往天边的路途上，盘旋着一条气势磅礴的巨大"油龙"，横亘在"世界屋脊"上已半个世纪了，藏族同胞称它是"金珠玛米献给高原的乌金哈达"。如果说，输油管线是一条"油龙"，那么，姚志祥可以算得上是"龙王"了。

　　从外形上看，他和青藏线军人没什么两样，刚健的平头，"高原红"的脸庞，显出高原军人独有的气质。1976年，在江城武汉工作的他，响应党的号召来到青藏高原，当时是该部报到的唯一的大学本科生。他一干就是二十九年，在这条被西藏军民誉为"幸福线、团结线、生命线"的道路上，面对激流，赤脚是他的船桨，溅起一串水花的喧闹，到了对岸，木船是他的脚印，帆影在波涛上浮动，仿佛在天空飞行。面对长空，他系上心灵的翅膀去幻想一枚流星，把遥远拽进心的空间；面对高山，他爱上了探险。汽笛在高山回荡，成群的"神鹰"伴他飞翔。这一切,都是他给高原注入的神奇力量!曾几何时,他脸上挂起亮丽的汗珠,脊背布满无言的酸痛,急喘的呼吸,那是不屈的心灵在歌唱。曾几何时,他的腰杆弯成刀似的月牙,挥舞的双臂不断地抢向高空中,定格成永远的收割姿势。太阳的血液充溢着血管,但大山的灵魂坚挺在骨骼。这就是他爱的输油管线事业。六十岁那年,他本该退休回内地安享晚年,这时,他又向党委递交了一份申请书,要求继续留在高原工作,他选择做一只"留鸟"。

我和他同在一个地域工作,时不时还会见面,他给我的印象永远是那么乐观。他常咳嗽,身体也很单薄,但他单薄的身躯内仿佛总有一种很坚韧的生命活力。他对人生、对生活永远怀有一种理想主义的憧憬。仿佛他的生命就是一汪永远不会枯竭的泉眼,而这泉眼一刻不停地涌流着旺盛清澈的泉水。

我与他见面并不多,但我真切地感到,他无时无刻不在我的身边,用他那无形的力量给我以精神上的鼓舞。也许,生活中真有一种友情像人影,在你处在阳光下时他会跟随你,当你走进阴影时他会立刻离开你。

姚志祥曾以全军英模人物的身份,在我部做过报告,他讲的一段真实的数据让我陷入了深思:二十九年,爬雪山、趟冰河、越戈壁累计行程五十一万八千四百公里,相当于绕地球十三圈。我想,这些不仅仅是一些抽象数字,这是他用坚实的足迹踏出的赤诚的爱国之旅。他说:"在高原工作,总有意想不到的难题,解决一个难题,就体现一次人生价值。"在军队科技决定一切的今天,他解决各种科技难题400多项,给国家创造可计算经济效益7400多万元,潜在效益近亿元;有三项成果获得军队科技进步三等奖;设计图纸三千五百张,相当于一个工程师六十四年的正常工作量;出版五部学术专著,计二百六十多万字,有四部专著被列为军队固定管线专业通用教材。一分耕耘,一分收获,荣誉属于那些为人民利益而忘我工作的人。二十九年间他多次立功受奖。他的军功章上闪耀着奋斗的光辉！智慧的光辉！青春的光辉！

报告会结束后，我翻开随身携带的记事本，将姚志祥的四句人生信条，工整地记在本子上，也牢牢记在了心中。

爬雪山卧冰雪心系祖国西南稳定

战缺氧斗狂风为了西藏繁荣昌盛

干本职学雷锋甘当不锈螺丝钉

为国强为兵精志在高原干一生

我庆幸，在雪域高原能认识姚志祥同志，是他让我懂得：闪光的东西不一定是金子，它应该是无悔的青春。

青藏高原

对青藏高原,有好多的美文诗句,也有好多文人墨客想写尽它的精彩。但,我看了以后,总感觉没有写出我对高原的那分凝重和期盼。我曾想用摄像的方式来表述它,但那只是表面的山水、草原和白云,无法体现它的厚度。我曾想用文字一段段地描写它,但那又是瞬间万变的,无法写出它的全貌。我每天行走在雪域高原,看到的、听到的与心的体验往往是一致的,也是不一致的。站在不同的角度、不同的时间、不同的季节、不同的天候、不同的高度,有着不同的景物、色彩,有着不同的心境、不同的体验。总感觉在它残酷恶劣之下,又有一份宁静的微笑;在美丽的外表之下,又隐约着凶残;在变幻莫测中包含着灵性。是的,青藏高原看起来是单纯的、荒芜的,然而,它又是有温度、有厚度的,它是有灵性的。正因如此,才引来千百年来对它的呼唤,才引来人们不辞辛苦地对它神往。我深入高原,不断地用脚体验着它的高度,用心体验着它的厚度、它的灵秀,用耳细听着它的天籁之音——

> 是谁带来远古的呼唤
> 是谁留下千年的祈盼
> 难道说还有无言的歌
> 还是那久久不能忘怀的眷恋
> 哦,我看见一座座山
> 一座座山川相连
> 呀啦索
> 那就是青藏高原
> ……

　　站在青藏高原这块伸手可触天的高地,唱起《青藏高原》这首浑厚雄壮而又揪人魂魄的歌,我相信,没有哪一种旋律,会比这首歌更能引起共鸣。尽管这些惯于迎着大漠风尘呼喊的嗓门还不够圆润,然而,此时有谁会做如此浅薄的评价?我敢说,此时,所有的人都在经受一场心灵的洗礼,经受一次汹涌澎湃般的情感冲击。这是只属于青藏高原的、人间最美的歌声。唱着它,苍凉生出了温度,黑暗亮出了光芒,痛苦变得可以忍受。

　　我是听着这首歌走向高原、走向四十岁年轮的。其中的滋味只有自己知道。

　　青藏高原被誉为"世界屋脊",平均海拔 4500 米,平均气温零下六摄氏度,含氧量只有海平面的百分之五十,面对高寒缺氧等恶劣自然环境,山挺起了高昂的头,踩着片片云朵,迎着火辣辣的太阳,然后招呼、衍生着万生万物,相生、相依,相衬托,共同构筑了高原独特的风景美画。

　　青藏高原不比平原,我是从平原走向高原的,一望无际的平原是平坦而茫茫的,稍有起伏的丘陵地带也是柔和的。上了青藏高原,看到大自然最丰富的地貌,最强烈的对比,最复杂的地形,心灵先是为之震撼,后是不觉上升。就连我这个小个子,在这里似乎也找到了当巨人的感觉,高高耸立的雪山,荒凉辽阔的戈壁滩,高山峡谷中奔腾的河水,群山环绕着绿茵茵的草原。在这里,最突出的景观仍然是山,山是青藏高原的地貌,山使高原地貌呈现出最丰富的景观。高原藏族人的文化是从山发源,围绕山而展开的,人们奉高山为祖宗之山,对神山磕头致敬的行为,显示着对山的敬仰。如果说神山是万物论的话,那么每一条河流就是万物之母,河流是高原生物的生命源,也是高原周边地区农业灌溉的水源。同时,青藏高原也是亚洲大陆上众多江河之母,孕育了长江、黄河、澜沧江这样的大江大河,每一条大江大河又哺育了每一条独特的生态地域带,每一条生物,生态带,又养育了一种文明。藏族同胞在这里生存,他们小心翼翼地保护一切水源,节约用水。因为保护了一条江河,也就保护了一种文明的生长。

青藏高原上的每一块石头,每一片湖水,每一朵云彩,每一缕阳光都写着"海拔"二字,在青藏线行走,我总会被千百万年前的地质运动所造就的山崖千姿百态吸引。可以说,这里每一粒石子,每棵小草也都是有灵性的,因为有那么多虔诚的信徒在一路祷告。我常常躺在青藏大地上,手抚身边的鹅卵石,耳贴大地,眼望层次分明的蓝天白云。冥冥之中,好像总有一种声音在呼唤,生命里总有一种情感在隐隐萌动,一种浩瀚总在胸中澎湃:在千百万年前,这里还是一片汪洋大海,而今,我在海底上行走,是多么幸运啊!

曾有位友人,是第一次踏上青藏高原,他被眼前的景象震撼了,心旷神怡,不由得举起双臂,仰天高呼:"我来了,青藏高原! 我要抱住你呀太阳,我要托住你呀云朵!"是的,一个久居城市的人,初到青藏高原,他会感到来到了新的宇宙,新的天地。在空旷辽阔的草原,烈日当空,空气之清新,远山近水,分外清晰。夜晚的星空灿烂无比,星星又大又明亮,仿佛伸手即可摘下。天空远处密布的星云,与近空明亮的星星形成明显的对比,而在大风狂呼的春季,天昏地暗,飞沙走石,大风刮过芨芨草,发出尖锐而悠长的响声。身临此地,仿佛四周有无数生灵在风中呻吟,呼唤。在残酷与美丽迅速交替变化的大自然中,人们内心充满纯洁,也时时怀着畏惧、迷惑。

青藏高原的美丽是残忍的,因为在这里,万物生长必须要有顽强的生命力,每一次雪灾,对高原生物都会造成不同的影响,它会使大批食草动物冻饿而死,暴尸野外,无论是家养还是野生的,机灵的还是迟钝的,一场白茫茫的大雪,使它们顿时失去生命,每隔几年都会发生这样的情景,目睹此景,"生命无常""生命脆弱"的感慨会油然而生。藏族牧人似乎早已习惯于自然之苦,生存之艰难,对此总是能坦然处之。当然,大雪对植物则是有利的,秋冬一场大雪后,来年草原更加丰茂,而雪灾消灭了过量的食草动物,会使草原得到休养生息。

我常想,在科学发达至极的社会里,随着人们对自然的认识和升华,人和动物不再是弱肉强食的关系,人、动物共居一地,相安无事或相得益彰,甚至还可以心灵沟通,而且在西藏宗教氛围极浓的社会环境中,人们更应遵从善意,人心向善居然也可感及生灵。

然而,在青藏高原,仍然还有无数盗猎者露出凶狠的目光,面对这些盗猎者,是劝导他们"放下屠刀,立地成佛",还是教导他们懂得科学,使他们在对自然科学清醒的认识基础上,"从我做起"。事情远远没有我想的那么简单,这帮盗猎者是丧心病狂的,对付他们的唯有法律武器。

我所在部队是藏羚羊、野驴和雪豹等野生动物的主要栖息地。一些不法分子受到利益驱使,四处盗猎,严重威胁了野生动物的生命安危。兵站官兵自发成立了野生动物保护队,日夜巡逻,成为茫茫草原上一道独特的风景线。

一次,巡逻小分队发现了一只失散的年幼藏羚羊,就把它抱回营区,精心给小羚羊搭建了一个窝,像对待亲人一样,每天争着给小羊喂草,喂水。小羊不吃不喝,精神忧郁,卫生员闻讯后赶紧给小羊体检,发现它有点发烧,而且小腿也受了伤。给它包扎后,卫生员每天给它换药,没过几天,小羚羊终于站起来了。一个多月的朝夕相处,小羚羊已经成为官兵们亲密的伙伴。大家早知道藏羚羊是国家一级保护动物,当即决定放归草原。放归那天,小羚羊围着院子徘徊了很久,不停地叫着,官兵们赶都赶不走,在僵持了足有一个小时后,小羚羊在官兵们的注视中,才恋恋不舍地离去。

作家与藏羚羊

　　作家真正认识楚玛尔河,乃至整个可可西里,是从一只受伤的藏羚羊开始的。后来他写出了《藏羚羊跪拜》,再后来,他被中国野生动物保护协会委任为藏羚羊的代言人,都与那只受伤的藏羚羊有关。那只受伤的藏羚羊仓皇逃走的情形,给他的心灵带来了多大痛苦,比深刻还要深刻。

　　那天吃完中午饭,他从兵站食堂出来,在车场旁边的草地上晒太阳,小憩之后,准备马上出发西行。这里需要说明的是,他当时是某汽车团汽车兵。常年在青藏线执行进藏运输任务,在兵站食宿,要说那天,他和战友们玩得多开心,绝不尽然,毕竟高原严重缺氧,大家连舒舒畅畅喘气的自由都难得享有。就在这时候,不知谁喊了一声:"黄羊! 快来看黄羊!"绝对是喜悦大于惊奇,随之,几乎所有人的视线,被牵到了兵站一侧的那个向阳草坡上。果然,那里站立着一只黄羊,壮壮实实,约一米来长,头顶两只角笔直而向外微弯,直指天空。这里要说明的是,藏羚羊那时被他们汽车兵称之为黄羊,那家伙长得美丽,毛色带褐,腹部毛呈白色,暖茸茸的鲜亮! 就在他们正有滋有味地看着藏羚羊时,不知是谁打了一枪,击中了藏羚羊的腿部。它先是一阵趔趄,卧地,然后挣扎起身,一瘸一拐地逃走了。可以想象得出,带伤的它跑得有多么痛苦,多么缓慢,所幸的是放枪人没有追赶。它边走边回头,用胆怯的神情回望楚玛尔河兵站。逃跑了一阵子后,它在一个坡顶站住了。跑不动了吧,也许是想看清还有没有人要放枪! 它远远地望着,血色的瞳眸。

　　他和汽车兵们西行再西行。他们西行有终点。他在想,那只没有任何设防的藏羚羊,它逃命的终点会在哪里呢?它的家呢?它还能不能再安全地回到妈妈的身边呢?这是他第一次近距离看到藏羚羊,也是第一次看到人类用罪恶的子弹射杀藏羚羊。这一幕,在他脑海里萦绕了数十年,藏羚羊带给他的寒冷和恐惧,一直刺着他的心。他无法远离死亡,又不敢接近死亡。那时候,人类猎杀藏羚羊,仅仅是为了填充空空的胃。而今,人们已经懂得了藏羚羊浑身是宝,猎杀它为的是发财。在可可西里,藏羚羊的数目锐减,从十五万只一下子减到三万只。荒滩深处一堆堆扒了皮的霉烂的藏羚羊骨肉,肥沃的是原本贫瘠的土地,烫伤的是有良知的国人的心,盗猎者疯了,放枪放得眼睛都红了,杀藏羚羊,连保卫藏羚羊的县委书记索南达杰也杀了!人呀,迈向文明的台阶越高,为什么越是疯狂得愚昧!太阳落下山以后,月亮尚未抬起头来,在暗夜里,白天的美好、芬芳,被寒风冰冷地修剪成带花的陷阱!

　　多少年过去了,他没有忘掉那只受伤的可怜的藏羚羊。他在一篇散文中写道:"人类的贪婪使愚昧升级,那些手持猎枪的人失掉善良之心,变得可怕的贫穷。他们把爱交给了恨,肆无忌惮地猎杀生命,从藏羚羊身上寻找购买汽车和支付房租的硬币,藏羚羊的惨叫成为他们发财的希望。"他用良知的文字,唤醒了许多内地的年轻人,数十年来,他们纷纷加入到保护藏羚羊的队伍里,他也因此被誉为藏羚羊形象代言人。

　　作家虽然告别了青藏线,告别了令他敬佩的生命,还有可爱的藏羚羊。但是,他那颗热爱高原的心犹如太阳,每天都在照耀着这片高原,只要太阳在,高原在,他永远站在自己心灵的高处。

　　作家叫王宗仁,他是我敬爱的老师,他不仅是我写作道路上的引路人,更是人生路上的导师。

兵站的一只小狼

　　这是在青藏线上一个兵站里发生的真实故事。去年,兵站的一名战士在巡逻的路上,发现了一只走散的小狼。战士从直觉判定狼是迷路了。也难怪,高山拐了那么大一个弯。狼一直跟着战士来到兵站,战士还在纳闷狼为什么会一直跟着他,原来,只是为了他手里的半块又干又硬的压缩干粮。善良的战士像抱孩子一样抱起狼,狼俨然没有害怕的意思。战士给狼喂饼干,甚至把他准备巡逻吃的面包、矿泉水都无私地贡献了出来。狼是通人性的,得到恩惠的小狼没有走,可能它知道自己根本找不到家,索性与战士做伴,至少不会冻伤、饿死。无论是在巡逻途中,还是去炊事班操作间,狼都紧跟着他。

　　一天、一个礼拜过去了,小狼慢慢长大,这时兵站的狗妈妈"欢欢"有了自己的"小宝宝",狼也处在长身体的阶段,每天的饭量很大,有时小狼吃不饱饭,就会去跟狗妹妹、狗弟弟抢奶吃。狗妈妈和战士一样,都把狼当作自己的孩子一样对待。狼现在长大了,不知是狗妈妈的乳汁起了作用,还是受狗弟弟、狗妹妹的影响,狼已失去了本真的叫声。叫声对于狼和狗来说,就像"天职",狼到两岁还只会发出狗的吠叫。终于有一天,狼在无意中找到了自己的"亲娘",可是由于声音失色了,狼被它的伙伴们嘲讽,甚至发生斗争,狼被逼得不得不离家出走。后来,狼又回到了兵站,回到了这个让它成长与快乐的地方。听那个战士说,狼从此再也没回过"娘家"。

　　故事讲完了,虽然很平淡,但却使我的心中泛起了波澜,每每想起这件事的时候,一幅画面总会浮现在眼前:在大雪纷飞的高海拔地区,在连树都栽不活的毫无生机的环境里,那孤苦落单的小狼,与孤独寂寞的战士相依相偎。从而,小狼因有了战士不再孤独,战士也因有了小狼不再寂寞……也许,只有在那种环境下,才会更懂得生命的相惜相恋吧?

我现在有一个特别特别美好的想法,我想再去看看狗妈妈,还有狼。当然,还有兵站里可爱的战士,然后和他们照一张照片,再把照片发到我的电脑"桌面"上,作为电脑背景墙。这样,我每天一打开电脑,就能看见那只可爱的狼,还有兵站的战友,那有多好啊!

唐古拉山

唐古拉山，这座高原之上的山，是青藏高原的代表和象征。它雄伟卓越的高度、严峻独特的气候和肃然矗立在它身旁的"西部军人雕像"，让我有了精神的高度、军魂的高度、忠诚的高度，因而使我不停地翻越和驻守，也不停地神往、感慨和呐喊。

唐古拉山是母亲的山，曾多少次，我为您的故事而惊叹，为您雄健的身姿而骄傲。曾多少次，我在晨曦中倾听您的心声，在晚霞中目睹过您的雄姿。

唐古拉山您是巨人的山，众山之上您笑傲天下，多少战士为您慨然倒下，多少英雄为您把泪洒。在古老的天空下，您听过秦汉西沉的口号，您见过唐宋燃烧的晚霞，您读过春秋史传的史话，您记得圆明园最后的倒塌。

唐古拉山是年轻的山，您的情怀装着千秋，中华多少男儿为您横刀纵马，多少女儿为您戎装披挂，我为您的史诗而喝彩。今天，您如苏醒的雄狮怒吼于天下，我为您的前程而祝福。世界上最真、最纯的感情，是无声的缕缕祝愿，即使，我是一棵无名的小草，也要为您增添点点绿色。

唐古拉山是坚毅的山，狂风没有把您吹倒，烈日没有把您融化，冷清的生活没有使您孤单，因为在您身旁站着滋润中华的江河源，那是国土的血脉。

唐古拉山是七彩的山，当一轮红日燃烧着黎明的夜出来时，您就穿上了崭新的七彩衣裳，装点着祖国的江山。当一幕朝霞从黄昏里收起余晖时，您又换上了庄严的军衣，戴上了警惕的眼镜。

　　唐古拉山是会唱歌的山,您唱出的每一首歌,都是用血和汗填的词,用崇高的人生命的题,用情和爱谱的曲,通篇充满民族激扬的旋律,难怪有那么多边防军人崇拜您,追随您。

　　唐古拉山是英雄的山,曾几何时,我把唐古拉山当作一个故事,用双脚读懂它与风雪的内涵,让自己的每一次穿越,每一个脚印,都生动成吟咏如歌的一种经历。穿越唐古拉山时,我尽量将脚印叠加在老青藏线人曾经火热的阵地上,任随曾经吹过红色战旗的风,吹起我崭新的衣角。在很多日子里,这些风肆意地舞蹈着,把那些丰满而又鲜活的故事无情地风干,然后晾晒在被尘埃覆盖得看不出本色的公路上。那些飞沙走石,被覆盖在底层,它们试图忘记战天斗地的惨烈,只想记住时光的脚步,就像一个伟大的母亲,她们不想让儿女觉出自己的苦难一样。但细心的儿女,总能从母亲日渐衰老的容颜里读懂季节的语言。我想,那些风干的故事,就像保存完好的茶叶,只要稍微用开水冲泡一下,就会重新焕发生机、散发出芳香,这种芳香,在不知不觉中唤醒了我的神经。我坐在载满货物的军用大卡车上,品尝着老阿妈出发前悄悄送给我的酥油茶,看着窗外流动的沙丘,我看清了岁月的步履和锈蚀的时光,正缓缓地向我走来。此时,我想起了青藏线英烈张鼎全作家在《雪祭唐古拉山》一书中的文字:"拖着千万辆汽车飞翔的不仅仅是这飘忽如缎的沥青路,它还是九十七位永驻昆仑山的英灵。不!不只是九十七位永驻昆仑山的英灵,还有近五千个带有高原心脏病、高原性高血压、高原性肺气肿而终于凯旋归去的兵呵……"

　　唐古拉山是盛开鲜花的山。当汽车兵那阵,我是唐古拉兵站的常客,在兵站住宿我发现,在这儿还有一些更脆弱的生命,在陪伴山上的战士,那便是被战士供奉在宿舍的鲜花,有海棠花、美人蕉、水仙花、牵牛花等。有些花我还叫不上名字,反正颜色是大红大紫的。花朵如此美丽,如此好看,只有来过这里的人才能知道。

巴珠的歌声

　　不是朝拜,却比朝拜更虔诚。羌塘草原,阿妈、阿爸、巴珠,公当区的领导……几十张黑里透红的脸上,露出难分难舍的神情;缓慢的马蹄声,奏出藏北草原上一曲送别的歌。当医疗队员登上汽车,将要离去的时候,送行的人群中飞出了银铃般的歌声。

　　"金瓶似的小山为何倍添祥光,那是神鹰飞进帐房……"

　　唱歌的藏族姑娘叫巴珠,她是这片草原的"小百灵",十五岁那年遭了"魔"——腹部渐渐变大了,有人说她是怀了小孩。巴珠听了急得直哭。从此,少女的青春在她身上不翼而飞,"小百灵"的歌声一下子被埋进了痛苦的深渊。

　　她的腹部越来越大,肚子上像是扣了一口锅。她只能垫着被子半躺着,累了就用双手撑着身子跪一会儿……

　　"阿妈,冻死在雪地的羊都比我强,我还不如死了好……"听着女儿凄苦的叹息,阿妈嘴上不住安慰,可心里头就像有无数只野狼在撕咬。看着女儿那痛苦的神情,没几年,她平展的前额刻下了一道道深沟。痛魔的刀子,天天都在剔巴珠身上的肉,一剔就是八年,剔得她脸上只剩下一张皮,剔得她四肢像一根柴棒。

　　有一天,阳光格外的明媚。阿妈去了趟兵站,回来对女儿一笑,说:"巴珠,听说草原上就要飞来'神鹰'了!"

　　女儿困惑的眼神闪了一下。

　　"真的,是金珠玛米派来的'神鹰',听说神力无边,前不久从一个老阿妈肚子里取出好大好大的一个怪物呢……"

　　也就是在母女俩昼夜盼望的第四天,部队医疗队的九名医生,就像九只从天而降的神鹰，飞到了兵站。当他们在巡诊中听说了巴珠的病情后，便飞马般找到巴珠的住处。阿妈见"神鹰"真的降临了，高兴得连忙打起酥油茶，紧接着详细地说起了女儿的病情。"神鹰"及时给巴珠做了检查，原来她患了肝包囊肿症，必须施行切除手术，可医疗队从来没有在海拔四千七百米的地方做过这样的手术。然而，病人的巨大痛苦，亲人期待的目光，医生的责任感，很快在大家心头促成了一个"铁定的决心"：立即手术，把巴珠的青春从病魔手中夺回来。

手术开始了，巴珠的母亲和二十来位藏族同胞关切地聚集在帐房外，一起默默地祈祷。看得出来，他们要以百倍的虔诚，唤起"神鹰"，保佑"神鹰"的"法刀"。但那个折腾巴珠八年的怪物怕也不是好惹的，万一镇不住怎么办？何况，剖腹破肚他们哪里见过？此时，人们心里再急也只能隔着帐房听着刀子、钳子与盘子的撞击声。

突然，牵动人心的声音消失了。当两大盘三十五斤重的肿块被端出帐房外时，巴珠的阿妈抢先跨了进去。她一眼就看到女儿平静的面色，扁平的腹部。巴珠的刀口很快愈合了，她的体重由原来的六十一斤增加到七十二斤，脸上泛起了红润，身段有了美的曲线。她多么高兴啊，每天都要对着镜子照几遍，每天都要唱几首动听的歌。

歌声伴着祝福，在高原的上空久久回荡……

感悟家

　　家,是一个概念。对于不同时期、不同的人,有着不同的感悟。我的理解是:家是一条线上的众多点。"点"是在人生长河中所流经的家,我把这些点划归为三大点,一个点是生我养我的家和我与妻子、女儿经营的家,这是人一生牵挂的家,是出发与停泊的港湾,我们称之为"小家";另一个点是在不同地域、不同时间段所经历过的地方和家庭,这是润泽心田的添加剂,我称之为"流动的家";还有个点就是部队、单位,这是让人施展力量、让人腾飞的舞台,我们称之为"大家"。这些点,实际上是大多踏上征途的人所必须面对的,尤其是高原军人。当然,除了这些现实的家外,还有如看书、学习、思考等精神家园,我把它归结在线上。线,就是我的情愫线,一线挑三点,这就是我的家,我便是这条线上的舞者和琴师,力争在每个点上跳出强劲,弹出和谐强音。

　　儿时的我,总是把父母和姊妹们共苦同乐的小茅草屋看成我的全部,是我所生所依所靠之所,以至于离家半步都要大哭一场。每次上学离家时,都要难受一阵,在这种情感交织中,我上了小学,读完了中学。我上高中时,是住校,离家有三十多里地,一个星期回家一趟。我记得当时每过周五,就开始归心似箭了,一到星期六下午下了课,就迫不及待地骑上自行车往家奔。

　　有人说,"朋友易小别不易久别,久别之后人群中偶然相逢,定要饮足千杯抵足长谈不可,友情经过时间的酝酿才会酩酊大醉"。家也像是一个朋友,小孩子总喜欢到亲戚家、朋友家玩,等到真正长大了,便尝到了离别的滋味。在外面,我们常常会不由自主地回忆被人牵挂的感受，于是每一次回家都像久违的朋友意外重逢，格外的亲切，彼此心中都有千言万语，却不知从何说起，只有几句语意极淡却又绵绵地嘘寒问暖。

之后，我怀着对家的不舍参军了。参军意味着成熟，但想家的感觉依然强烈，后来由于年龄渐长，工作的磨炼，才逐渐好转。当时，义务兵是没有假期的，我第一次探家是四年后在军校学习放假的时候。后来，我结婚有了个人家庭，当时我们部队规定，家属随军的有四年一次探亲假。我提干后，所担任的职务大多是主官岗位，作为主官自然事情多，再加上部队运输、训练任务重，到假期的时候离不开，那么第一个四年一次的假期就作废了，要等第二个四年一次的假期。因此，我的第二次探亲是时隔八年后，利用在北京学习结束的时间。这八年中，家里发生了很多变故，遭遇了很多磨难，父亲得了病，在缺吃无医的痛苦挣扎中走了，在弥留之际他痛苦地自问："我舍不得吃、舍不得穿，一生不嫖不赌，老老实实过日子，老天你怎么这样对我啊！"我只能在心中哭泣，对家是那样的无助啊！这是高原军人的缩影，有家不能归，家中有事顾不上，父母有病不能看，小孩出生不在跟前等等，这只能变成心中的焦躁与祈祷，这些都在急剧地加粗着我的情愫线。那时没有电话，只有不断地通过写信、看书学习，加倍的工作、使劲地做梦来排解，真想通过书境、梦境顺着情愫线看望一下家人。

这时，我才感到儿时的家离我远了，有些生疏了，但牵挂更浓了。

古语云："富贵不归故乡，如衣锦夜行。"失意的人在最窘迫最无奈的时候，也会悄悄地回到家。家，不仅可以与你共享成功后的欢悦，更能为你承担失败后的痛苦，其实不要说人，即使受伤的动物，也会拼命地回到它们的巢穴，只有在那儿，它们才可以安心舔舐身上的伤口。家，不只是一个港湾为你遮风避雨，更像一阵清风轻轻拂过，抚平你心灵的伤痕，鼓起你信心的帆。年老的人会回到家，不仅仅是叶落归根，因为家可以共享那迟暮的夕阳，萧潇红叶似火的晚照。

有家就有故乡。家像一片叶子，故乡就是一棵树，泰戈尔吟道："故乡是我深爱着的不幸。"这句话，我不知道该含有多少眷恋和深沉的感情。或许，对家乡故乡我们都有如此的感受，它让我们深深思索。

我是一个事业心很强的人，对部队工作注入了全身心的热情，无论在机关工作，还是带部队，在每个岗位上都做出了起色，都得到了领导好评和同志们的认可，这也往往忽视了自己的家庭。部队的任务需要，军官的职责要求，必须树立正确的家庭观念，以大局为重，以部队事业为重。有时，必须舍小家顾大家，这对高原军人来说，是时时处处要做到的。家就算是在同一个部队大院里，也经常是十天半个月才能回去看一眼。有人说，当兵的就没有家，嫁给高原军人就等于活守寡。这话一点不错。

此时，如有人猛然问我，你家在哪里？我会有片刻的茫然：何地是家？何地有家？然而，何时何地又都是家！

俗话说：铁打的营盘，流水的兵。我的岗位和住所也不断地变动着，家总是以我为中心，我到了哪里，家就搬到哪里，像打游击似的，有时一家处三地：妻子在青海工作，女儿在山东上学，我在西藏的部队。我常常以办公室为家，以连队为家，在执行任务中常以车为家，以兵站为家，以沿途的藏民牧帐为家，但与家人的团聚是我的奢侈品。

部队是由来自五湖四海的兄弟、姐妹组成的革命大家庭，它是严肃的，也是火热的、温暖的，处处洋溢着家的氛围，有了成绩大家共同祝贺，有了失误大家共同承担。每次上青藏线执勤出发时，留队的战友和来队家属共同组成的欢送队，那深情的挥手，真诚的祝福，都渗进了"家人"的字眼。在担任教导员时，我公开提出"家和万事兴"的口号，要求官兵以营为家，以家为荣，团结协作，齐心协力。我出于关心和对家的思念，常常到家属来队的官兵家中坐坐，常常到驻地贫困户的家里帮帮,常常到藏族同胞家中访访,在执勤途中也常常到地方老乡家中歇歇。我还常常带领部队与驻地单位和群众开展军民共建和军民一家亲等联欢活动,感受到了"处处无家处处家"的温暖。

"以四海为家"是高原军人的常态。有句歌唱的好:"五十六个民族,五十六枝花,五十六个兄弟姐妹是一家。"虽然我离开了至亲的人,但无论走到哪里,哪里都有我的亲人,都是我的另一个家。

是的,父母兄弟姐妹和老婆孩子期待着你的地方是家,其实乡音到达处就是我的家、我的家乡,那一路中所遇的操着乡音的人们,那一声声真诚的"老乡",让我倍感亲切,深感离家很近。其实,你所到之处就是家,只要细心品味,总有家的温暖。每一个有灯光的地方就是家。迷路的人在漆黑的雨夜拼力乱闯,一盏忽明忽灭的灯火,让他们欣喜若狂。等到敲开那扇陌生的门,主人不同样能让你感到家的温暖吗?我想到了三毛的话,"家,就是有个人点着灯在等你"。这灯就是万家灯火啊!我经常去拉萨SOS儿童村看望那里的孤儿。这里收养着丧失父母又无亲友抚养的孤儿,国际国内各界人士、组织团体、企事业单位持续无私的帮助,扶持着这些孤儿;一个个有着爱心的女人们,放弃结婚、生子和家庭,来到这里充当了孤儿的妈妈,然后以家庭的方式教育、生活,使一个个幼小的心灵,重新获得母爱和家的温暖。

家是固定的,专一的,但也是流动的,多方位的。在小家中能够体会点滴中细微的温馨,在大家中也能领悟豪迈无私的关怀,在众家中能够品尝到万家香。我时常扯起情愫线,只见我的小家,我的大家,我所熟悉的千家万户,仍然跳跃在"点"上,闪烁着。这都是我的家,都是我心灵的深爱!

红雪莲

每次去昆仑山，看着裸露于地表的岩石，都会使我想起昆仑哨所梁老兵那张坚毅的脸庞。这是一张有着十一年军龄老兵的脸，线条锋利、棱角分明，清瘦却透着岩石般的刚毅，黝黑但显沉稳冷漠。高高的颧骨，在雪域阳光普照下显得格外突出，那是昆仑山一块裸露的岩石。

梁老兵和所有昆仑哨所的战士一样，深爱昆仑山，爱寒风中随意散落的雪花，爱雪原上自由来去的雄鹰，爱昆仑山来了又走了的战友，爱手中紧握的钢枪。他说，我如一颗被一个老军人击发的子弹，射出潮湿平原，击中在雪域的胸环靶上。梁老兵的父亲曾经也是哨所的老兵，父亲把自己疼爱的儿子交给了战场，也把自己硝烟未散的老枪交给了儿子，儿子接过铮亮的钢枪，便闪耀着老西藏的光芒。儿子写信告诉父亲：枪管是我结实的胸膛，每一次激情都变得滚烫，枪机是我不息的心脏，每一次搏动都喷出光芒……对于一个哨兵，枪机、枪架就是他的靠山。在雪的眼里，枪是雪唯一的景。多少个日子，他滞凝在这片雪山情调里，从一株苗到一棵树的过程。

回顾追溯，当他踏着雪，在"屋脊的孤岛"上烙上足迹，他才第一次品味到什么才是真正的寂寞。每个清晨，都被高原刺骨的寒风吹得梆梆脆响；每个夜晚，都被相思泪流得哗哗作声；日子是撕不乱的云朵，在绛紫色的指尖绕来绕去，把一张张年轻的脸庞，冲刷得高原般内涵丰富。此时的太阳，以一种宠爱的心态，抚摸着哨所简陋的宿舍，把风沙肆虐时遗落的尘埃晾晒得温情满怀；在这种被美丽充盈的地域,活力却抑制成蠕动的念头,在年轻的心房里驰骋成无奈的向往,那些鲜活的思路,经山峰与山峰的碰撞后,落成一地碎片,在目光能及的苍穹下,看不到一朵鲜花和一棵青草。这便是昆仑山哨兵守卡的日子。他说,既然驿站如此选择,又能埋怨什么呢?但手中已习惯了紧握雪山的守护神。

他说绿色单调而乏味,十年过去了,他却更加坚信,越是艰苦的地方越能寻到钢的精髓。如果说,千万次地站立是为了圆个军人的梦,那么守卡的日子便是圆梦的过程。从进入哨所的第一天起,他就爱上了父亲曾经走过两万五千里长征的那双解放鞋,他要穿上这双鞋,每天行走九百九十步,这是昆仑哨所到国境线的距离。九百九十步,不算长的距离,他却走了十年,十年啊!他在一步一步走过的地方书写成一种无言的履历,以书签的方式,夹掖在高原和雪峰的一道道皱褶里,让所有认识不认识他的人们,在阅读生活时,能够轻易翻到有关奉献的章节。

他说,九百九十步里有昆仑山的日出,有昆仑山的晚霞,也有昆仑山的风暴……他常常会走到第八百四十步的地方,停下脚步四处张望,这是一条有军车出没的公路,他盼望着久违的家信,盼望着女友的情书,心总是掩饰不住向家眺望。想家的时候,他便掏出爸妈的嘱言插在枪上,让云天白色的浪展翅翱翔。家园的温馨,早在昆仑山的雪层上流溢出忠诚,日子叠加着他的忠诚,在界碑上累积着历史的厚度。他如身边的雪峰一样,静默成高原上一处高耸的塑像。老兵把爱献给了昆仑山,而三十岁的他,至今还没有得到缪斯的垂青,还打着爱情的擦边球,没有发生有效的碰撞。

深夜,无数个这样的深夜,他躺在自己的小木屋里,聆听远方呜呜的风声,他渴望南方女孩来叩响他屋顶的声音,对着窗外满天的雪花,对着写满春夏秋冬的情书,他又想起了那个南方女孩。她是梁老兵小学、中学的同学。上学的路上,回家的途中,灯光下面,田埂旁边,他们互相促进、互相帮助,随着年龄的增长,爱情便羞羞答答在他俩之间搭上了桥。虽不火热,但很痴情,他们总是在平静中牵手诉情。

梁老兵入伍了,她还在那个南方小村。

梁老兵总是把在昆仑山白天做的事,晚上想的事,一古脑儿地装进那个盖上"三角邮戳"的信封中给她邮去,她也把那带着泪痕的信笺寄给梁老兵。

他们通了整整五年信。

"小梁弟兄多,是老大,现在又在昆仑山当兵,如果和他结婚,必然是两地分居。"父母劝女儿不要跟他去受罪,他俩只好含泪分了手。分手了,老班长找他谈心说:"不爱军人的女人不值得爱。"老班长话出不久,梁老兵还真的找到一个从小就对绿色偏爱的女孩。她是北方人,崇敬军人,虽然穿不上绿色军装,但愿终身与军人为伴。

她是梁老兵的战友老邱介绍的,是老邱的邻居。他俩书信来往两年多,北方女孩的心被他打动了。女孩感到梁老兵就是自己要找的人,应该把爱奉献给这位可敬的兵哥哥。女孩在信中说:"我爱做带雪的梦……"

他幻想着这不再是无声的童话,女孩在昆仑山待了三天,那个美丽的梦就消失了,就像雪花融化后留下一点湿痕一样,消失了。

后来还有第二个、第三个、第四个北方女孩,也做过同样的梦,却没有一个像梁山伯与祝英台一样留下爱的绝唱。

难道爱情之花注定要在缺氧中枯萎,要在寒冷中凋谢吗?女孩走了,只留下没有回头的背影。梁老兵没有悲伤,也没有消沉,而是去了一个地方,他要让"背影女孩"为他转开身来。他径直走了九百九十步,面前是国境线。他停下脚步,脱下手套、棉帽、大衣,捧起被寒风撕碎一地的雪花,一片片地把它们重新地堆积在一起,直到深夜,他才堆积出一个完美的雪人。昆仑山怕寒风把雪人吹倒,于是,施展魔法把它冻结成一座完美的雕像。这是一个漂亮的女人雕像，骨子里留有北方女孩的神采，南方女孩的气质。此时，梁老兵笑了，昆仑山上的月亮、星星都笑了。在这个夜里，他似乎嗅到了风的香气，看到了雪的温馨。

雕像从此成为梁老兵心中的"女神"，除了他的娘，世界上再没有任何一个女人能跟"女神"配比，高兴时他可以对着"女神"放声大笑，伤心时他可以对着"女神"失声痛哭，他可以随意亲吻"女神"，拥抱"女神"，也可以将任何秘密告诉"女神"。他会给"女神"讲南方女孩和北方女孩的故事，激动时他还会指着"女神"的鼻子责骂南方女孩如何狠心，北方女孩如何无情。骂痛快了，他又觉得十分的懊悔，于是又不停地乞求"女神"的原谅。他说，都是我不好，我不能给你爱，也不能给你家……

"女神"总是像一个幽灵，躲在梁老兵枪的背后，擦亮他瞄准前方的眼睛，导航子弹穿越迷雾的视线，在陈旧的弹坑和无烟的日子里，"女神"赞美他是任随女人恨的男人，但"女神"偏偏就爱这样的男人。

幸福的日子就这样过了一年又一年，梁老兵再过两天就要退伍了，在退伍前梁老兵答应送给"女神"一件珍贵的礼物。那天晚上巡逻回到哨所，在月亮只有一半的子夜，他再也无法安然入睡，他决定就在今晚攀登昆仑山顶，虽然老班长无数次告诉他这是死亡地带，但他却没有停下脚步，他一定要摘下山巅上那朵开得最艳的雪莲花，亲手戴在"女神"的头上，这是梁老兵临走前最大的心愿。

途中的冰谷、冰柱、冰墙，他都蹚过去了，深谷如蟒、恶浪滔天，令人肝碎胆裂的卡岗滩，也被他征服了。那朵雪莲花就在他攀登的这座峰巅上，他已经看清了雪莲花，它在寒风中挺立着，它在月光下含笑开放着，是那样动人，那样美丽。现在只要他一伸手，一抬腿，踩住脚下的最后一块岩石，就可以将它采撷。于是，他使出全身力量，兴奋地向上攀缘。这时，只听哗啦一声巨响，他脚下的岩石就这样坠入万丈深渊。在这一瞬间，他跃身拽住了那朵雪莲花,可是,可恨的岩石还是将一个年轻的生命和一朵美丽的雪莲花凋谢了……

战友找到梁老兵的时候,洁白的雪莲花被梁老兵身上、脸上的血染成了纯粹的红色,就像红玫瑰一样的鲜红。

梁老兵走了,走得没有一点遗憾,战友们从他随身携带的日记本里,读懂了他与"女神"之间的故事。战友们用力掰开了牢牢攥在梁老兵手中的那朵雪莲花,小心翼翼地戴在"女神"的头上,他们将梁老兵的遗体与"女神"永远葬在一起,并祝愿他们的爱情天荒地老。

人到中年

　　一个人活着,如果对他的整个生活和工作不假思索,不做一总结,不给以鉴定,那他的一生尽管忙忙碌碌,也会毫无意义。

　　人如果为了功名利禄而活着,那他就步入了人生的歧途,就会在歧途中活得很累,很不自在。他会不择手段地沽名钓誉,聚敛财富;他会丧失人格地去跑官要官,献媚取宠;他会费尽心机去诋毁和损害别人以抬高自己。

　　人只有活在平凡的生活中才会真实、快乐。在这个世界上,平凡是永恒的,那些惊天动地的故事往往是在戏里、歌里或者梦里,绝大多数的人都将在平凡中度过人生。

　　我今年四十二岁,按照中国人的"老皇历",我应该划分到中年人之列,可现在四十多岁的人大都不服,因此总爱把自己规划在青年之列。我想青年也好,中年也罢,重要的是让自己活得精彩,毕竟四十二岁的我还有未来,还有很大的想象余地。尽管现实生活中,我依然忙得像头老牛,连抬头看路的时间和精力也舍不得放过。其实,我有时又想,不要让自己活得太累,放松一点,磨刀不误砍柴工嘛。可四十二岁的我,双手能停得下来吗?

　　矛盾,也许矛盾地活着,就是四十二岁真实的我吧。

　　四十二岁,成长与成熟之间的年龄,在这个年龄,作为团政委,我感到欣慰的不是自己的职务,而是欣慰可以通过自己的努力,帮助战士们把失意挤压成动力,把挫折锤打成机遇,把不满锻造成振奋,以积极向上的状态写好当兵的历史,我则会从中得到又一次斑斓的青春。四十二岁,我最值得高兴的事,是可以用知识与正义的力量为党分忧解难,这是我最想做的事。想想我这四十二年,有近一半的时间是在学校、军校和书海中度过的,只有一半时间是在为党做事。应该说,军营是我实践人生价值与获得快乐的地方。在训练场上摸爬滚打,我体味着军人的苦味;行车奔驰在青藏线上,我品味着"苦了我一个,幸福万万千"的甜味。是军营让我懂得了冷和热的精髓,苦与乐的滋味。在军营,我崇尚着"醉里挑灯看剑,梦回吹角连营"的情怀,我诠释着"山高高不过军人的肩膀,路远远不过军人的脚步"的人生哲理。

四十二岁的我,蓦然懂得生命之光缘于热爱生命的道理。热爱生命,就是善待生活中的一切;热爱生命,就是努力做到每天生活得充实;热爱生命,就是珍惜来之不易的所有而不虚度光阴;热爱生命,就是心态平和地直面现实,以积极向上的健康的人生观生活;热爱生命,就是通过自身的努力进取,使自己的人生旅途越走越长、越走越有价值。

为了追求与四十二岁相符的人生价值,我饥渴的心灵,幸运地得到人类智慧的慷慨滋养,我整天埋头学习,就是为了使自己逐步由贫乏变得充实,由自卑变得自信。四十二年的人生经历告诉我,财富是永远靠不住的,今日你是一个富翁,明天就有可能是一个乞丐。只有知识和才干才是自身真正的本钱,大我二十岁的老政委常这样告诫我:"小李呀,趁年轻去学习知识吧,它将弥补由于年老而带来的亏损。智慧乃是老年的精神养料,所以年轻时应该努力,这样年老时才不至于空虚。"相对老政委来说,我是年轻的一代,细想得智慧,细嚼出滋味。老政委语重心长的话,永远是我前进路上的灯塔,照亮我人生的方向。

四十二岁,我已不再是孤军奋战,有"贤内助"与我携手并肩。从一定程度上讲,妻子的爱是我事业的动力,在家庭中她才是"主角",我有时连"客串"这个角色也没演好,所以我现在每每回忆往事的时候,感到这个世界上最亏欠的人,就是妻子了。

四十二岁,人生的使命感不断加剧。对家庭对事业常常会由衷地惶恐。在事业方面,我知道,这个时候需要的是忍耐、积累,厚积才能薄发。在家庭方面,我知道,这个时候最需要的是呵护与"经营",必须花时间陪陪家人,家庭是事业的基础。

四十二岁,我学会了享受寂寞。生命中更多的是寂寞,我们青藏线军人谱写的是寂寞的篇章,我的理解是:生命的本质是寂寞,我们每个人都无法跨越这寂寞。人生路上充满了孤独,爱情只不过是增加了人的耐心,增加了他们对这孤寂的忍耐力而已。中年的我,热爱生命就要更好地学会去成熟地面对寂寞。

四十二岁,我理解了爱:对妻儿的爱就是你包容我,我包容你;对父母的爱就是我丢不下你,你丢不下我;对兄妹的爱就是你滋养我,我滋养你;对战友的爱就是你帮助我,我帮助你。

四十二岁,我懂得了珍惜。生活在这个世界上,我的生活是丰富多彩的,童年时我体会过农村放牛娃的生活,少年时经历过打工生活的艰辛与苦楚,青年时品尝过当兵生涯的酸甜与苦辣……那一个个生动的场景,都仿佛被照相机的镜头摄入心灵。这些珍贵的心灵印记,都值得我用一生去珍惜。此时我仿佛又想起了父母、妻儿、兄妹和关爱我的战友,他们就像一缕缕温暖的阳光,洒在我成长的道路上,沐浴其中,我的心里满是感恩的力量。像禾苗成长需要阳光哺育一样,我行进的步履一直承载着生活阳光的照耀。

四十二岁的我,是一个不需要承受什么压力的文学爱好者,我苦练"爬格子"的动因,仅仅是为了记录生活,完全是因为爱好。这些年来,停留在自己日记本上的那一声声或深或浅的吟唱,那一句句或长或短的诗行,都是我在生活阳光的滋养下抽出的一片片细叶,结出的一个个新蕾,凝结在一起,既是为了记取自己蹒跚而行的步伐,更是为了感谢始终伴随在我身边的雪域阳光。那渐行渐远的是岁月的背影,渐生渐长的是心中的期望。在生命前行的旅途上,我不仅期盼坦途的铺设以削减跋涉的艰辛,更期盼着阳光的倾洒以增强远足的信心。

四十二岁的我，平常最爱听的歌曲是《感谢你》，其中有几句歌词印象很深刻："感谢明月照亮了夜空，感谢朝霞捧出的黎明，感谢春光融化了冰雪，感谢大地哺育了生灵，感谢母亲赐予我生命，感谢生活赠友谊爱情，感谢苍穹藏理想幻梦，感谢时光常留永恒公正……感谢收获，感谢和平，感谢这一切一切这所有。"这美好的歌声，蕴含的难道不是一种感恩的情怀吗？如果让我感谢的话，我要感谢青藏高原上的每一朵云，您是滋润草原的细雨，我就是雨后的彩虹。人们都说，昆仑山巍巍，使人崇敬。但我要说昆仑山似海，因为大海浩瀚，无法估量。感谢褐色土地上的骆驼，是它凸起的山脉，是它用宽厚的脊背完成了桥，驮着我们走向了灿烂的人生。感谢所有驻守在高原的战士，是他们在风雪中点燃了生命的火焰，温暖了无数个和平之夜，感谢……

回忆过去，尽管那色彩斑斓的梦想在我四十二岁前未能如愿，许多想法也无力实践，但我无怨无悔。的确，过去自己在纸上写出的决心书和人生信条，在当今丰富微妙的现实面前，显得苍白而抽象。一些过去苦苦追求的东西，在今天却要忍痛割爱，一些始料不及的事情在生命进程中翩然降临。但是，生命如此安排，那就坦然面对吧。毕竟，我是四十多岁成熟男人了，不再是咆哮如雷的大河，而如那暗夜里流淌着的涓涓溪流。在人生的跑道上，告别旧的足迹才能踏上新的征途，取得成功。人生没有停息的驿站，生命永远面临着起点。但我觉得，这个起点是自己向自己发起的，未来我也有自己的计划：

一、每天坚持写一篇文章，哪怕只是几句话。

二、每天坚持为战士做一件事，哪怕事情很小。

三、每天坚持锻炼身体，哪怕只是散散步。

四、每天坚持和家人相处，哪怕只是吃顿饭。

……

　　这些，都是我在四十二岁前忽略的事，现在再去做，希望不会太晚。对于写作，我把它放在第一条，可见它在我生命中的分量，尽管我至今停留在业余水平线上。未来我仍将努力学习，充分利用业余时间来练笔。我现在越来越认识到，写作才是我的最爱，我想，一味盯着什么职位是最没什么出息和价值的。今后，无论在什么领域工作，我都将写作带入自己的生活空间。

　　四十二岁，人生的一个高峰，一个新起点，从这里可以登上更高的人生顶峰，因此我还没有资格给自己的中年下什么定论。顺其自然吧，这也许才是一个中年人应有的心态。

格桑花开

　　啊,卓玛草原上的格桑花

　　你把歌声献给雪山

　　哦,养育你的雪山

　　你把美丽献给草原

　　养育你的草原

　　啊,卓玛草原上的格桑花

　　……

　　在西藏当雄镇的藏族赛马节上,一个叫卓玛的藏族姑娘演唱了一首《卓玛》歌曲。她那泼辣、大方的身姿,欢快、热烈的歌声,让我心潮激荡;她歌声中的那朵格桑花,使我领略到了西风、雪山、草原的味道;藏族阿爸阿妈们口中的那朵"格桑花",令我神往。

　　自从踏上青藏高原的那天起,有一种花——格桑花,总是让我魂牵梦绕。在高原时,到处能听到格桑花的名字,但不知其为何物,因此愈发好奇,于是不断地探求、寻找。一次在当雄镇,问一个藏族学校的学生:"你叫什么?""叫格桑花!""她叫什么?""叫格桑花!"也经常问沿途的藏族群众:"这是什么花?""格桑花。""那是什么花?""格桑花。"这使我感到迷惑不解,后来我到拉萨有关部门询问,这才渐渐明白:格桑花又称格桑梅朵,在藏语中,"格桑"是"美好时光""幸福"之意,"梅朵"是花之意,因此"格桑花"是幸福美丽的花之意。格桑花不是专指某一种花,它是所有开在青藏高原上的野花的代名词。

　　在雪域高原上的野花,有着共同的特征:植株小,花瓣小,多是贴地生长的,少了些亭亭玉立的身姿;它们的花是星星点点的,它们不是簇拥成片生长的,而是繁花散落、点缀在荒凉的雪山,贫瘠的草地间。如果在内地,这花就不足为奇了,但在人烟稀少的雪域高原,那就足显美丽,足感慰藉了。这些花之所以让人念念不忘,是因为它们有着可贵的品质。格桑花生长在海拔五千米以上,它喜欢高原的阳光,也耐得住雪域的风寒,柔弱但不失坚挺,小而不失美丽;环境恶劣,但仍能顽强抗争,这种特别能吃苦、特别能战斗、特别能忍耐、特别能奉献的精神,不正是高原精神吗?我这才明白,格桑花有着特殊的象征,特殊的意义。

格桑花彰显着高原人的精神气质,同时,高原人也抒发、展示着格桑花般的情怀与美好。

　　——格桑花是藏民族的象征,也是
　　藏族同胞心中的向往与追求

格桑花代表着藏族的性格,代表着藏族不屈不挠、顽强奋争的精神。藏族千百年来,世世代代繁衍生息在高原这块神奇的土地上,就像格桑花一样,历经岁月的沧桑和风吹雨打,顽强屹立在美丽的雪域高原;像格桑花一样,扎根在雪域边陲,做神圣国土的守护者,幸福家园的建设者。

如果,你是以一个游客身份到青藏高原的话,就无法了解藏族的真实情感。我与藏族同胞接触有近20年时间了,曾多次深入山区、牧区、河边、路边的藏族同胞家中,也多次到拉萨、格尔木等城市中的藏族同胞家中做客,我深深地感到,藏族是内心世界高贵的民族!

我第一次接触藏族同胞,是在第一次执勤途中,他们给我的第一印象是,皮肤黝黑,有些脏;语言不通,能歌善舞。这让我有些不太适应。但我好奇:这是怎样的一个民族?他们的家里会是什么样子?于是,我问一个小女孩:"你家住在哪儿?"小女孩用茫然的眼神看着我,然后,有所领悟地用手指着离公路不远处的一户人家。"到你家去看看,好不好?"她好像听懂了,拉起我的手,一个劲儿地往那个方向跑去。

快到门口时,小女孩朝屋内大喊着我听不懂的话,门哗的一声打开了,从里面涌出了三个人,是女孩的爸爸、妈妈和哥哥。听小女孩介绍完后,让我没有想到的是,其全家表现出了极大的热情,他们微微弯下腰,作出请进的姿势,把我和几个战友让了进去。只见屋里干净、整洁,物品摆放井井有条。他们端上了奶茶和风干牛肉,敬了青稞酒,到处充满着热情……

后来,我对藏族同胞的认识越来越深刻,所见所闻越来越广泛。他们信仰藏传佛教,有着藏族特有的文化。虽然从表面上看他们落后,但在精神世界里,他们有着高贵与强大。

他们的生活是很讲究的。从牧区到城市,家家户户基本相似:屋内东西摆放整洁而不乱;虽然烧牛粪炉子,但擦得干净锃亮;藏族对色彩有独到的喜爱与描绘,屋内的器具上,总是有着各种各样鲜艳的图案和雕刻,显得格外美丽。

他们是好客的。我每到一家,他们都以藏族的礼节迎来送往:献哈达,奉上三碗青稞酒。当就座后,不断地添加着酥油茶。他们是一个能歌善舞的民族,"会走路就会跳舞,会说话就会唱歌"是他们的特质,无论在家中还是在外面,他们总是会不断地用歌声、舞姿表达对你的热情。在我们单位里就有藏族官兵和藏族职工,我经常到他们家做客,也一次又一次地感受着藏族同胞的热情……

他们是爱自然的。藏民们相信,高原上的一草一木都是通人性的——把它们视为神物,珍惜着、爱护着。河里游的,地上跑的,天上飞的,地面长的,如果有人破坏,他们就会像保护自己的生命一样给予制止,然后再把截获的动物放归大自然。可以说,每个藏族同胞,就是一个自然的保护神、守护自然的卫士。他们对生灵的敬畏让人动容,而那些繁衍生长在高原上的动物,或以动人的传说，或以生存的真实价值，向人们诠释着万物有灵且美的意义。

此时，一幕景象在我脑海中闪现：在一个大雪纷飞的寒夜里，几个藏族人和一只小雪豹依偎在一处墙脚下。事情是这样的：一天夜里，兵站的哨兵在巡夜的时候，发现外墙根有一团黑影，于是追寻了过去。走近一看，只见一个藏族妇女坐在地上，敞开了胸，怀里紧紧地抱着一只小雪豹。另外两个藏族汉子站在那里，用自己的身体遮挡着妇女上方的雪和风，三个人瑟瑟发抖地聚在一起。经询问才知道，一个藏族汉子，在把自己的羊赶回家的时候，发现羊群里有一只一瘸一拐、腿上有血的小雪豹。他疼爱地抱起了它，跑到刚刚生完小孩的邻居家，经三人商议，为抢救雪豹的生命，必须连夜送往距离三十公里外的县城救护站。当奔到兵站处时，听到小雪豹微弱地叫了一声，估计是饿了，于是跑到墙边的避风处给其喂妇女的奶汁。此情此景感动了我们的哨兵，感动了全兵站的官兵。兵站的领导派出人员，帮其送往目的地，三名藏族同胞感动得不知所措。此时，我们深深地体会到：藏族同胞已把救护小雪豹看成是自己分内的事了，他们是如此珍爱生命！

他们是爱美的。一次，我看到一群藏族姑娘把河的冰砸开，挽着裤腿，赤着脚，站在冰凉的水中洗衣服。我非常惊讶地问："你们不冷吗？"她们笑笑，很自然地说道："不冷，我们还用凉水洗澡呢。"我想，这也许是一方水土养一方人吧，她们已挑战了恶劣的自然，扎下根了。她们让我感到，原来她们是要求干净的，是用这种方式洗涤的，她们还用雪擦身……

他们是勤劳而又善于创造的。在拉萨市郊，我认识一个叫达娃的普普通通的藏族农民。认识他，是因为他是我们单位的临时职工。如单位有什么杂活的话，总是让他帮忙，因此我们比较熟悉。达娃虽然很普通，但在他身上所具有的气质让我难忘。他三十五岁，健壮，有着康巴汉子的标准体形。他没上过什么学，但脑子灵秀，言语含蓄，让人感到有涵养。达娃是一个好学上进的人，他经常约我到他家做客,向我讲起他自己的事迹。他有一个女儿,在拉萨市上高中。我问他:"你们藏族可以多生几个孩子,你怎么只生了一个?"他嘿嘿一笑,说:"学学你们汉族,只要生一个优秀的就行,多了没用。"当谈到女儿安排时,他说,当时有位部队领导,是个大官,也到他家去过,那位首长亲切地问他家里有没有困难,有没有需要解决的问题,首长想把她女儿安排到一个好一点的学校,可达娃说不需要,没有什么要解决的问题。我问他后悔吗?他说没什么可后悔的,如果当时麻烦首长的话,女儿的事和家里的事就都解决了,但是没有必要。他说得很坦然,我认识的藏族同胞都有这个特点:不作非分之想。

达娃自学英语,他经常对我说,他的英语达到一定水平了。我好奇而又不屑地问:"你还会英语?"他说没有老师教,完全靠自学。他说,英语发音与藏语发音相似,有的词汇读音是一致的,学起来省事一些。他还说,学英语是想向外国人介绍西藏的人和事,宣传雪域高原的美。

达娃建起了自己的二层小楼,这是他最自豪的事情,也是最了不起的事情。我每次到他家,他总是让我看看这儿,望望那儿,一一介绍着他的丰功伟绩。他说建房都是他一个人完成的,从设计到一砖一瓦,一挑一担,没用任何人。站在达娃自己建成的四间二层的大瓦房里,看到错落有致的布局,物品搭配合理的摆放,我体会到了达娃的智慧与创造……

这是一个普通的达娃,这是一个普普通通的藏族汉子,在他面前,我有时自感不如。

藏民族内心是高贵的。在市场经济条件下,人们的人生观、价值观发生着变化,向钱看,物质利益至上,在内地的一些人中是很流行的。但只要深入到了藏族同胞中间,才会感到钱并不重要,只有精神操守才是可贵的。我曾问牧区的牧人:"为什么不多养些牛羊?扩大了规模,赚钱不更多吗?"他们说,养多了会破坏草原,只有卖几个再添几个。也不能在一个地方放养，要不断轮换场地，让草原得到休养。

他们就是这样，有秩序地生活在自己的一方天地里。

我也经常看到，无论是商店还是沿途卖虫草的群众，他们确立了一个合理的价格后，你就是多给他钱，他都会坚决拒绝。有人说这是愚笨，我说这是可贵之处！不能像一些人那样，为一味地追逐利益，丧失人格，辱没人性，践踏商业秩序。

我们单位藏族职工的子女大都在内地上大学，我曾劝他们："内地环境好，生活条件好，等毕业了直接留在内地不是更好吗？"可他们的回答基本上是一致的，"我们生在高原长在高原，外边的世界再好，可它不属于我们。我们只有回到高原，才会有更大发展，也不求有多好的工作，多好的待遇，只要能有事干，能为西藏发展有用武之地就行……"

我认识一个民办企业家，名叫洛桑金巴。认识他，是因为他所创办的企业和我们是共建单位。写他，是因为在他的身上有着其他普通商人和办企业的人所不具备的素质。洛桑金巴是一个地地道道的藏族企业家，他五十多岁，身高一米八左右，身材魁梧结实，脸上写满自信，有着企业家的风度，常常戴一顶藏式礼帽，呈现出藏族人民特有的豪迈之气。他说自己是奴隶出身，要感谢毛主席和共产党，让他翻身做了主人。在拉萨市政府的指导下，建水泥厂，搞建筑，一步步地发展成为拥有五百余人的"建材公司"。

写他，不是写他的成长经历，而是写他鲜明的做法和金子般的心。

他有两个方面让我敬佩。一是收养孤儿让我敬佩。洛桑金巴不仅把自己的企业搞得红红火火，对于慈善活动也是热情参与。我经常到他家做客，他有一个美丽的妻子，也是藏族，一直在内地上学，直到大学毕业。她长得白净，能说爱笑，豁达、开通，看样子比洛桑金巴小七八岁，她语言天赋很好，能用各省的语言很地道地与你交流。洛桑金巴总是赞美他的妻子,说他所干的一切都是妻子的支持,做的好多善事都是她的主意。洛桑金巴的家里很宽敞,是一栋四合院式的二层楼房,中间是院子。他妻子直接告诉我,房子小了不行,家里还有五六个孩子。

我正在纳闷,她看出了我的疑问,紧接着说:"都是收养的。"

正说着,一个与洛桑金巴年龄相仿的男子走了进来。只见那个男人一进门,就对着夫妻二人恭恭敬敬地喊爸妈。

我更感奇怪了,这时洛桑金巴介绍道:"这是我儿子。"我说:"老洛,你这是开国际玩笑吧?"洛桑金巴却很认真地说:"他是个孤儿,也是个残疾人,腿脚不好,我就把他收养了。我为他开了一个商店,让他自己经营,自食其力。"洛桑金巴说,他收养了几十个孩子,主要以两种方式:一种是完全收养。就是吃住在家里,上学、生活、工作、婚嫁,一直负责到底,这样的有六个小孤儿。另一种是资助式的。常年按月资助的有十几个小孩和残疾人,间隔资助的不计其数,有的资助钱物,有的帮助解决就业,有的提供上学和学习机会。我惊讶地问道:"你图什么?"他很坦然地答道:"我之所以有今天,也幸亏是党的政策好,有市政府的帮助,我必须要感恩。我是赚了一些钱,我赚钱的目的不是用来个人挥霍,而是让钱变得有价值。我赚的钱是取之于社会,然后又用之于社会,这不正是道理吗?"

我明白了,人是有层次的,尤其是思想境界的高低,能决定一个人是高尚还是龌龊,是高贵还是卑贱,是纯洁还是肮脏。

二是他的企业文化令我敬佩。洛桑金巴是一个喜欢文化、文艺的人。走进他的企业,感觉不到这是一家生产企业,倒像是一家文化氛围浓厚的学校。院内墙壁上醒目的奋斗目标,光荣榜、黑板报,流动的小红旗,总让你感到振奋。他更为特别的是拥有一支常年坚持的演出队。这个演出队没有专门的演员,都是本厂职工。洛桑金巴说,他要求每个职工学会两至三个节目,做到上台能演出,下台能做工。他说不用专门组织,简单一集合就是一台节目。

他的企业在他的组织下，培养出了一批具有专业水准的文艺骨干，在全国很多大型演出中受到了好评，并获得了不少大奖。他对于拉萨文艺事业的热心，是公司里人人称道的，他还不止一次地告诉公司文艺队伍的演员："你们最重要的事情，就是要深入民间，深入群众，学习藏族的传统文化，学习老百姓的歌曲、曲艺、藏戏艺术，只有真正弄懂了西藏的文化艺术，才能更好地为人民服务。"

他经常带着演出队深入群众，来到部队慰问演出，经常与我们开展"军民共建文明花""情暖汽车兵""军民一家亲"等联谊会。他们的演出体现了青藏线的军民鱼水情，体现了时代发展的主旋律。其中有些节目，像《洗衣歌》《北京的金山上》《坐着火车去拉萨》等，受到官兵的欢迎，在青藏沿线引起了轰动。有时，台上演员与台下官兵齐声唱起了同一首歌——《天路将士之歌》，浑厚雄壮的歌声带着战士们的情和爱，在空旷冰冷的夜晚久久回荡，许多人被当时的场面感动得热泪盈眶。

通过与藏族同胞的经常接触，对藏文化、风俗和礼仪有了更多的体验和感受。我感受到藏族人生活的点点滴滴中，都渗透着他们很高的道德修养和文化素养。从他们身上，我看到藏族人面对苦难时的从容和幽默，对生活和他人的感恩。也体会到藏族人做事的专注和认真，他们喜欢休闲娱乐，但和正事分得很清楚。谈正事做正事的时候不开玩笑，一丝不苟，玩的时候就很尽情，绝不混为一谈。

藏民族是一个高贵的民族，像格桑花，坚强地挺拔着自己，同时芬香着别人……

　　——格桑花是青藏高原军人的象征，也
　　　是将士们心中的向往与追求

格桑花昭示着高原官兵的性格。一代代的官兵，在天上无飞鸟、地上不长草、风吹石头跑、四季穿棉袄的地方，以"钢钎打不进，人也要扎根"的毅力,硬是让格尔木这座新城拔地而起;以豪迈的勇气,爬冰卧雪,攻坚克难,战天斗地,开通了世界上最高的公路——青藏公路。然后,又以格桑花的精神,顺着这公路不断地向空中、向地下、向深处延伸,不断地演绎着忠诚,拼搏着青春,实践着奉献。

记得,老政委在一篇文章中写道:"高原是一个全新的世界,对于我是一本打开的书。绵延的雪山,亘古的冰川,空旷、寂寞、雄浑、苍凉、沉郁……都让我无法舍弃内心的敬畏。我以一个新兵的懵懂注视着这块高天厚土,相见的第一眼,我就被它整个地震惊了,深觉眼前的青藏高原,分明是一片凝固成一堆的坚硬的时间,而我忽然站立在了时间之外,戈壁沙漠,一望无垠,一片沉寂空旷的荒凉!"这段文字,就是对那环境那心境的真实写照。

我正是缘于对格桑花的向往,才来到青藏高原,与青藏线同行着。

我深深地懂得,我来自贫困,来自农村,因此我总是以格桑花的情怀,不断地通过艰苦塑造自我,通过奋斗来升华自我,从战士、排长、指导员一步步地升迁到政委,从西宁、格尔木、昆仑山口、纳赤台一段段地走向青藏高原,从只做单一、简单的事务一步步地做到负责一个单位的全面建设,每一项工作都是认真扎实的,好学上进的,忠诚可靠的。因此,每走过一段,总会得到领导认可,同志们的赞许;每走过一程,总会感怀而又充实。当然,在前进的路上,我也有过失望、失败、失意和徘徊,也有过呐喊、激昂,但没有犹豫,没有自暴自弃,转而就是坚强、奋斗、使命和责任。因为我明白,在这样的艰苦环境里,退却就是人生的大溃退,当逃兵就是青春年华的失色,只有刚强,困难才会变弱;因为我明白,吃苦是我的本钱,忠诚是我的本分,奋斗是我的使命,奉献是我的境界升华。我一直坚持"老老实实做人,扎扎实实做事,清清白白做官"。

我俯身前行的足迹,也是雪域高原上官兵的身影——这是一个个活生生的形象,也是一群群、一队队集体的合影。

　　我无法忘记我走过的青藏线,更无法忘记从我身边走过的英灵,以及谈笑风生、以苦为乐的战友们。战友们奋斗的足迹,战斗的事迹,拼搏的身影,就像格桑花一样,遍布在整条青藏线上,挥洒在整个雪域高原之上。我无法一笔一笔地写出,也无法一点一滴地表述,那就以我自己经历的几个镜头来说明吧!

　　镜头一:向死亡挑战!

　　在雪域高原之上,"缺氧、无人区、暴风雪、世界屋脊、生命禁区、遥远的地方"等字眼,就像恶魔一样野蛮地肆虐着,是常人不可逾越的"地球第三极",更是对生命的严峻挑战。

　　但是,在苍苍莽莽的四千里青藏线上,在"六月雪,七月冰,八月封山,九月冬"的恶劣环境下,历代官兵默默地把军人的神圣使命,融入为青藏各族人民谋福祉的具体工作中,用实际行动诠释着对祖国的忠诚和对各族人民的热爱,践行着"听党指挥、服务人民、英勇善战"的优良传统,铸就了不朽的丰碑,锻造了永恒的精神,筑牢了不倒的长城。四千里路云和月,五十多个春秋风与雪,印记出天路将士用青春和汗水、生命和鲜血奏响的豪迈的奋斗之歌:"喊一声太阳跟我走,长江黄河脚下流,我为祖国开天路,人民重托扛肩头。喊一声月亮跟我走,背朝家乡不说愁,将士扎根青藏线,高原精神在心头。特别能吃苦,特别能忍耐,特别能战斗。"

　　历代官兵为了青藏地区的繁荣和西南边防的巩固,付出了巨大代价。我部自进驻青藏高原以来,先后有七百七十名官兵献出了宝贵的生命,是全军在和平建设时期部队牺牲官兵最多的单位之一。青藏线平均一点八公里就有一名倒下的军人,其中,仅团以上领导干部就有二十八人,平均年龄还不到四十二岁。

　　历史不会忘记他们,雪域之上不会埋没他们铿锵的足迹!

　　我忘不了我的老领导张四望同志,国防大学的硕士研究生,副师级,是一位非常优秀的年轻领导干部,无论是为人还是做官,无论是才华还是工作能力,都是令人称道的。他曾指导过我的前进方向,也曾激励我奋斗,是我敬重的人。他由于环境因素,再加上积劳成疾,得了难以治愈的脑胶质瘤,就是在疼痛难忍的情况下,也不向任何人透露病情,仍然超负荷地工作学习着,直到昏迷才被送往医院。就是这样,他依然坚持回高原,把四十五岁的生命永远留在了他挚爱的高原。

高原反应是可怕的,也是难以预测的。高原的天,娃娃的脸,说变就变。气候的骤变,氧气的缺少,使人在身体上、心理上会突然发生变化。每次上线,看到一张张乌黑发紫的嘴唇,一双双裂满口子、指甲凹陷的双手,一个个年纪轻轻就掉光了头发的脑袋,我就阵阵心酸。

千险万险,缺氧最危险。我们每次夜宿兵站的时候,由于干寒、缺氧,彻夜难眠,战友们总是躺下又坐起,坐起再躺下,无奈地叹息着:"快睡吧,等睡着了,到第二天估计连鞋子也穿不上了。唉,管它呢! 睡吧,该死球朝上!"

曾有一段时间,我的牙齿因发炎引起钻心的疼痛,由于是在执勤途中,无医疗条件,只能靠着、忍受着,疼得连续两天两夜睡不着,吃不下,继而引起我头昏脑涨,时而迷糊,死一般的难受。此时我想到了死亡,但又在心中默念:一定要挺住,还有一群官兵在等着我呢。有人会说,不就是个牙疼吗? 有什么大惊小怪的。是的,在内地是平平常常的小事,但在这里,一个缺氧、严寒地带,一个无医、蛮荒地域,一个小小的感冒有可能引起肺气肿,一个小小的头疼、胸闷有可能造成窒息。这是一个随时会危及你生命的地方,一个小毛病可能会夺去一个人的生命。战友们给我采取了不少办法,有的给我捏耳朵,有的给我按摩头,有的说口含花椒能行,……所有办法试过了还是不行,只有忍受五天五夜车队返回到格尔木……

轻微的高原反应人人都会遇到,但怕就怕遇上严重的高原反应,如抢救不及时会致命的。一次,当车队行至西大滩的时候,突遇风沙弥漫,车队无法继续行进。这时有十名驾驶员出现了呕吐、头疼头晕等反应,其中有一名战士更为严重,他躺在地上,口吐白沫,不省人事,四肢不停地挣扎。这是我第一次看到高原反应如此厉害。怎么办?我的脑袋在飞速地急转着:这前不着村后不着店的,就是离最近的格尔木都有一百多公里。再说,我们车队承运的是重要的军用物资,不能随便动。

怎么办?只有把死马当活马医了,我对着这名战士大喊:"小陈儿,一定要挺住,挺住就活了,挺不住连个烈士也评不上!"这时,我只想先让他坚强起来。为抢时间医治,我安排人员抬起他,沿着公路往海拔低的方向走,同时一边不停地给他吸氧、按摩头、捏脚,一边盼着路经的地方车辆出现。那时青藏线上的地方车辆很少,不像内地公路上的车辆来来往往的。在昏暗的风沙中,战士们抬着小陈一步步地向前挪动了大约两公里时,隐约看到从对面驶来一台车,战士们迅速用急促的哨音示意对方停车。等车停下来才看清,这是可可西里自然保护区公安检查站的巡线车。当我们说明情况后,对方连连说:"什么都别说了,咱们是一家人,救命要紧,快上车! 你们是在执勤途中抽不出人,如信得过我们的话,就交给我们吧!"然后拉着我们的战士飞奔格尔木人民医院。经抢救,小陈得救了,但还是落下了腿脚不能自如的后遗症。

这时还有九名反应比较严重的战士,我急切地问道:"能不能坚持?!"看着我着急的样子,他们有气无力而又坚定地说道:"教导员,没办法,只能咬牙坚持了。再说车队缺这么多驾驶员,就完不成任务了,咱们赶快离开这风沙区,到前面能好些。"

战士们拿出背包带缠紧头,以减少疼痛;往太阳穴处擦点清凉油,凭着坚强的毅力,开上车缓缓地向前行进……

这就是我的战士,这就是青藏线官兵! 他们一次次挑战恶劣的自然,一次次地挑战了生命的极限。

镜头二:向艰苦延伸!

艰苦如叠加的群山一样沉重、压抑,又如江河源头的水一样汹涌澎湃。艰苦随时随处存在，切切实实，让人有说不清的滋味和难以表达的心情。艰苦是件可怕的东西，而驻守在这方热土的官兵们，并没有感到艰苦的可怕，艰苦反而造就了我们精神的富足、信念的执着和意志的坚强。

在常人看来，能在这里待住就是奉献，我们的官兵不仅待住了，而且经过长年艰苦卓绝的奋斗，坚持苦干不苦熬，苦中有作为，把艰苦延伸为进取，在雪域高原上创造出一个又一个人间奇迹，在中华人民共和国的西部版图上填补了一个又一个空白，先后完成了各种急难险重的任务。

艰苦对于我是心路历程的涅槃，是灵魂净化的高度。在青藏线上工作不吃苦就没戏唱，但要唱好这台戏，同样情况下要付出比内地更大的努力和代价。不管在什么岗位上，我都坚持一流标准，发散性思维，开拓性展开，高标准、严要求。

——在艰苦中拴心留人。在完成中心任务的同时，为让官兵立足艰苦环境，舒心工作，不断地营造着自然环境和文化氛围——在营院大力植树、种花种草；开垦荒地，建玻璃温室，种植蔬菜；经常开展喜闻乐见的歌咏比赛、知识竞赛、篮球赛等活动；还定期看望慰问来队的亲属，并组织他们与官兵进行互动同乐活动，使官兵走进营区有家的温馨，面对艰苦不感觉艰苦；同时，我以活生生的现实和事迹，不断感染、涤荡官兵那颗火热的心，把吃苦、奋斗的字符深深地注入官兵灵魂，让其从内心萌发乐于扎根高原奉献的种芽。

——在艰苦中苦干。我们总是在苦中扎根，在苦中立志，在苦中发奋。我担任指导员时，一次车队驻扎在沱沱河，夜间突然狂风大作，砂石打在车玻璃、车身上噼里啪啦地响，哨兵站不稳，篷布被撕开了口子吹得到处乱跑。保护军用物资要紧！于是，一场与暴风雪的战斗打响了！

全连官兵穿上皮大衣，手拉手、一个扶着一个地爬上车，为防被风吹走，把背包带捆于腰间，另一端绑在车架上，在黑暗中把一台台车的军用物资码齐、捆紧，紧接着就是找篷布、盖篷布了。由于篷布被吹得到处都是，有的已吹碎，有的吹得不见了踪影，再加上无灯光，很难找到。只有能找多少盖多少了。当盖好二十五台车的时候，天又突降大雪，还夹杂着指头肚般大的冰雹。还有六台车没盖，怎么办？物资不能淋雪，也不能被冰雹击打！

事情紧急，不容多想。这时，全连官兵脱下皮大衣盖在物资上面，为防大衣被风吹走，官兵们趴在大衣上紧紧地压住。为防止大家被冻僵，我不住地提示着："勤动动腿、动动手，防止冻坏！"我不停地喊着大家的名字，只要他答"到"，我便安慰。这样持续了约一个小时，风雪停了，天也亮了，我们的官兵成了雪人，有的被冰雹打得身上青一块紫一块的……

这样的事在青藏线上会经常遇到，对于我们是司空见惯的事情。曾有一位从内地来的人说："我真想不通，这么苦的地方，你们还干得兢兢业业的，一个月给我两万元我都不会来的。"是的，常人是无法理解的，而只有我们知道，是军人这个身份赋予了我们责任。同样，我们付出的是责任，赢得的是苦中的历练。时间是个奇怪的东西，现在想起来，以前吃的苦不见了，变成了财富，经历变成了经验，总感到充实与富足。

我常想，庭院里是跑不出千里马的，不管干什么事，要想有价值、有成效，必须首先上好艰苦磨炼这一课。我常以一种难以言表的心情，审视着这群在一方艰苦环境里默默奋斗的官兵：他们苦而不喊苦，有泪而不轻弹，有冤而不叫屈；他们舍弃私心杂念，承载着各种压力，抛家弃舍，默默驻守；他们在嬉笑、玩闹的年龄，已经开始学着用稚嫩的肩膀挑起责任的担子，用炙热的青春诠释奉献的真谛，用激情描绘着军旅路上无悔的一笔……忽然间，我发现，他们或许足够平凡，但，他们不需要感天动地，惊心动魄，只要在不起眼的细小工作中，默默实现着军人的那份忠诚与担当，就足以显示一颗小小"螺丝钉"的那种平凡而又伟大。

——在艰苦中创新、作为。"吃苦吃出点道道才算真本事。"这是青藏线官兵常常挂在嘴边的话。在我当指导员时,连队有个战士叫吴连国,贵州人,做人、干事有着贵州人的厚道和韧劲。他家境贫寒,一九八一年十月带着父母的嘱托,带着穷小子的执着来到部队。那时义务兵役期是三年,如三年满了,没有转上志愿兵或提干的话,就得复员回家。为了心中的希望,能够更长时间地留在部队工作,他总是在各方面挑战自己。但由于名额有限,三年时间已满了也没转上志愿兵。与他一起来部队的同乡,有的复员了,有的转上了志愿兵,可以拿工资了。也有人好心劝他:"人不能在一棵树上吊死,会开车技术,人又不笨,到哪找不到事干? 再说这地方的环境这么差,就是转个志愿兵,一个月拿那点钱又有什么用!"吴联国可不听劝,他就是一头犟驴!他硬是超期服役两年。那时因为我们的任务特殊,干得优秀的战士是可以超期服役的,吴联国当了五年的义务兵才转上志愿兵,也就是说五年的时间基本无收入,在当时义务兵的津贴费一个月才有几元钱。就是这收入他都省下来寄给大山里的父母。就是他,在后来成了我们连队的技术标兵。

因为他的兵龄比我长,年龄比我大,我习惯尊称他老吴。虽然他三十五岁,但看起来比我老成得多。一天,他走进我的办公室说:"指导员,我一直有个想法,能否在全连进行一次驾驶、维修技能培训?"我问为什么,他显得心情有些沉重地说:"我是穷孩子出身,看到我们连队这么浪费实在让人心痛。"我不解地问:"浪费在哪里?"老吴摆起了事实:"每次车队回场保养,换下的机油就这样一桶桶地倒掉了,我们完全可以回收再利用;拆换下来的零件,有的完全可以修复再利用,可都把它当成报废品了,我们每次回场保养一次,这个浪费的数字加起来可不小啊!"我听到老吴的分析,有些坐不住了,有些吃惊了。是呀,国家的财产不能这样白白地浪费掉。我有些急了,说:"怎么办?"老吴继续分析说:"造成浪费有几个原因。一是驾驶技术不过关。有的人把方向盘可以,一把方向,一脚制动,车开得挺溜,但不懂车辆性能,操作起来无深浅,一举一动心无数,造成车辆寿命降低。二是不懂维修、保养技术造成的。有的人在保养车的时候,强扳硬拉,好好的零件被弄成了废品。"

我们采纳了老吴的建议,让他代理技术副连长,负责全连的驾驶、维修保养技术的培训、指导,一场技术革新的战斗在全连打响了:人人争当红旗车驾驶员,节约标兵……

采取了老吴的建议后,连队的面貌焕然一新,全连每年节油节材三十余万元,老吴年年被评为红旗车标兵。

我曾问老吴:"你怎么有这么好的技术?"他讲起了自己的故事。

他说有一次回家探亲,听到地方上的一位汽车公司的老总说过一句话:"现在要找一个会开会修,能独当一面的驾驶员太难了。"老总的话引起了老吴的深深思考。是呀,如只会开个车,就很难独立完成任务。青藏高原环境这么艰苦,如只勉强干点本职工作,那就苦没少受可成绩不多,与其这样,还不如在艰苦中做出点成绩……

于是,他向自己发起了挑战,向高处攀登。

他坚持理论与实践同行,经常拿着《汽车构造与保养》等书籍,待在车库里与汽车对话,认真对正、揣摩每一个零部件。别人休息的时候,正是他学习的时间。他经常满身油污地待在车底下啃着干硬的馒头。他每次休假都会到当地汽车修理厂学习技术……

在他的感染下,部队出现了争先创优的生动局面,千千万万个吴联国正在艰苦的环境下,在各自的岗位上积极地创造着。

在拉萨某营,有个战士叫黄刚桥,湖北人,是一个敢于吃苦作为的人。在艰巨的工作任务中,在艰苦的生活条件下,一直坚持闷头苦学、勤练,向文学创作进军。由于他的好学,成了军队一级作家王宗仁的学生,他不断地向老师学,向奋斗在艰苦一线的战友学,逐渐成为小有名气的"小能人"。

他，一九九八年十二月参军进藏，入伍十二年来，已在《解放军报》《后勤文艺》《西藏日报》《新课程报》等报刊发表小说、报告文学、诗歌、散文二百余篇。出版散文集《在雪域阳光里》《心路拉萨》。参与编写报告文学集《忠诚铸辉煌》、长篇报告文学《血脉之旅》。曾获得第九届、第十届军事文学奖，全国首届"青春杯"青年文学奖、全国首届"春花杯"文学征文比赛三等奖。2005～2007年连续三年被部队表彰为自学成才先进个人……

我们立足艰苦舞台，适应着新时代要求，着力在提升自身素质，提高部队正规化和战斗力上积极探索研究、攻关，涌现出了许多有名的作家，科技能手，行家里手。我们的奋斗总是与时代同步，把青藏线逐步建成了集运输、能源、信息于一体的立体保障大通道，官兵已住上了功能、设施齐备的现代住房，吃上了八菜一汤的伙食标准，各行各业出现了信息化、机械化、智能化于一体的作业与保障功能。部队从点到面，从单兵到整体，从具体到全面建设，都达到了规范有序的正规化建设高水平，部队士气高昂，精神振奋……

2009年2月，著名影视演员孙海英、著名舞蹈家李俊琛、王勉之、李嘉以及中央电视台第七套军事栏目主持人袁兵等老师，从北京奔赴青藏线采风，他们热情激动地握着我的手感慨道："真是没想到，你们竟凭自己拼搏的热血青春，把荒凉的高地打造得如此火热、深厚……"

千千万万的青藏线将士，以豪情，以坚韧，以奋斗编织了格桑花般美丽的愿景，展现了格桑花般的芬芳。

——格桑花是军民共建的文明之花，也是共建中的向往与追求

20世纪50年代初，慕生忠将军率领筑路大军挺进柴达木腹地格尔木的那一刻起，青藏地区的军民就鱼水般融入一体，沿线数十万军民同呼吸、共命运、心连心，携手浇灌这朵闻名全国的军民共建之花，用真情铺就青藏各族人民奔小康的"幸福金线"。青藏线被沿线广大群众亲切地称为民族团结的连心线，经济发展的保障线，国防建设的生命线，青藏人民的幸福线。它为西南边防巩固和青海西藏两省区的经济发展、社会稳定谱写了一曲曲雄浑壮丽的乐章。

军民共建文明青藏线春潮涌动，四千里民族团结之花争相绽放。

自从执行第一趟进藏运输任务开始，我和我们的爱民帮扶活动就向远处、广处、深处拓展开来。

记得，我执行第一趟运输任务时，车队行进到安多至黑河之间。停车休息的时候，一群藏族的大人、小孩围了上来。他们的手里拿着虫草、雪莲等物品，一个劲儿地用各种手势比划着，意思是用它们换胶鞋、香烟……虽然语言不通，但能看得出他们的天真、质朴。其中有几岁到十几岁不等的男孩、女孩，当我配合着手势勉强地与他们交流的时候，也许是由于不通汉语的原因，他们没有答应，只是满脸稚气地一个劲儿笑。这里面有一个叫卓玛的姑娘格外引人注意。她七八岁的年龄，玉立般的身材显得高挑，立体的脸庞显得美感，柳叶眉下那双大眼睛显得精神，一身的藏族服饰衬托得格外朴实。我不由得惊叹道："这不正是一朵美丽的格桑花吗？"

于是，我不觉走近了她，关切地问道："你多大了？上学了吗？会说汉话吗？"她可能听不懂，只是两眼呆呆地看着我。我又一边在手上写着字，一边做着手势与她示意。"我教你写字好不好？我叫解放军。"小女孩似乎明白了什么，一个劲儿地使劲点头。从此，我们车队每次惯例性地在那休息的时候，卓玛和她的一帮小朋友和一群大人，总是雷打不动地等候在那里。我和我的战友坚持每上线一趟教一个字，逐渐教会了"毛主席万岁，中国共产党万岁，解放军好……"青藏高原上的群众认识共产党，首先是从认识解放军开始的。

后来，随着我职务的不断晋升，我爱民服务的方式方法也在不断地延伸。我们在每个牧区设立了共建点，开设了汉语和文化辅导班；开展了"每个官兵一对一帮扶一个学生，每个连队共建帮扶一所学校、一个村庄"活动；开展了为牧区捐一本书、捐一件衣服、捐一分钱等活动；制订了军民共建计划，制作了《在牧区工作禁忌》《尊重少数民族风俗习惯》等卡片，人手一册，认真执行；还与沿线的公路道班及其他单位建立了共建单位。

——我们总是坚持在沟通中共建。有一件事我始终忘记不了。那时，我们部队每年春季种菜、种花草需要肥料。当车队从拉萨下行至当雄的时候，利用晚上的时间，我带领十辆五十铃牌车进牧区拉羊粪。草原上没路，我们就摸着平坦的硬地向草原深处寻找，在黑暗中我们绕着草原转了大半天，最终在离公路约六十多里的地方，发现了一个村庄。村庄大约有二十几户人家，家家都是用土、石头或牛粪摞成约一米左右高的简陋围墙。我们把车径直开到了一个圈养了一群羊的院子边上，院子里住着一对大约四十几岁的藏族夫妇，通过交流得知，这是一个离公路很远，几乎与外界不交流的藏族村子。见到我们这些陌生人突然造访，夫妇俩显得神情紧张，有些提防意识。

这时，为防止引起他们的恐慌，我用谦和的声调说："不要害怕，我们是来拉羊粪的。"他们根本听不懂，我灵机一动，随手抓起一把干羊粪，一只手拿出五十元钱，指着车大箱说："我们用五十元钱换一车羊粪。"我又拿起铁锹示意，让他们喊人帮忙装车，夫妇两人好像明白了什么似的向村里跑去。

不多一会儿工夫，一群由大人、小孩组成的队伍，手里拿着各种工具，吵吵嚷嚷地向这边涌来。伴随着杂乱的喊叫声，噪音像洪水声一般喧嚣，到处充满了尘土和羊膻味。这时，我们不停地安抚着，解释着，示意着让大家装车。等大家似乎明白的时候，便一阵风似的往车上爬，往车底下钻。有用双手捧的，有用简易工具铲的,有用容器端的,小孩子们则上蹿下跳。不管我们怎么喊着要注意安全,都没有任何作用,场面混乱,几乎是失控。

我们利用车灯照明装车,一直装到凌晨一点多,十台车才装满。等车装完后,我让战士们招呼老乡们离开车辆结账。只见他们不但没有离开的意思,在车上纹丝不动,还有些人手里拿着各种类似装水的容器,趴在车底下拧油箱盖。这时我才明白,他们是想要油,钱对于他们不起作用。这可怎么办,如把油放完了,我们就无法离开。这是一个落后封闭的村子,必须寻找办法加强沟通。否则,不仅走不了,还会引发矛盾纠纷。

这种情况要求我们必须要冷静,必须拿出军人和共产党人的形象和素质来。但,怎么沟通?用什么方法?语言不通,听不懂、说不明;四处无灯光,看不清、路不明。这时,我挖空心思地搜寻着在记忆里储藏的那些半生不熟的藏语词汇。突然一下,好像发现了新大陆一样,随口喊了出来:"奔不拉! 奔不拉! 奔不拉……"(奔不拉,在藏语里是当官的、好干部的意思)别的词汇我是想不起来了,只有这句勉强能说得出,但也不知发音对不对。不管怎样,这时相信只有这一句才是打开沟通的金钥匙了。没办法,我只能试探着用类似的不同的发音,连续大声地喊着这一句话,看看大家能否听得懂。如果发音不对,或者由于地区不同有着不同的藏语言,那就难办了。正在焦虑之时,站在我跟前的一个约有二十几岁的人似乎听明白些什么,急转身一个劲儿地向村中跑去。

大约过了有二十几分钟时间,那个二十几岁的人和一个约五十几岁的人赶来了。只见五十几岁的人穿一身藏袍,腰间挂一柄长把藏刀,个子高高的,身形彪悍。我猜想,他可能是村主任或者是长者、管事的。于是,我走上前与他打招呼,他似乎能听懂一些汉话。我一字一句地不断向他解释。但他没有说话,只是用手示意让我跟他走。

我对战士们交代好注意事项后,就在黑暗中,深一脚浅一脚地走到了他家里。他家的院子很大，里屋点着酥油灯，显得还算明亮，烧着牛粪炉子，也挺暖和的，墙上挂着一张发旧的毛主席像。我心中一亮，油然生出一丝亲切感。不觉走到毛主席像面前，行了一个军礼，然后，一边指着画像，一边急切地对村主任说："我们是毛主席的部队！"我没有想到，此时的村主任非常地激动，脸色显得温和起来，用不熟的汉语连续地吼道："他……你认识？"我点了点头，一边用手扯起自己的军装，一边指着毛主席像："我们就是毛主席的部队！是金珠玛米！"这时村主任一把抱住了我，我看得出，他这是激动、热情、真挚情感的流露。他说："一家人！一家人！"在断断续续的交流中我得知，是毛主席让他们翻身过上了自由生活，因此对毛主席像神一样崇拜着，藏族基本家家户户悬挂毛主席像。

此村子因地处偏远，与外界基本无交流，村民不懂汉语，有的还不知现在处于什么年代了。此时我感到，作为一个常年在青藏线上执勤的军人，就有守土一方，文明一方的责任。于是，我与村主任约定了共建帮扶计划。我们车队离开时，已是凌晨五点了，村主任带上哈达，以藏族高贵的礼节为我们送行。

此后，我们经常带着衣服、书、大米、面粉等来到这里，帮他们学汉字，教他们包水饺、炒菜以及汉族文化，他们教我们藏语和藏族文化、礼节。现在我们已是不分你我的一家人了，时时处处充满着热情、真诚……

——我们总是在执行任务的同时，播撒着文明，充当着"流动的环保使者"。世界上，似乎再没有哪条公路像青藏公路一样，所穿越的地方环境如此复杂多变，生态如此脆弱不堪，山系如此繁多高寒。青藏公路沿线是野生动物的天堂，这里生息繁衍着无数珍贵的野生动物，有敢与汽车赛跑的野驴，有远远相望的藏羚羊，有精灵般飞越长空的仙鹤……为了保护这些野生动物，保持它们的家园永久的宁静与安乐，与人类和自然和谐相处，我们与沿线公路道班签订《共同保护野生动物资源协议书》，配合可可西里自然保护区公安检查站,联防联治,打击震慑了盗猎破坏活动。我们就像保护自己的眼睛一样,珍视着生命,爱护着生命,每次遇到动物过马路时,车队便远远地停车,让其走过后再行进。每次遇到受伤的动物及时送往动物保护站。每次行车途中产生的废弃物不准随意丢弃,要携带到终点放到垃圾收集点。

　　一次,我们在行车中发现车队前方有一只被地方车轧伤的小羚羊。车队立即停下,发现小羚羊的两腿已不能站立,像小孩子一样的眼神里显出求救和痛苦的样子,两腿只是使劲地蹬着,就是爬不起来。战士们把它抬上车,拉往部队卫生队,卫生队的同志如同保护自己的生命一样,日夜守护治疗。经过两个多月的抢救,小羚羊活蹦乱跳了,我们又把它拉回到它受伤的地方,让它回归自然。这事本来就这样过去了,但没有想到的是,在我们第二趟上线执勤的时候,时间已过去了十天,当我们行至放归小羚羊的地方,那只小羚羊在远处注目着我们。我们停下车,战友们激动地一齐喊道:"回家吧——"此时我心里感叹:小羚羊,你回家吧,现在你的家已经安全了,和你的妈妈在一起快乐地生活吧;难道你感怀我们对你的救命之恩,怀有眷恋之情吗? 如果是这样的话,那就让我们在这里相见吧。小羚羊好像听懂了,缓缓离去。后来,我们在上线执勤的几趟中,总会看到小羚羊和一只大羚羊在远方注目着我们的车队,我们也总是像看到亲人一样与它打招呼。对此事,我常常想:动物也有灵性,只要你好好待它,它也会尊重你……

　　同样的爱心,同样的行动,在广大官兵中一直延伸。

　　我们对动物是这样,对植物也视为生命,经常植草皮,种花、种树,与拉萨有关单位种下了共建林,与沿途群众建了共建草场。在缺少绿色的高原,树是一种精神的守望。藏北高原上的某营,地处海拔四千八百米,营房刚刚建成时,除了雪山下长着一点青草外,没有一棵树,官兵们做起了把树种活在高原的梦。

　　战友们分析研究着什么树适合生活在高寒缺氧的地方,最后确定在了适应性强的树种——杨树。先从拉萨引苗试种，结果一个月后十棵杨树苗全部枯干，第一次引种失败。接着又引种十棵，总结第一次教训，把十棵苗分成五组，每两棵一组，分别采取五种方法：两棵不加任何措施；两棵盖上一层薄膜；两棵盖两层薄膜；两棵种在风口上盖三层薄膜；两棵种在向阳避风的地方。官兵们珍爱地伺候着它，每天细心地浇灌着、守护着，只盼其赶快生根发芽。可二十多天过去了，树不但没发芽，反而从上到下地干枯了，这时已过了植树的最佳季节，官兵们分析着种不活的原因，以备来年继续引种。

第二年六月份的一天，在清理卫生的时候，有一名战士像发现了重大喜讯一样，激动地奔走相告。"发芽了！发芽了！"官兵们呼啦啦地跑到干枯的小树跟前，只见在朝阳处的一棵小树的底部冒出两个嫩芽，粗粗壮壮的两棵嫩白的芽！战士们欣喜若狂，宛如一个新生命突然降临到了雪域高原一样，蹲在一块儿，簇拥在一起欣赏着它，并不断地呐喊着："树啊，你很争气！你活了，我们胜利了！"这棵树现在已有两米高，拳头般粗了，战士们亲切地称它为"雪域高原第一树"。

——我们总是在互帮、互访中促进文明花健康成长。我们始终牢记全心全意为人民服务的宗旨，以振兴青藏两省区经济，加快少数民族地区经济发展为己任，叫响了"驻地振兴我荣，人民富裕我高兴"的口号。我们与各共建点和沿途群众制定了定期走访、联席会议制度，经常分析共建措施，找出不足和原因，探出新思路。每当地方群众遇到大雪封山等困难时，我们总是在第一时间出车、出人、出物地参加救援。每当沿途群众遇有疫情，总是第一时间派出医疗队救治。特别是党中央、国务院做出实施西部大开发的战略决策后，我团党委和广大官兵积极响应，坚持完成中心任务与西部大开发并举，与沿线村干部一起研究治愚、致富办法；宣传法律知识，传授种植养殖技术；让适龄儿童走进学校，让一个个儿童有地方学，有人教；联系劳务输出，使一个个村庄正了风气，好了治安，富了群众。

共建文明之花开在了广大干部战士的心中，同时开在了沿线各族群众的心中。我们的车队每到一地，总有一群群、一队队的藏族群众等候在那里，亲切地递上一杯杯热水、酥油茶，热情地献上一条条吉祥的哈达、一支支欢快奔放的舞蹈和歌声；我们每到一处，总会受到群众们那热情洋溢的问候与祝福；我们在执勤途中每遇困难的时候，沿途群众总会从四面八方赶来，设法相帮、舍命相救；每遇节日的时候，军地军民共同联欢、相互走访、互相问候、勉励……

在共建活动中，广大官兵以无限的深情，无声的大爱，无私的奉献，把爱民的种子撒遍青藏线的角角落落，在雪山，在冰川，在戈壁，在荒原……孕育发芽，开花结果，像格桑花迎风屹立，傲寒绽放。

我行走的脚步

　　我从出生到长大，从上学到参军，从普通战士成长为一名正团职领导干部，这是我行走的路程。正因为不断地行走，才有了人生纵向的经历、横向的丰富阅历。有时我想，我行走的一路，实际上是我的心路历程。自从懂事起，我就在不断地学、思、感、悟，不断地追逐着希望。是心所系，才使我的脚步不停地、坚强地向前行走，并走得更长、更远……

　　1968年5月我出生于山东省平度市一个偏远的小村庄里，村庄的名字叫北坡子。据传，我家祖上是在明朝年间由四川迁徙而来。太远的我不知道，在我以上三代略知一二。我没见过太爷，听说是靠要饭为生，太奶奶早年离世，其女儿就是我的老姑，嫁人后在婆家以要饭为生。我还有一个老姑十七八岁就嫁给了一个五十几岁的老头。我的爷爷是在我八岁的时候去世的，听说他当时在青岛做生意，赚了些钱，回家置办了一块场地，盖起了四间草坯房，给全家搭了一个安乐的窝。后来，因得病赋闲在家，日子过得清贫。小的时候，父亲总是提起祖上的事，我看到父亲每次提起家族史的时候，脸上总挂着无奈与惆怅。当时，我年龄小不懂事，总是把父亲讲的话当故事听，没在意什么。后来，我渐渐觉得家族史是我心里的潜影，成了我的一种责任，在幼小的心灵上萌生了改变家族面貌的种芽。

　　我家祖上连续三代，都是男孩单传。我的出生，给全家带来了喜悦，是带来可以传宗接代的希望，是带来能改变家庭命运的希望，这是当时全家的期盼。大人们总是抱着我到处算命，说孩子有贵人扶持,长大了不吃家里饭……

我从记事起,家里一直很穷。一穷二苦三无奈,是当时人们面对的三大现实,也是我们家的现实。我们家人口多,劳动力少。父亲姊妹四个,大姑、二姑、三姑后来陆续嫁人。父母又连续生了我们姊妹五个。这给本来不富裕的家庭又增添了几张吃饭的嘴。我们穿的基本上是破衣烂衫的,只有过年的时候才会穿一件新衣服,平时都是凑合着穿。到了冬天,穿着碎成半截袖子的破棉袄,冻得鼻涕直流,再用破袖子不住地抹。我的手指每年被冻得露出红肉、烂到骨头。那时候穿衣服都是补了又补,没有舍得扔掉的。朱德在写他的母亲时说,一双袜子,新三年,旧三年,缝缝补补又三年。我们家就是这样,并且还得姊妹几个倒换着穿。记得我很小的时候,爷爷在路边捡了一件碎了洞的大人穿的棉布衣服,给了我。我穿着这件大衣服,能盖到后脚跟,一直穿到上初中。

在吃饭上,我们家不算最穷的,能吃上饭,但吃不好。那时的主要吃食是地瓜的系列产品:地瓜干、地瓜面、地瓜粥……还有玉米的系列产品:玉米饼子、玉米稀饭、玉米窝窝头……还有野菜的掺和,基本见不到肉和炒菜,咸菜是常客,偶尔母亲在做饭之余,用草炭烧制些小干鱼。白面馒头就更稀罕了,一年到头基本见不到。相比之下,我家这样的生活还比村里有些人家好得多,记得那年月,有的二十几岁的小伙子、大姑娘,穿戴破衣烂衫、衣不蔽体,我们一帮小孩总是跟在他们后面嬉嬉闹闹,并戏称他们为电影里的"革命者"。每到冬季的时候,总有成群结队的逃荒人从遥远的外地来到这里,聚住在我们村外的一间小破屋里,四处乞讨。

那时候特别盼望过年,因过年能穿上件新衣服,能吃点好东西。记得那时离过年还有两三个月的时候,在心里就盘算开了,打算着过年的味道。我家过年的时候,每人分一条油煎的小鱼,表明你吃过鱼了;每人发一块小肥肉片,往嘴上一粘,表明你吃过肉了;每人发一块发了霉的小馒头,表明你吃上过年的馒头了。就是发霉的馒头也不是随便能吃得到的,只有过年的时候才能见到,它是有故事的。每年小麦成熟的时候,奶奶就把数量不多的小麦磨成面粉,然后蒸上一锅馒头,再把馒头封存在大缸里,平时不能动,以备过年吃,所以等到春节的时候早就发霉了。按现在讲营养、讲卫生、讲养生的观点,发霉的东西是会致病的,可那时的人们没这个观念,那时也容不得矫情,只要饿不着就已不错了。我常想,处于不同时代、不同环境的人的想法有所不同——不同的时代有着不同的环境,不同的环境有时能塑造一个人、一个时代不同的思维趋向,也能造就一个人、一群人和一个时代的想法。我也常常感到,一个人在看待事情、想问题的时候,如果能把过去、现在和将来三个时间结合起来思考,穿插起来辩证,想法会更现实、会更成熟、会更长远,会有更科学的世界观、人生观、价值观。

奶奶都是这样,把平时勒紧裤腰带节省下来的粮食,封存在大缸里,以备过年的时候能吃上一顿较丰盛的年夜饭,也为青黄不接、闹灾荒做备粮。我们家的日子就是这样过的,“能吃上饭”就是这样吃出来的。奶奶这样精打细算地过日子,避免了一家人的逃荒要饭。村里人总是开玩笑地说:“真神了,他家的粮食越吃越多。”

在那个贫穷落后的年代,人们过日子、办事情总是靠天看命碰运气,这也许是无奈吧。尤其是生病的时候,因无钱上医院治疗,只能看命大小,死扛硬撑。我的大妹妹因缺乏营养患有软骨病,走路不顺溜,硬是拖得好转些;我的小妹妹患有较严重的嗓部发炎,硬是扛好了;我的奶奶患有痢疾,硬是撑得没了命。我七八岁的时候,有一天夜间突然肚子疼得厉害,在地上直打滚。父母用土办法给我按肚子,喝姜汤……结果根本无济于事,就这样任其疼痛到天亮,自然神奇般地好了!那时村里的大人们有一句无奈的习惯语:“唉,人不死,都是靠命折腾出来的。”

在吃饭上,我比较挑食,有着与当时环境不协调的习性。我不吃冷饭,不吃肥肉,不吃用韭菜作馅料的东西,每顿饭要有玉米面稀饭。那时的柴草很紧张,家家缺柴火,到了天热的时候,为节省烧草就不生火吃凉的,有的把饭放在太阳底下晒晒就吃了。可我不行,一听说没做饭,或者做饭没有稀饭就要哭闹一场。

1975 年我入本村小学读书。虽然说是上学了,但在我的印象里,二年级以前,包括上学之前的时间里,不算是真正的上学,是在玩儿闹中度过的。那时在农村没有幼儿园这般文明的称呼,就是大忙季节的时候,为抽出大人参加劳动,村里派出一个人照看一段时间的孩子,这也称得上幼儿队吧。在那里就是玩的天堂,我总是被大一点的孩子在头上扎上几个小辫子,被追赶着,我又返身追赶别的小孩,磕到了,爬起来再跑,也不哭不闹。我们当时被集中在一间小破房子里,墙壁上到处是蛇洞、老鼠窝,常常吓得小孩子们嗷嗷地哭叫。我的一年级、二年级都是在这里度过的。那时并不知道学,就知道玩。我是带着弟弟一块上学的,我坐大一点的小木凳,他坐小一点的凳子靠在我边上。一到放学,我们两人各自扛着小凳子,我把书胡乱地塞进布兜里,挂在脖子上,一前一后地向家跑去。刚到家门口,爷爷就笑开了口:“又考了个鸡蛋?等到过年可有鸡蛋吃了。”

我小的时候不太说话,算是个老实听话的孩子,对大人说的话,我都会认真听,对大人安排的事,都会认真细致地完成。我的性格不太鲜明,比较适中,稍有内向,有时动起来能活跃得不安分,有时候静下来像个小女孩一样安静,我有些多愁善感的成分,对任何事都好奇,对事情总想打破砂锅问到底,在心情上总会朦胧一些东西,想抒发、想感叹。

在上学前后,我的主要课程就是玩。我也很皮实,那时的孩子不管老实的不老实的,都有一个共同的特性:顽皮。

玉米地里,杨树林里,河里,井里,土里,树上……都有我追逐打闹的身影;弹弓,泥巴,火柴枪,陀螺,火药,烟花……都是我自做自玩的把戏；学电影抓敌特，学着电影演电影，扮着怪脸怪腔逗乐……都是我的杰作；跑到地里偷瓜摸枣，烧花生、烧豆子……都是我经常扮演的角色。

那时就是皮。一年四季喝凉水，那时大人们也是这样，没有喝热水的习惯。到了冬天，把水缸表层的冰砸开，用瓢舀着喝，从不怕凉，也没有过肚子疼、拉肚子；头疼脑热，小病小灾，从没把它当回事。

我在上学之前，夏天的时候基本上是光着屁股蛋子，很少穿衣服，也很少穿鞋子，有时扎脚了，把针刺拔出来用小嘴吹吹就好了。头被打破了，身上划破了，往上按一把土就好了。我一天到头不着家，到处疯；经常打打闹闹，跑东窜西的。大人们常说，"这帮孩子整天没皮没毛的，活像一群孙猴子"。

对童年的留念，大多是对儿时情景的留恋，对故乡的思念，实际上就是对儿时时光的想念。我的童年生活很丰富，也很有意义。虽然不像城市孩子那样，看的玩的是些高雅的东西，但我们玩的是现实的，是泥土味的，是身临其境的，是有实际的磨炼意义的。在后来我常想，儿时的玩耍对萌生基本素质是很重要的一课，是学校里教不来的，儿时是基本素质形成的关键期，人们常说三十而立，我觉得一个人的天分高低、悟性大小都是三岁左右而立。我儿时的玩耍，在无意中种植了"安身立命"基本素质的种子，对我后来的工作造就了不竭的源泉。我常对女儿说，要多磨炼自己，我从不娇惯、溺爱，总是让她独立完成一些事情。

我们那时的玩耍是变着花样的，白天黑夜的。那时不像现在，一些大人把孩子当宠物，舍不得离开半步；吃的喝的样样俱全，应有尽有，生怕营养不全。那时我的父母，只要是不违背他们大人做人做事的原则，完成好他们安排的事情，你就是玩到天上也不会管。你要什么，没门！也没条件，父母就一句话："大人还没吃呢，你就想吃？真是不懂事，要吃等长大了自己挣去！"

　　我玩在了四季里。那时的孩子不恋家，一有空就往外跑，无论是酷暑寒冬，还是下雨飞雪刮风，都不愿待在家里，成群结队地找乐子——

　　在春天里，大地开始返青吐绿，我和小伙伴们也像刚出飞的小鸟，在广阔的田野里你追我赶，跑得不亦乐乎；或折下正扬花的柳枝，拧出皮做口哨吹，并用柳条编织成帽子戴在头顶上；或从河沟、小路边采来五颜六色的野花，摘下一瓣瓣花朵，然后仰头抛向空中，沐浴在花的海洋里；或爬上树，捋榆钱儿、槐花，咀嚼出美滋滋的春的味道。

　　在夏天里，赤着脚挑战被太阳烤得发烫的土层，虽烫得龇牙咧嘴，但也觉得美在心中；在雨水中，光着屁股跑来跑去，或躺在泥水中打砰砰，或使劲儿一跺脚，让飞起的泥水溅到小伙伴，或用泥巴涂遍全身，在泥水中奔跑；一场大雨过后，用泥巴做出小鸟、狗、鸭等各种小动物，晾晒在屋墙边上。或用泥巴做成碗，然后往平地上、墙上猛摔，听响。

　　在秋天里，是庄稼成熟的季节，也是小孩子们找吃食的季节。那时候，地里有什么，就能吃到什么。在果园里，玉米地里……都是我们闹玩、偷吃的场所。记得距离我们村不远处，有一片瓜园，里面种着黄瓜、西瓜等多种瓜果，我们几个小孩学着电影里的镜头，头顶柳枝编的帽子，蹲在瓜园边上的一片玉米地里侦察情况。之后，利用夜色爬进瓜园，胡乱地摘了一些就跑到玉米地里享受美餐，各人吃着各自的战利品，一边吃一边嚷着："我的好吃。""你的不好吃！"其中一个小孩，吃了半天才感味道不对，原来是个西葫芦！我们觉得不过瘾，于是第二天又开始行动了。我们先悄悄潜伏到看瓜屋子墙角处，侧耳听里面有没有动静，又从门缝里看到看瓜老头儿正在睡觉，于是一个小孩装着大模大样地推门进去，对着正睡得迷迷瞪瞪的老头儿说："爷爷，饭做好了，我替你看着，你回家吃饭吧。"老头儿揉着眼睛没有在意地走了出去，等他刚进家门看见小孙子时才感上当了,于是急忙返身向瓜园跑去,一边吆喝着:"小兔崽子……"这时,我们早已拿着战利品在玉米地里美餐了。等我们都长大了,才知道这不是美事。但它给了我很深的儿时记忆。

在冬天里,我们玩雪,玩冰,玩寒气,常常用木竿戳下屋檐上一条条的冰溜子,嘎嘣嘎嘣地咬着吃,虽冻得瑟瑟发抖,但吃得蛮有滋味……

我在童趣里玩,玩在童趣里,玩在少儿时,玩出了土香情。

——我玩得演上了小八路军

那时候的大孩小孩,还有大人,都能融在一块儿,合在一起,成群结队、一帮一派的。我们经常学着电影里的镜头,头上戴上用树枝编成的帽子,身上绑上树枝,作为掩蔽物,学着匍匐爬行的样子,在树林里窜来跑去地抓特务。有时在玉米地里,小一点的孩子到处捡石子当子弹,接力式的运给大一点的孩子,大孩子当射击手,向邻村的小孩开炮,在玉米地里来回穿梭,有时打得很激烈,有时打得头破血流,有股不把敌人打败誓不罢休的劲头。如果有小孩跑不动了,另一个小孩会立刻拖起他:"快跑!不能当叛徒,马上就胜利了!"直到把对方的小孩打得四处逃窜,有时要追到家门口,还真有点实战的味道。到了晚上就彻夜奋战,南街与北街的小孩开火了……这对后来我在部队演习中有了许多借鉴和想象空间。

——我玩到树上下不来了

有一次,我自当队长,带领一帮小孩与另一帮小孩玩打仗。由于对方人多,我们寡不敌众,被追得四处逃窜。身后的小孩紧追不放,我无处躲藏,就迅速地爬上了迎面的一棵大树。我采取向下抛树枝、撒尿、吐唾沫等方式干扰追赶的小孩不要爬上来,下面的小孩想着法子往上扔石头,摇动树干,见无动于衷,就索性地离开了。

这时我才发现,我是站在树最顶端的一块枯枝上,随风一吹有些晃动，离地面有十几米高。"我的娘啊！"嘴里不敢大声喊，生怕声音大了震动了树枝，这一旦摔下去，可就没命了！再往下看看，半米之内没有脚蹬的地方，天哪，我是怎么上来的呀！这时四处无人，只能靠自己！我鼓足勇气，迅速地扑向下层的有半米距离的一块粗壮的树枝，我实实地抱紧了粗树枝，被撞得头昏眼花。

我稍清醒了一会儿，往下一看，一层层的树枝比较紧凑，就可以踩着一层层地往下走了。等下到最后一层树枝的时候，就只剩下光杆粗糙的树干了，有四五米高。怎么办？跳下去？太高！顺着下？脚难以蹬住，手也没劲了！没办法，只有豁出去了！于是，把脚挂在树枝上，头朝下，闭上眼睛，用上全身力气，迅速扑向树干，两支胳膊紧紧地抱住树，然后稍一松，哧溜一下滑到了地面。等下了树后，我的手被磨破了皮，肚皮上被划得鲜血直流。此时，我自当医生，把一种能止血的野菜用手捏碎，把汁涂在伤处，然后又在上面撒上一把土，嘴里一边说着"好了，好了"，一边向远处跑去……

这是我有生第一次爬到的高度，也是第一次知道了高度的深浅。

——我玩到井里去了

我们那时候在外面玩，如果口渴了，从不跑回家喝水，而是就地取材，到井里喝水。有时用两脚蹬住井的两壁，下到井的水面处，用手捧一点喝，这是很危险的。井是圆的，直径有半米，用砖砌成，砖与砖之间的缝隙很小，很难蹬住它。井壁又湿滑，如两腿没劲了，一旦抖动就摔下去了。

我们还有个办法，就是用高粱宽大的叶子，编织出一个桶，再绑上长长的高粱秆，从井里取水。我们在取水之前先做个判断，看看水能不能喝，那时也不知从哪来的经验，就是往井下吐口唾沫，如唾沫化开了，说明水能喝，如没化开，说明水脏不能喝。

那时候雨水大，等雨过后，井水是满的，与地面平齐。不下雨的时候,井的水面离地面有两三米、三四米的深度。有一次,我们几个小孩在地里拔野菜,累了渴了的时候,我们就找井喝水,发现一眼井的水面离地面只有半米深。我们不管三七二十一,采取了简单的办法,就是几个小孩使劲地拽着另一个小孩的腿,那个小孩就把头倒立在井里喝水,这样一个个地轮流喝,最后轮到我了。当我刚刚倒立下去后,有个小伙伴喊没劲儿了,他着急地喊着:"你快点,我没劲儿了,没劲儿了!"这时我一慌,一头扎了下去。在水中,是蒙的,只是凭着本能一个劲儿地抓拿着,一个劲儿地翻着身……在有意识无意识的挣扎中,我不知怎的翻身浮到了水面,手下意识地死死抓住井壁一块裸露的砖头,小朋友们伸下树枝把我拖了上去……

这是我第一次试到了水的深浅。

一幕幕、一幅幅儿时玩耍的情景,渐渐地离我远去了,但它们犹如影子,潜伏在我的记忆里,时常萦绕在脑海中,或怀念,或依恋,或憧憬……感谢它们使我有了丰富的童年,有了最初美好的记忆!

1980 年,我顺利地完成了小学五年的学业,考入了涩埠中学。上初中是走读生,吃住在家里。五年的小学和三年的初中学习时间,是我的人生观逐渐形成的关键时期。二年级之前是我的朦胧期,只是对家族有一些浅层的认识,然后潜伏在心中,真正懂事是从上了三年级开始。在初中毕业之前这段时间,也是我吃苦耐劳精神磨炼的重要时期。是艰苦的磨炼促进了我思想的形成,也是思想的形成促进了我的劳动,是相辅相成的。那时课后作业不多,每天布置的作业等下课后在学校挤时间就完成了,放学后的时间就是帮父母干活了。

我那时候,只要会走路,就多多少少的开始干活了,不像现在的一些孩子,三四岁了还得靠大人喂、坐婴儿车。我那时没这幸运,只要会走、会说话,就要自己学拿筷子、自己吃饭了,跟大人一样吃、吃一样的东西。如不愿吃，就站在一边，等哭够了再吃，如哭够了还不吃就端走饿着。那时候父母都很忙，没时间看孩子，只能大人干活的时候把小孩锁在屋里，任其哭闹。或者母亲干脆把孩子一块带到地里，任凭孩子在地头滚爬。等到我三岁左右的时候，母亲为防止我乱跑，在她干活的同时，也给我安排点小活。

　　——记得捡花生、拾麦穗的情景。实际上那时并不知道干活的真正意义，说干活实际是在逗着玩。母亲说："咱们比赛看谁拾得多，好不好？"我跑得快，每拾一穗就喊着："捡到一个！又一个！一个……"然后就跑着放进母亲身边的筐子里，又时而帮母亲拖动着跟自己高矮差不多的筐子，时而又跑着捉蝴蝶去了。母亲又说："你数数一共捡多少了？"我一遍遍地数着、喊着："一个、一个……"这时，突然看到前面有个蚂蚱在跳，我弓起背，悄悄地走到跟前，"扑通"一声，一个猛子扎了上去，啃了满嘴的土……

　　——还记得锄地的情景。那天是母亲给地瓜除草，把我也带去了。她用大锄，给了我一把小锄，母亲锄得快，一会儿就锄到地中间了，我还在地头上，学着母亲的样子，有模有样地挖起了草，等到母亲锄到头返回来的时候，看到眼前的情景简直哭笑不得：我把一片儿地瓜秧拔了个精光。这时母亲蹲下来，耐心地对我说："这是地瓜苗，要让它结地瓜吃，你知道吗？"然后，母亲又一棵一棵地栽好……

　　这一幕幕是我五岁前经常上演的干活情景，从五六岁之后就"正式"开始干活了，因为那时已有了弟弟妹妹，这就不能把你当幼儿看待了。当大人忙得不可开交的时候，就把我当大人使唤：一会儿照看弟弟妹妹，一会儿母亲做饭，我帮着烧火。烧火可没那么简单，那时农村做饭是在用砖垒的锅灶上，一口大铁锅镶嵌在锅台中间，下面是个口，叫灶口，是烧火的地方，主要是烧柴草。左边是一个手拉的风箱，等火点着后，要一手拉风箱，一手加草，做不同的饭还得用不同的火势：大火、小火、中火、急火、慢火。这些活儿，母亲一说，我就会了。有时大人忙的时候，我自己就把饭热好了。

烧火、扫地、看孩子、煮稀饭、蒸地瓜、手擀面条……从五六岁就开始慢慢地学、慢慢地干了，并且，如干不好的话，大人是要训的。

从三年级以后，我的主要任务是挖野菜、拾草、喂猪、养兔、放牛羊等。当然，干活没耽误玩。那时一放学，三三两两的小伙伴结伴而行，背着篓子到处转。那时玩心也很大，等玩闹够了，拔上一篓野菜就回家，几乎天天如此，雷打不动。

记得当时我们家养了一头猪，那时几乎家家户户养着一两头猪，以增加点收入。猪主要吃野菜，因没粮食。我把养好这头猪当作己任，保证猪每天有吃的，坚持每天背着篓子拔野菜，回来后再把野菜用刀剁碎。为防止第二天下雨，头一天必须备下第二天的料。冬天，没有野菜，就捡树叶打成草面，用来维持。父亲曾说："这猪一年到头的吃食，权当是吃的这个孩子。"

我从小不愿让人说不是，自尊心比较强。对大人安排的事总是要想方设法地去完成，不讲价钱，不打折扣。记得有一次，父亲让我把地里的玉米秆推回家，我推上独轮车，把一捆捆的玉米秆装在上面，玉米秆装得比我还高，根本看不清前面的路，我个头又低，只能两手推车，两眼朝下看路面，判断着前方的路况，慢慢地一步步地向前挪动。就是这样，我硬是把十几亩地、离家二里路的玉米秆，一车一车地推回了家，那年是上初中二年级的时候。

那时候，一个农村出生的孩子干活是司空见惯的，家长也不允许你偷闲。那时学校的劳动课也非常多，每次放学后拾粪、拾地瓜、拾花生、捡麦穗……上交学校，这是学校布置的任务、硬规定，必须完成。那时我们的初中还正在建设中，三天两头的劳动是常事。我上中学的时候，不像现在的学校设施设备齐全。我们那时候冬天无暖气，夏天无空调，晚上无电灯，自带煤油灯上晚自习，吃饭是自带干粮硬啃……

随着年龄渐大，我对人生的憧憬慢慢地清晰起来。

　　我开始懂得祖辈的无奈，理解父母和身边人的辛酸苦辣。因此总是主动地帮父母干一些力所能及的事情，想着法子减少他们的辛劳。那时冬天做饭缺柴草，缺烧草是家家户户的大问题。冬天不管多冷，夜不管多深，我都要背上篓子到河的冰面上、河沟里、树林里打柴割草。不管刮风还是下雨，我总是把野菜拔回家以充饥，还要喂养家畜。为了增加家里的收入，我干起了女孩才干的营生——编草辫，就是用玉米皮编成一条条的绳子，一条能卖两角钱，一个晚上我只能编一条，每天晚上我就和女孩们围坐在一起编辫子，安静得也像个女孩。

　　我开始思考人生。自我懂事起，就逐步有了为家族争光、"跳出龙门"的想法。我还在不懂事的时候，大人们一直传导着一句话，"以后要有出息，不要待在庄稼地里了"。在我们那里，对成为国家正式工作人员称"端上铁饭碗"或叫"当公人"。因此，我在很小的时候，大人们逗问："你长大了干什么？""当公人！"我带着稚气地脱口而出。能脱离农村，当上公人，吃上公家饭成了我心中的梦……

　　要走出农村，跳出龙门，上学读书成了我唯一的希望。

　　我读书很用功，因为珍惜来之不易的学习生活。我姊妹五人，下面两个弟弟两个妹妹，年龄相差无几，全家的开销全靠父母种地维持。我作为家中长子，自感责任重大，自感求学的不易，因此倍感珍惜。我在帮助父母干完家务活后，每到夜深人静的时候，我就借着微弱的煤油灯光，开始了一天最快乐、最幸福的事，那便是读书、学习。在砍柴、拾草、干活的时候，我总是把书本带上，一边干活一边学。那时没有大块的时间供你学习，只有挤零碎的时间。

　　家庭的艰难困苦也促成了我勤俭、整洁的习性。我对任何东西都很珍惜，对一片纸、一个本子都不会随意丢弃；对我周边的环境总是打扫、收拾得干净整洁，尤其是我上学用过的东西，总是存放得好好的，对任何东西都不会丢三落四的，因为我明白，这些来之不易。在那个缺吃少用的环境里，每一样东西的取得就像是一条命！那时没钱买笔买本子，就把大地当纸，用木棍在地上写字，无灯就远远地待在一个角落里，借着生产队劳作时散射出的微弱灯光看书。对一个本子总是一遍遍地反复使用，对一支钢笔就像爱护自己的枪一样，持续地用上十几年，对一支铅笔头，等手拿不住了，还要取出铅来用……我不得不珍惜，这是家人的血汗和希望啊！

我从小学到高中用过的东西，老师批改作业的话语，一直带在我身边，直到我当了政委仍带在身边。战友们有些不解，说："政委，这些铅笔头就扔了吧。"我总会着急地回答："不能扔，扔就扔掉了一个时代，扔掉了我前进的动力！"这个习性，使我在抓部队建设中也有所展现，我总是要求干部们克勤克俭，当一个好领导，做一个好当家。

1983 年，我顺利地考上了高中。

我的学习成绩不是太突出，属于中等学生，虽然有时偶尔也能考个高分，但大部分时间是学习平平，没上过重点中学，没进过"尖子班"。但是我很用功，基础知识学得扎实，学的东西直到现在还念念不忘。由于基础打得牢，才在不需父母操心的情况下，在关键性的考试中均榜上有名。在小学升初中的时候，我得了病，是在基本上没吃没喝、煎熬了两个月没上课的情况下参考的，对考试的内容很熟练，在全班三十名学生只考上 7 人中就有我；在初中升高中时，一个班四十几名学生只考上了八人，其中也有我。

我在上高中的时候，一开始不分文理科，通学，到了高三时才分班。我喜欢文科，因此到了文科班。在文科班里，我最喜欢学的是政治课和语文课，尤其是政治课，是我的特好。虽然当时学政治主要以背为主，但后来慢慢地明白出道理来，这对我以后的人生指导起了很大作用。在看待事情、决策问题、议部队建设、带兵管人上，我有清醒的政治头脑，辩证的观点方法，从不人云亦云，凭感情做事，靠运气做决断……

我上高中时，是一名寄宿生，生活更是清苦。我一个月的生活费就是从家带来的一百斤玉米、三十斤白面和几斤大米,由于当时没地方煮大米,我就把大米洗净装进开水瓶里焐烂后食用。长此以往,我的脸都吃肿了,同学们半开玩笑地说:"你最近胖了。"至于穿衣服,我还经常穿着母亲的衣服上学。那时学校的生活条件也很差,我们洗涮全靠自己用桶从深井里取水。

艰苦的条件并没有动摇我求学的意志,我知道求学机会的来之不易,所以坚持苦学。至于吃什么,只要能吃上饭就行,穿什么就更没有讲究了,只要冻不着就很满足。能够上学、读书、学习,能够和书籍在一起,我的生活就没有叹息。

我很感谢我的父母和我的家人,给了我求学之路,给了我希望放飞之路。

从出生到长大,在我梦想开始、人格形成中有五个人起了很大作用,他们是我的奶奶、姥爷、姥姥和我的父亲、母亲。

我的奶奶是从旧社会过来的人,裹着一双小脚,人清瘦、干练、脾气大、性格刚烈,我有些怕她。她总讲着她的老故事老古典,使我了解到了许多中国的传统文化和习俗。她治家有些道道,大小事不能跳出框框,使我懂得了规矩。我的父母有着现代人的意识,不像奶奶那样循规蹈矩,比较开明,对我们姊妹的要求比较宽容,只要孩子不违大的原则,就让其尽情发挥。

我的父亲算得上是农村环境里的一个开明人士了。他上了不少学,写写画画、说说道道不在话下。尤其是说话风趣,爱说热闹话,常逗得男人、女人、大人、小孩哈哈大笑。他爱讲故事,常讲"岳飞传""杨家将",他的故事给了我梦想的延伸。他经常被调到乡镇工作,有几次要转正,可就是没转上,经他介绍去的人,后来都已退休拿工资了。我的父亲有句名言:"只要你们愿意学,我宁愿砸锅卖铁也要供你们!"父亲命不长,五十几岁就走了,把对子女的期望,对生活的眷恋永远注入了五十几岁的生命里。是他给了我梦想的启迪,给了我飞翔的翅膀。

　　我的母亲是个豁达的女性,性格活泼,爱说爱笑;心地善良、温厚,与左邻右舍处得很融洽。她用言行告诉我做人做事的道理。

　　我的姥爷、姥姥是两位勤俭持家的人。姥爷一家原是住在庙里的,中华人民共和国成立后搬迁入行政村。姥爷体格健壮,个子高高的,是个闲不住的人,里里外外总是忙个不停。他为人诚实、淳朴、厚道;姥姥裹着一双小脚,体态瘦弱,心地善良,与人和善,把一家人的日子搭理得有条理而又和睦。在我的记忆里,姥姥家的生活一直不错,能吃上白面馒头;姥爷总是给我讲这讲那,还经常背着篓子带我去挖野菜、拾草。有一次,姥爷对我说:"孩子,不管到哪里,立场要站稳。"这时我望着没上过学的姥爷,心中油然感到有些伟大,他用通俗的语言点出了一个大道理;姥姥时常往我的衣兜里塞点这样那样的好吃的,两位老人对我的生活、成长给予了温暖的关怀和有声无声的鞭策与激励,我始终难以忘怀,常常在梦中见到他们。

　　除了亲人外,村里村外的人和事也感染、熏陶了我。这里面有面朝黄土背朝天的乡亲和那串串苦涩的事、声声真挚的笑谈、缕缕泥土的味道、依稀可见的一草一木一瓦,所蕴含出的丝丝情、理和意。

　　"路漫漫其修远兮,吾将上下而求索"是我记在心里的名句,这话也是我当时追逐梦想、选择人生道路那焦虑无奈的心情。高中阶段是我能否"跳出龙门"的最关键。如考不上大学,就得下庄稼地,当时的农村孩子没别的出路,考不上就得重复祖辈之路:面朝黄土,背朝天;一家三亩地、一头牛,老婆孩子热炕头。

　　记得,当时我们学校与家之间种着一片片的小麦,每次路过,看到它们一点一点地长高,我的心就一次次地发紧,心想:小麦马上要掉头了,我将怎样! 时间一天天临近,人生路口也越来越近,我将走向何方?

　　我的高考还是失败了,大学梦破灭了,靠读书寻找出路成了终结。

　　说实话，没考上大学是我人生中的一大遗憾，父母、老师也曾劝我："再复习一年吧！"我又何尝不想呢！我是多么羡慕那些学业有成的有识之士呀！但我考虑到家中窘境，父母含辛茹苦地挣得的血汗钱，在复读与退学的艰难选择中我毅然选择了后者。

　　我为寻找出路，苦思冥想。那时只是想，只要能跳出龙门，端上铁饭碗就行，就是不能待在庄稼地里。那时农村不像城市，就业、打工机会多，在农村考不上大学就得下农业。再说那时信息闭塞，就是有就业机会也不知道啊，我只能在这小圈圈里寻思。我想到了当民办教师，民办教师干好了也能转正啊！于是，骑上自行车，到处打听，都一一地吃了闭门羹。

　　俗话说得好，"人活一口气，佛争一炷香！"为了这口气，我踏上了谋生之路。

　　高中毕业后，我一边到县城贩菜，一边打探消息、寻找出路，但均无结果，只有放弃。后来我又干起了水泥工、打油工、建筑工……我以前做过的和没做过的，愿意和不愿意的，都尝了个遍。尽管这些活很苦、很累，但我心里很坦然，因为我终于可以凭借自己的劳动挣钱养家了。清晨日暮、风里雨里，我用自己稚嫩的肩膀托起了新生活的曙光！

　　我是一个对生活充满自信的人，我相信总有一天命运之神会垂青于我。记得那是1986年秋收后的一天，弟弟得知乡里正在征兵，他没加思索就给我报了名，认为这对我是个机会。弟弟告诉我报名的消息后，我非常高兴，这也许是"跳出龙门"的唯一机会了！就是这样，我顺利地通过了体检、政审。参军了，我来到了老山前线某空军部队。

　　自此，便成了我人生历程中的一个分水岭。在岭前，我有衣食住行上的心酸，有苦苦挣扎中的磨难与磨砺，有带有稚气般而又无奈的美好幻想，也有乐趣、欢乐……这些，都凝结成了我心中的"故乡"，深埋在那方故土里；在岭后，是一道新的风景线，是我步入轨道不断前进的征程，就像上紧了弦的钟表的发条不停地一下一下敲击着，一环扣一环地运转着。

临走那天，我一分钱都没带，而是背了厚厚一摞书，把从小学到高中的所有家当都打进背包里，把希望带到我行走的路上。我想，唯有知识才能改变自己的命运。自离开家乡的那天起，我就暗下决心：到部队一定干出成绩，让家乡父老看一看，我不是一个弱者。走向成功的路不只一条，我要为贫穷落后的家乡争光，更为自己的将来探索出一条道路……

云南砚山某部队是一支有着光荣传统的部队，是一支参战的空军部队，在这里，我找到了全新的生活，找到了翱翔的空间，找到了自己为之奋斗的事业。

踏上了军旅路，绿色取代了我心中所有的色彩，我要把心的希望注入这片火热的绿色阵地，把最美的青春贡献给国防，用全部的生命巩固国防。

部队处在云南偏僻地带，远离城市，四周是少数民族聚居地。荒凉的感觉和人生地不熟的悲凉心情时时袭扰着我。

我们首先面对的是三个月紧张、艰苦的新兵连训练生活。新兵连生活用六个字概括，即艰苦、紧张、严格。每天在训练场站训七八个小时，练军姿，练四大步伐、队形变换，练投弹、射击等，一举一动必须按照要领达到标准要求，做到一丝不苟，分毫不差。训练之余就是整理内务卫生，这也是很严格的。卫生必须一尘不染，东西摆放要一条线、一个面，达到整齐划一，干净整洁。尤其是早晨起床，被子必须整成上下平整一个面、有棱有角、四周坚挺笔直成四条竖线的方正的豆腐块，这既要下细功夫，还要有技巧，动作还得快，并且，对内务卫生时时要检查评比，打分量化。到了晚上半夜时分，正当大家熟睡的时候，突然被一阵急促的哨音从睡梦中叫醒。这是紧急集合，大家要在不能开灯的前提下，从穿衣、全副武装到跑到指定地点,必须在五分钟之内完成,这也是一种训练,主要检验部队的紧急出动能力和应急反应能力。一天下来疲劳至极。

新兵连里和我一同入伍的新兵,来自山东和四川两个省,近两百人,相互不认识,都是新面孔,我又是第一次走这么远的路来到这里,于是心的荒凉让我产生了"打退堂鼓"的想法。但我转而又想,我是农村来的,还怕苦吗?吃苦不正是我的特长吗?我与大家不熟,大家不也都是这样吗?大家能干我就不能干吗?别矫情了,没有退路,只有坚持和积极适应才是出路!于是,我又以新的姿态投入到了严格的训练中。

新兵连生活,是我踏上人生征途第一次面对的艰苦而又正规的生活,是走向坚强、坚定的起点,是我一生都值得珍惜的财富。这三个月的训练,不仅强健了体魄,也丰富了思想,开阔了视野,稚嫩的脸庞写满了成熟的果实。

新兵连的生活让我明白:要干好一件事,光靠幻想不行,必须有敢于吃大苦的思想,愈挫愈奋的勇气,顽强拼搏的坚持,坚忍不拔的毅力。否则,就是空想。

由于在新兵连里表现突出,在结束分配时,我如愿被分配到了汽车连。这可是个好单位,能分到汽车连开车是我和战友们当时的最高追求,能学个一技之长将来就不愁一碗饭吃。在当时连汽车都罕见的年代,开车是人们羡慕的一件事情。

汽车连有规定:当年的新兵不能开车,得先在炊事班、警卫排站岗等勤杂岗位上磨炼一年,到第二年才能学车。我当时的理想是考军校,让人生踏上更高空间,这是我在家时就想好的。但现实的生活环境,不容你多想。我当时在炊事班做饭,一个班12个人都住在一个房间里,统一作息,统一操作,事情多而又杂,根本没有个人的学习时间和空间。对此我很着急,如果一直这样下去,我理想的翅膀岂不要折断?不行,我得想办法出击!于是,我瞄准了喂猪。

　　喂猪可是个好差事，不是说谁想去就能去的，一般是由一名领导信得过的、素质良好的老同志担任的事。我一个新兵怎能行？没办法，为了自己的军校梦，豁出去了。于是我壮着胆子跑到了连长办公室，说原因、表态度、下决心。连长被感动了，拍着我的肩膀头说："小伙子，有志气，我支持！你去吧，我相信你能把猪养好。"

　　得到连长的答复，心里高兴得几乎要蹦起来。怎能不高兴？这可是我理想腾飞的场地啊！猪圈在营区的外面，是个单独的院子，也是个独立的王国。里面有一间破旧的房子，还有一排整齐的圈舍，养着四十几头猪。这是块自由挥洒的空间，我要在这里播种、发芽！

　　首先，我必须得完成好领导交给我的任务，把猪养好。为此，我不断地跑到附近的老乡家学技术，向书本学养殖知识，向兽医站取经，学会了看病、打针、喂药、防疫……那时猪吃的主要是剩菜剩饭、南瓜和酒厂的玉米酒糟，把料拉回来后，我用锅煮熟喂，一个个的小猪吃得油光发亮，滚瓜溜圆。除养猪外，我还帮炊事班做饭，还种菜。我们那时候每个战士有一块菜地，种的菜上交连队，这是连队给每个干部战士下达的任务。

　　剩余的时间就是我刻苦学习了。我自学了在学校里没有学过的数理化课程，复习了从小学到高中的所有知识，我把小破屋当阵地，挑灯夜战，蚊虫叮咬我不顾……

　　这一年，我不仅复习了各门功课，还由于工作表现突出荣立了三等功。这个荣誉，对于一个入伍第一年的新战士而言还是全团历史上很少见的。

　　第二年是我们的学车时间，我到了司训队。司训队生活与新兵连生活相似，也是严格而又艰苦的。共训练半年时间，分两个月的发动机、汽车构造、驾驶等理论知识学习，三个月的驾驶技能训练和一个月的判断、排除故障及维修等训练，最后就是严格的考核，如有一关不通过就要淘汰。在司训期间，我做到样样优先，顺利通过拿到了驾驶证。

司训结束后，我回到老连队，分配到了运输排。当时有三个排，一排是运输排，二排是油罐车排，三排是牵引车排。

在运输排里，我一边跟随师傅跑运输，一边见缝插针地复习功课。在那里，我浏览了云南的诗画般的风景，灵秀的河山，踏实纯朴的人们。一个搭乘我们车的女邮递员一个劲儿地向我介绍着前方：那是香蕉，那是菠萝，那是神山……我的眼神随着邮递员银铃般而又柔和的声音融入一道道、一幅幅神秘、斑斓的图画里，多好的风光、多好的地方啊，我喜欢上了它，我把这儿当作了第二故乡！

那时连队有规定，新兵在前两年不能考军校，第三年才有资格考试。到了第三年就是我考学的时候了。首先就得参加全团的预选考试。把全团要考学的战士集中考试选拔，只有选上了才能进昆明复习队集中复习，准备高考。

立功不久，我就进入了团领导的视线。政治处干事奉命来调查我的工作情况，并把我的个人愿望做了记录。由于我工作好、口碑好，团领导当场表示要保送我上军校，听到这个消息我并没有感到兴奋，我想一个人要想让身边人敬佩，就得有真本事，于是我回绝了领导的好意，并将保送名额让给了其他战友。得到领导信任的我开始了挑灯夜战、努力学习、积极备考，终于功夫不负有心人，1989 年 9 月，我以一张汽车管理学院录取通知书回报了组织的关怀。

考上军校，就意味着当上了军官，吃上了"皇粮"，端上了"铁饭碗"，这是我童年的梦想、家人的希望啊！上了军校也意味着我的思想会拓展到更大空间，是我心的理想腾飞的新起点。

军校与地方大学不同，它有着团结、紧张、严肃、活泼的校训，对教学内容、学员素质有着特殊的使命和要求。这是锻造素质、磨炼意志、增长才干的练兵场。在两年的军校生活里，我不断地学做人，学军事、业务，不断地练指挥、技能、体能，不断地悟领导艺术、组织管理方法。在学校里,我入了党,被评为优秀学员。

两年的军校生活不仅培养了我过硬的作风,还得到了知识、能量的充电。临近毕业分配时,我梦想着用学到的知识去谱写未来美好的篇章。正在这时,学员队的教导员找到了我,要我和一个身体不佳的同学换一下工作单位,当时我没有多想,就愉快地接受了组织分配。我本来是要分配到原单位昆明的,但我想,越是艰苦的地方越能寻到钢的精髓。于是,我把学院领导的期望连同自己的理想一同打进了沉重的背包,来到了青海省格尔木市的某汽车团,来到了青藏高原这块高天厚土。虽然之前我有足够的思想准备,可当真正踏上青藏线时,我还是被眼前的环境惊呆了。到了格尔木那天,我眼里融入的第一幕风景是风吼雪舞,狂沙弥漫,冰天雪地的混沌世界,格尔木的石头冻得缩成一团,所有的树枝都在寒冷中垂下了头,当时年轻的我在日记中写道:"与山摔跤就有山的阳刚,我要直面茫茫戈壁无情的寒风、无情的暴风雪、无情的岁月,直到自己如昆仑山一样坚韧……"

这是一支运输部队,常年担负着艰巨繁重的进藏运输任务。来到汽车团,我一干就是14年没挪窝,我先后担任了排长、副指导员、政治指导员、干事、保卫股股长、组织股股长、政治处副主任、政治教导员等职务。在这14年里,我心追逐着一个个的希望,用脚踏出了一个个深深的脚印,总是践行着做人做事做官的道理。

在这里,我遇到了人生好多第一次,我知道了什么是真正的艰苦,我知道了什么是真正的奋斗……

——志于艰苦扑身子

在青藏高原,苦是不言而喻的。苦也是全方位的,是侵入全身心的,不仅仅是环境的苦,还有完成任务的苦,舍家庭、苦妻子、误孩子的苦。我刚来到这里,就接受了艰苦奋斗教育,团里对我们这些刚分配下来的干部学员集中教育4天,叫岗前培训,组织我们参观了团史馆,介绍了历代官兵艰苦奋斗的英模事迹。从团长、政委到政治处主任等各级领导登台示教,以他们的亲身经历,语重心长地告诉我们,既来之则安之,要适应环境,扑下身、安下心、扎下根,勇做一个搏击青藏线的建设者。是的,我明白,没有点牺牲奉献精神,没有长期干下去的决心,是难待得住的。我也始终明白一个理,上了什么山唱什么歌,到了什么季种什么地,人生也是如此,年轻是最该努力、最该吃苦的年纪,要远离享乐,敢于冒险,勇于吃苦,勇敢拼搏。因此我调整心态,横下决心:我要在这里安心立业,官兵们能干的,我干得会更好!

我第一次执行运输任务,那是冬季,当车队行至沱沱河地界的时候,一阵阵狂风暴雪,夹杂着飞沙走石,天昏地暗,仿佛进入了一个黑暗的世界。车队只能停止行进,在那足足待了 5 个小时。看到官兵们冻得瑟瑟发抖的抑郁表情,黑黑的脸膛,发紫干裂的嘴唇,我阵阵心酸。一个老兵问我:"排长,你刚来,能受得了吗?"我回答得很顽强:"你这么老的同志都受得了,我怎么不能啊!"老兵赞许地说:"你算是好样的,以前刚分下来的学员,跑上几趟就调走了。"

是的,和我一块儿分下来的学员,有了调动的想法。但我没有这么想,因为我明白,农村出生的孩子,吃点苦算得了什么!

除了个人之苦,还有家庭之苦。我在这十四年里,没休几次假;我的父亲去世,弟弟妹妹们的婚嫁,我都没能离开;我的女儿出生、上学都没顾得上,这是我心中无奈的苦。每次看到官兵来队的家属那一双双独自守望的眼神,每次看到车队出发的时候,那一群群、一队队家属摇手期盼的目光,我心中就呻吟:官兵的苦是从前方到后方的苦,从外表到心里的苦啊! 这苦渐渐让我强大,渐渐让我坚强……

异常艰苦、繁重的工作,并没有压倒我和我的战友们,当时我们团流行一句话"流血流汗不流泪",然而,当情感的哭啼刺痛心灵春天时,我还是淌下了心酸的泪水,这泪水是心的呻吟、辛的味道、苦的呐喊。

——勇于攀登强素质

"素质不强,难以成大器"是我的座右铭,我把提高自身素质看得很重要,把增强素质渗透在点点滴滴中。素质提高是跟进工作、适应环境、求得发展的必需。在十四年里,我经历了机关工作和基层工作,在每个岗位上,都会向自己挑战,向难点进发,每历经一个岗位,都要使自身素质更进一层;无论走到哪个高度,都没有沾沾自喜,而是在不停地学习,不懈地拼搏,不断地成长,因此才胜任岗位而没被淘汰。我曾勤学苦练,挑灯夜战,日行而思,探求写作基本功;向岗位学得实践经验,探找工作方法、领导艺术;向官兵学得为人之长……这期间,我也曾在组织的关怀下,到长沙政治学院、北京后勤指挥学院、青海省警校和北京、上海、厦门、沈阳等地学习,给自己的工作及时填充能量。

——树好形象做个官

"形象不正,难以正人正事",这也是我的口头禅。我知道,要当好一个干部,如形象不正就很难有说服力,就会"上梁不正下梁歪"。要树好威信,成为官兵可靠可信的人,首先得正好自己的形象。因我身处多个角色,所以树形象是时时处处的、方方位位的,我一直坚持做到:作为军人得有军人形象,作为干部得有干部形象,作为兵得有兵的形象;在上级面前我是忠诚的下级,在下属面前我是领导,在同级之间是战友;在部队面前我是首长,在官兵面前我是兄长;在独处时我是一个有德行的成熟人。这就是我要树的形象,也是一直坚持这样做的,我教育我的官兵也要这样做,只要人人树好了形象,单位才有了团结向上,风清气正的整体形象。为了形象,始终管好自己的嘴不乱吃乱说,不信口开河讲怪话发牢骚;管住自己的腿不乱跑,不该去的地方不去;管好自己的手不乱伸,不拿不要、不贪不占……

尤其在做官上,我时刻提醒自己要有官品官德,不能把做官当作发财的机会,要把它作为磨炼自己,检验能力、素质的试验场。

我当指导员时,有个战士的亲属提着东西拿着钱找上门来,说情给其入党,我婉言谢绝。对每一次请客、送礼的,有的当场回绝,有的让通信员给其送回。在涉及官兵的切身利益问题上,看成绩、凭表现说事,克服感情用事,私心作祟,从而赢得了官兵信任。

——真抓实干创政绩

在汽车团的时间里,是我扎实拼搏的风景,也是心愿与脚步相互交织、互相撞击的场面,我把点点滴滴的时间,都装进大大小小的工作、学习中……

汽车团的工作是非常繁重的,也是很正规的。常年主要担负进藏运输任务,这是中心任务,此外还担负学习教育、训练等正常工作,事情很多,一环扣一环,没有空闲。尤其是当主官,小到一兵一卒的吃喝拉撒睡,细枝末叶的点点滴滴,大到单位的主要建设、整体发展,都要心操到,力抓到,真是有分身乏术感觉。每天两眼一睁忙到熄灯,就是熄灯后还得忙到半夜。任务重、头绪多、要求高,一切都要达到正规化标准,这就是我们的工作状态。对此,我没有怨言,没有应付,而是敢于硬拼、拼硬。

把细小的工作干扎实。我总是认真对待每一项工作,大事难事面前不逃避,杂事小事面前不凑合。"把小事干好也能彰显能力素质"是我对自己的挑战。我在机关当干事时,领导安排我把半年以来的文件资料整理一下,如按领导要求,我只整理好半年的资料是件很容易完成的事,很快就会交差的。可我并没有这样应付。我在不影响正常工作的前提下,利用空闲时间,把建团以来全股的历史资料、现存资料,一点点归类,装订成卷,附上封面,标上名称、年限、内容等目录,把残缺的补齐,把不连续的记载通过请教领导、查阅资料给衔接好。经过半个月的时间,我整整装订了60多卷,眉目清晰,一目了然。领导很赞成地对我说:"干工作就应该这样,不能被动应付,要认真细致并有拓展性。"

在我当教导员时,有一次车队下行至纳赤台兵站,在那里我们要惯例性地在河里清洗车辆,保持好车容车貌,以准备返回格尔木。当车辆洗完后天已黑了,大家把车辆随意停放在车场就开饭去了。我发现后,勒令部队带回,把车停整齐。这时有人说,等吃完饭再停吧。我坚决地说:"不行! 要干什么像什么,越是这时候越是磨炼、检验部队作风的时候!"在我的要求下,部队重新带回、停好了车辆,并趁机把部队集合起来,作了随机教育,讲明了小事做不好的性质。干事情不能虎头蛇尾,不能只注重出名挂号的事,对细枝末叶的小事也不能忽视。由于我的一贯坚持,不论对我个人还是对部队,都养成了扎实细致的工作作风。是的,干好小事是磨炼一个人性子、培养作风、修炼毅力的大舞台,我总是让部队在经常性、反复性的细小工作中反复做、认真做。

把官兵灵魂塑造好。作为政治工作领导干部,有教育人、培养人、引导人的职责。自从成为干部以来,我一直探求着能成为塑造官兵灵魂的"工程师",总是随时随地地了解、掌握官兵灵魂深处的真实想法,并设身处地地帮其解疙瘩、化忧愁、净灵魂、强气魄;总是运用普遍教育、重点教育、个别教育、随机教育等多种手段,采取诱导、启发、警示等多种方法,多管齐下,使一个个郁郁寡欢、意志弱化、忧心忡忡的战士坚强了起来。一天晚上夜深人静的时候,一名入伍10年的士官闯进了我的办公室,他一手拿着一把水果刀,握着另一只手腕,神情慌恐地说道:"指导员,我想自杀。"我当即制止了他的行为,但并没有简单粗暴地硬性控制。我对该战士进行了全方位的摸底了解,经他周边的同志反映,他的孩子得了重病,妻子跟人跑了,精神上受了打击,再加上工作紧张、压力大,使自己的内心滋生了难以排解的郁闷。我在帮其解决家庭问题的同时,学着心理医生的法子，对其进行心理疏导、暗示、转化，最终使其从痛苦中解脱出来，从抑郁的阴影里走出来。像这种同志、这种情况是经常遇到的，我的思想转化工作也是经常的，随时跟进的。

把难做的工作硬啃下来。不管工作有多难完成，我都会愉快接受，从不讲价钱，有畏难情绪，始终把它作为锻炼的机会，积极主动地寻找各种方式方法加以解决。

一次，团里要选一个基础较好的营作为试点单位。所谓试点，就是规范各方面的工作，做出个模板标杆，让全团照着学、比着干。这可是个苦差事，任务量很大，是涉及方方面面的，但这也是一份荣誉，不论选中了哪个单位，都是对本单位工作的强劲促进，也体现着领导的信任。这可是促进单位建设的好机会，于是我就会同营长向团长、政委请战。团党委经研究把这重任交给了我们。接到任务后，根据团里的总体要求，我们又做了进一步的细化，制订出具体实施方案。我和全营官兵一道，加班加点，一边规范，一边试练。从部队到一兵，从站队集合到呼号声，从学习教育到训练，从装货、停车、出发、途中运输到卸货，从内务到环境卫生规范了个遍。经过一周时间的紧急准备，迎来了全团官兵的观摩，官兵们由衷地说，有看头、有学头。同时也得到了团领导的认可：试点成功！

我总是这样，对正常工作之外的额外工作不放过，只要有机会就上，有难点就冲，这也养成了我敢打硬拼的作风。在每一个具体细节中，我也坚持这样，不管遇到什么事都是迎刃而解。

把单位建设跃上去。在这十四年里，我经历了机关与基层，也经历了主官与副职岗位，不管在哪个岗位上，我都有为官一任，发展一方的信心。因此，我历经的单位的整体建设水平都能得到跃升。每到一个单位，我总是先摸情况，认真分析，找准单位发展瓶颈，克服制约发展的不利因素。其次是重抓风气建设，注重打牢思想、作风基础。再就是狠抓中心任务兼顾其他工作任务的完成。最后是拓展思路，打破常规，寻求上台阶、新跃升的起点和目标，力争使单位全面建设有更大的发展。对此,我扭住牛鼻子,从点滴入手,抠紧细节,使单位建设打下了扎实根基。

在汽车团工作的十四年里,我先后跟随车队执行进藏运输任务近 200 趟,基本是出全勤。在营主官岗位上,干了近五年,先后担任了两个营的教导员。回忆在汽车团的工作,我感到自己的理论功底更加扎实,行政能力得到加强,管理经验更加丰富,渐渐成长为一个文武兼备的指挥军官。其间,我先后发表了政工论文数篇,多篇被部队转发。2003 年 3 月荣立个人三等功。曾三次被团评为优秀共产党员,两次被团评为优秀基层干部。

青藏线弥漫的风雪、特殊的任务,磨炼出我的硬骨头,我觉得自己的价值取向是正确的,自己的职业是崇高的,因为实现军人价值是军营中最客观的收入。虽然工作在高原是辛苦的、劳累的,但能为自己所热爱和追求的事业默默奉献,再苦再累内心却是那么充实。

在汽车团,我还收获了婚姻。在远离内地的偏僻地带,在环境恶劣的条件下,就没了内地青年那花前月下的浪漫,就是单纯的婚姻都是很难得。我对婚姻有过设想,也有过幻想。领导和战友们及亲戚朋友也曾为我介绍过多个天南地北的好姑娘,但是,特殊的环境、特殊的职业、特殊的使命把我拉回到现实:在部队驻地找一个踏踏实实过日子的人。经战友介绍,很快认识了现在的妻子,她在我们部队的一个军工厂工作,是她的善良打动了我,我对事业的执着感染了她。因此,我们因志趣相通而成为婚姻殿堂的主人公。结婚后,我们虽然都住在格尔木,但聚少离多,直到女儿的出生也是这样,主要原因是上线执勤,工作太繁忙,从结婚到现在我是团里出了名的"甩手掌柜"。时间长了,妻子理解了我,而且一直默默无闻地支撑着这个家,照看小孩的生活与学习,照料着老人的饮食与起居。如今女儿也长大了,也理解了我的事业。

有了妻子孩子的支持,有了组织的信任和关怀,我一次次地提升到了新的工作岗位。岗位是人生旅途拼搏进步的支点,是实现人生价值的舞台。珍惜岗位就是珍惜生命,进而提升自己的人生价值。2005年,我被提升为师级机关保卫科科长,由教导员直接提升为科长,没有经历副科长一职,是越级使用,也是单位历史上少见的。在师级机关工作,要求高,接触的人和事层次也高。我在不断地熟练着业务的情况下,积极做着协调工作,与西宁市公安局、安全局等部门互通协防;指导全师部队的法律服务工作;并开展了法律知识竞赛,组织召开了政法工作座谈会。

2006年,我又被任命为某通信团的政治处主任。其间,我始终走着群众路线,我深深懂得,我的职责就是为我的部属服务,对领导负责,为单位谋求发展负责。因此,我对自己有了更高的要求,时时做到慎独、慎思、慎重,不放任自己的思想和行为,不乱想乱为,不作非分之想,不贪尺寸之功,只有以身作则,率先垂范干好工作,才能赢得大家的信赖。一次次的岗位调整,一次次的职务晋升,我明白自己肩上的担子更重了,压力更大了,要求更高了,此时,我只有干好工作才能对得起组织和领导对我的信任。我始终铭记领导经常讲过的话:"干工作就像敲钟,小钟要敲好,大钟更要敲好,千万不要做那种占着茅坑不拉屎的活。"在担任政治处主任两年间,我充分发挥政治处的整体功能,认真做好全团的政治、组织、思想、干部等工作,确保官兵思想、行为上的稳定;并担任了团级各种会议、活动的主持工作,使我锻炼了口才,历练了才干。

2007年11月,我被提升到西藏拉萨某团任政委,这是重用,由政治处主任跳过副政委一职,直接任命为政委,这属于越级提升了,是组织和领导的信任。

此部队主要担负过往汽车部队和人员的食宿保障、部队的学习训练及单位自身建设发展等任务,具有点多、线长、面广、分散、事情杂等特点,大多单位分布在青藏沿线一千里的各个点上,管理难度很大。作为政委我深知责任重大,如何使团队的全面建设再上一个新台阶,这是一个非常关键的难题。

刚上任的一段时间里,我不分白天晚上地深入机关,深入到沿线五个营级单位,采取座谈、听汇报、查史料等方法,全面深入地了解单位的基础,分析发展形势,摸准难点和瓶颈,找出突破口,部队正规化建设、正规化食宿接待模式逐步在我脑海里形成,并渐渐鲜活起来。在团党委扩大会议上,我认真阐述了调查的过程,并大胆提出现阶段必须要走精神接待、饮食接待、正规化接待的科学之路。我的话得到了大家的认可,一锤定音!正规化接待、正规化建设方案也随之出台。

团党委当时的共同理念是硬件建设要硬而又硬,软件建设要软而不软。我任政委以来,在抓硬件建设上还是下了不少功夫的,沿线五个单位先后修建了"阳光温棚"、宣传橱窗,开设了氧吧、书吧、话吧等。软件建设也不示弱,部队先后开展了五十多场"情暖汽车兵联谊会",开展了"军民共建运输线"等活动,还积极与驻地群众和地方党政机关互动、沟通、协调,互相走访慰问,目前部队的军政军民关系更加融洽。

我狠抓了部队的风气建设。一个单位的风气正不正,关系到单位建设的风貌。我从每个环节入手,严刹思想上消极、不思进取,工作上被动应付、得过且过,行为上我行我素、形象不正,作风稀拉、松散以及乱告诬告、信谣传谣、拉帮结派等歪风邪气。

我刚上任时,一名干部向我反映,他的营长私自挪用伙食费。我听到反映后,严肃地对这名年轻干部说道:"反映问题是要负责任的,如果你说的属实,那你就起到了监督作用,有利于单位建设;如果是道听途说,不属实,那性质就不同了。"之后,我派人到营长所在的单位调查了解,对经费开支情况进行了查对,并对营长及其单位建设进行了全面考核。经调查得知,这名干部反映的问题根本不存在。而且,这名营长是个工作很出色,作风比较扎实的干部,因这名年轻干部在工作上不得力,受到了营长的严肃批评,由此产生了抵触情绪。后来这名干部尽管认识到了自己的错误,我还是严肃地对他说:"这是一个人的本质性问题,也是一个人待人待事的根本态度问题,你代表的是一股打击报复、乱告误告的邪气,这股风不刹,部队就难以有团结向上的局面。所以必须公开处理!"

之后,我让这名干部在全团干部会上做了书面检查,并以此为契机,在部队中广泛开展了"查歪风、刹邪气、树正气,从我做起"的活动,使部队出现了风正气顺的良好局面。

我极力调动部队的士气。我团官兵高度分散在青藏线的各个点上,环境十分艰苦,生活条件十分差,工作异常繁忙,每人都有着大大小小的高原反应,有的带有比较严重的高原疾病;家属、亲属、子女上不了山,从内地赶来后,只能待在格尔木或拉萨遥望,与家人长期分离的痛苦也影响着官兵的工作热情;受市场经济的影响,个别官兵吃苦奉献的精神有所淡化。通过调查摸底得知的情况,使我强烈感到,调动官兵士气是当务之急!

于是,我要求各级把各单位官兵的思想状况摸准,想方设法解决好官兵的实际困难、现实疾苦和后顾之忧。同时,发挥思想政治工作的优势,开展了谈心、交心、畅心活动,进行了普遍教育、个别教育、随机教育,有力地焕发了大家的工作热情。

副教导员王化海,甘肃人,是一名朴实肯干的干部。他一心扑在工作上,也想在部队上长期干下去,可家庭遭遇了困境。其父母及岳父母都有病,只靠妻子一人赡养老人,本人又由于受高原气候的影响,迟迟没怀上孩子。我得知情况后,多次找其推心置腹,并想着法子帮其解决实际困难。我先后联系多家医院为其诊治,并尽量安排时间让其休养。年底的时候,其妻子终于怀上了孩子,其本人也因工作出色提升为政治教导员。

目前,部队呈现出和谐发展的良好势头,大家普遍反映,在该团工作,环境上宽松,精神上放松,心理上轻松。今年来,部队风气也正起来了,基本没有乱写告状信的现象,沿线五个营的基层党组织的综合功能也明显加强了,我和其他团领导工作起来很省心,基层基本上没有矛盾上交的问题。在文化建设上,除了继承传统的文化外,还在部队中征集了几百条新思想、新理念格言警句。有的单位领导感慨地说道:"这几年某团的变化,就是人的变化,特别是精神面貌、思维方式和思想观念的变化。"

当了政委,我的感慨是:把一件事做好,那叫技术,把很多事情都做好,才叫能力和水平。就拿党委班子建设来说,工作干得好不好、单位建设能不能进步,就看班子硬不硬,班子硬不硬就看书记行不行。因此,我在工作之余,会尽量多读一些有用的书,仔细研读相关政策。然后,按照相关的政策,根据工作需要做成卡片,以备工作时急需,真正把部队的思想政治工作做到"春风化雨、润物无声"。作为政委,我不仅要做那个燃烧自己照亮别人的人,更要用自己的火把去点亮别人的火把。记得曾有位军事家说:"历史总偏爱有远见的战略家并慷慨地赐予他们良机。"在今后的工作中,我定紧紧扭住"科学发展"这个牛鼻子不放松,以军事家的胆识和气魄,把发展作为硬道理,付诸工作实践。

在我行走的一路中,艰难、艰苦和拼搏、奋斗等字眼,始终伴随着我,它们有意无意地磨炼了我,并拥有了苦中立身的素养、艰难跋涉的勇气、艰苦奋斗的豪迈,也有了对艰难困苦的体验、对艰苦奋斗的感悟!

如今,我已是一个有着 23 年军龄的中年军官,俗话说:"人到中年,如日中天。"中年,它是人生最鼎盛时期,既要承上,又要启下,可谓任重道远。但是,我坚信,只要自己脚踏实地工作、爱岗敬业奉献,就一定能够书写出一个大写的"人"字,更能走好军旅每一步。

我从农村走进城市,从庄稼地里走向人生大舞台,把心的希望扎进一步一个脚印里,融进在一点一滴的汗水里,收获了酸甜苦辣的喜悦，这是奋斗后的喜悦、成功的喜悦呀！

　　我从军二十几年，人生最宝贵的年华全部抛洒在偏远边防、抛洒在青藏大地上。常常伫立于雪山旷野，回首来路，就有一种时光飞逝的恐慌，有一种此生不再的苍凉，那是一种怎样的只可意会不可言说的心路历程啊！

　　站在四十二岁的年轮上，时而豪情满怀，时而踌躇徘徊。但，我清楚，我明白，此时还没有骄傲的资本、回望的退路，只能跟随心的希望、扎实奋斗的脚步，走向更远方！

军旅诗行

雨大的时候
——给进藏新兵

雨大的时候
你们不再怀念雨伞
自从身穿绿军装
便学会了承受风吹雨打的磨炼
让脚步踏碎在风里
只有经受了风的吹打
雨的洗礼
才能领悟到人生的真谛
雨大的时候
你们不再怀念雨伞
因为雨太大的时候
伞会变得很可怜
挺起胸　昂起头
用青春　用勇气
书写一首男子汉的心曲
流血流汗不流泪　掉皮掉肉不掉队

雪原颂歌

望莽莽雪原，心湖激荡
瞻世纪巨变，举世辉煌
青藏公路开通
"飞轮"碾碎千里雪，载来九州春光
输油管线铺设
山舞油龙，银线飞架
托起青藏线繁华
天路将士，笑傲冰雪
志赋华章展风采
青藏铁路通车
火车的劲歌
牛羊的朗诵
复读于布达拉宫湛蓝的天空
卓玛脸上的欢笑
悄悄地印在小伙送她的大红围巾里
老阿妈的喜悦
挂在沉甸甸的青稞上

沱沱河

沱沱河呀，长江的源头
我从您心坎儿驶过
流吧，静静的我的母亲河
想念啊，两年的久违
今夜游弋您的心脏，晚吗？

沱沱河的水声,情不自禁,钻进我的耳际
从此我便听不见任何声音了
只有河水,一而再地流淌
流淌⋯⋯

无声的喝彩
——献给长年奋斗在青藏线上的汽车兵

马达一响,满载行囊
脚踏油门,风雪兼程
你一路高歌,一路悲壮
走过半个世纪的雪雨风霜
用热血和青春谱写了生命的篇章
您的汗水
洒在高原雪山
融化了千年的冰雪
您的热血
洒在巍巍昆仑
铸就了永恒的安宁
您就是高原上的"铁鹰",可爱的汽车兵
您从遥远的过去走来
穿越风雨沧桑神采依然
您从辉煌中驶来
托起青藏线的繁华
跨过历史长河,纵横坎坷
沧海横流方显您英雄本色
哦⋯⋯
你在驶向美好的未来

世纪的汽笛已经鸣响
我多想牵来太阳的辉为您照耀
我多想剪下天上的云为您装扮
勇士啊，
请听我无声的喝彩！

理想之树

心里栽上一棵理想之树
让它生根发芽
之后
用汗水来浇灌
用辛勤来培育
用智慧使它在心底成长
经过几个春秋
你才能品尝到树上的果实
你才会看到树上的枝叶更茂盛
才感到理想之树和生命一样
永远长青

回　归

春天回归
百花绣出美的世界
大雁回归
金秋捧出丰硕的画卷
澳门回归
中国挺进新的时代

香港回归
母亲展现慈爱的笑容
回归举世瞩目
回归壮了气魄
澳门在回归中欢笑
台湾在回归中企盼

欢庆六十华诞

六十年沧桑，铸今日辉煌。
天安门广场，瞩亿万目光。
军歌多嘹亮，队伍更雄壮！
主席大检阅，两句暖胸膛。
坦克装甲车，导弹飞上天。
军事力量强，何惧恶豺狼！
中华大家庭，欢乐不拘样。
各色方阵图，花团簇成行。
齐心喊口号，万众振臂膀。
踏前进旋律，人群赛海浪！
龙腾比狮舞，彩车驾塑像。
腾起七色球，祖国更荣昌。
放飞吉祥鸽，和平永向往！

天路炊事兵

天风浩荡雪漫天
脚踏昆仑最顶端
三尺锅台载满酱醋油盐

七彩青春荡漾味形香色

锅碗瓢盆竞唱四海餐歌

酸甜苦辣酝酿灿烂人生

煎炒烹炸制作美好生活

天路炊事兵

你像一个出色的画家

手中紧握的勺是一支绝妙的画笔

油盐酱醋是各种颜料

高原的山山水水都是你用心描绘的壮美作品

天路炊事兵

你含笑在西南大门的枪旁

是你点燃了冰凉的胸膛

心血一阵沸腾

燃烧了千军万马的体魄

理想是什么

理想是什么

是一张白纸

等待着你去描绘最新的色彩

理想是什么

不是现成的粮食

而是一粒种子

全靠你的辛勤劳动

理想是什么

不是一片绿州

而是空旷的沙漠

需要你去把它变成美丽的大草原

红　柳

红柳
你在皑皑白雪下发芽
你在瑟瑟寒风中成长
你在傲立于万物绝灭之时
红柳
你以坚强的意志迎接寒冬的到来
你以傲人的身姿接受风雪的洗礼
你以庞大的根系扎根圣洁的土地
红柳
你我同是雪域的守卫者
守卫着高原犹如守住你的心或我的枪
而真正严冬深处的士兵和你一样，只为守住一片绿色
红柳
我知道你和我一样有千种恨
而真正恨却只恨一片绿叶只绿一次

人生路上

在人生路上
不要为昨天的失落而懊悔
不要为今日的徘徊而苦恼
也不必惧怕明日岁月中的困难和挫折
如果想期盼人生的欢跃
就必须经受风吹雨打的洗礼
在人生路上

如果想期盼丰硕的成果
就必须在汗水坎坷中去探索
在人生路上
生命绝不只是绿叶拥簇的红花
更多的是在荆棘杂草中的苦涩
生命绝不是春华秋实的满足
更多的是夏暑冬寒的承担

惜　别

刮不断的风雪
解不断的冰封
铮亮的钢枪
高亢的军歌
一切都令人难忘
头上飞过成熟的雪鹰
不再与老乡谈私房话
将沉默化作坚硬的誓言
竟在某个哭泣的雪天
递到老兵手上
一切都令人感伤
秋天颜色感染着我的笔尖
在一张洁白如雪的纸上
我看见老兵的口袋
装满了雪莲
还有眷恋的梦

奥运欢歌

等了好久

终于等到今天

盼了好久

终于把梦实现

几度风雨　风度春秋

我们即将迎来这没有时差的奥运会

祖国，我亲爱的祖国

世界瞩目您

骄傲、自豪、幸福充盈着每个国人的心

此时，我们怎能忘记五千年的风和雨

我们怎能忘记岁月的印迹

过去

坎坎坷坷

荣辱沉浮

留下了不可磨灭的历史峥嵘

现在

引吭高歌

喜迎奥运

面对笑脸、鲜花、希冀

新世纪、新北京、新奥运

祖国，繁荣的任务光荣艰巨

祖国啊，愿和你一起搏击风雨

一起扬帆远航

走向更大胜利

春日的三月

三月里有一个名字

雷锋

不仅是一个姓名的代号

而是一位英雄的写照

三月里有一种精神

雷锋

不仅是一种心灵的膜拜

而是一种精神的召唤

四十多年前那双犀利的双眼

如这把爱心高擎的火炬

四十多年前的那双温暖的双手

如一粒春风吹又生的种子

枝繁叶茂地滋长在我们的周围

雷锋

你已成为一种精神的象征

在三月的阳光里行走

将春日的暖流

传遍世界的每一个角落

老班长是汽车兵

老班长,是汽车兵

他头枕江河,胸怀祖国

用青春驾驶生命的"铁鹰"

像岩鹰一样

俯视茫茫雪原

笑傲天地之间

严寒铸造赤诚心

冰雹砸他筋骨硬

老班长，是汽车兵

脚下是他深埋的根

用热血志赋雪山魂

像骏马一样

飞轮碾碎"千里雪"

载来九州春光

暴雨为他洗灰尘

狂风催战马再奋起

新世纪起航

五十六民族，相聚晚艳艳。

夜色更迷人，异彩又流长。

民歌送风情，域舞真狂放。

韦唯现代曲，铁鑫浑厚腔。

字字祖国好，声声赞美党。

大陆港澳台，华夏一根长。

火树银花时，谁不念故乡？

满怀凌云志，豪情献辽疆。

东方一条龙，新世纪起航。

我

我是一座山峰

期待着你的攀登
我是一座宝藏
已经敞开了胸膛
我是一片土地
希望你能播种
我是一处风暴
盼望你能来观赏
我只是一朵花
希望你能闻闻它的芳香
我是一种力量
渴望人的认同

柳恋湖

恨不得
跨进你的情怀
只差一步之远
禁不住
抚摸你净净的脸
风儿纯心作乱
顽童折下我的呼唤
播下我的思念
在你身边
盼望能生根发芽
方知太晚
你已躺在大地的情怀间

青海湖

青海湖
青海的湖,青青的湖
我徒步奔向您
泪水顺着脸颊流进了浩渺的湖央
泪水很咸
湖浪一次次牵着我的手
擦着我的脸
湖水很咸
青海湖
我也在哭吗?

信 念

坚持下去
穿过荒芜的沙漠
绿洲就在眼前——
嫩草上
欲滴的露珠
树下
清凉的溪水
为你洗去一身的疲惫
坚持下去
度过漫漫长夜
黎明就会到来
刺破黑暗
将整个世界——照亮

忍　耐

忍耐是人咽的苦酒
忍耐是燃胸的烈火
忍耐是涵养的体现
忍耐是容人的美德
忍耐是素质的较量
忍耐是自身的解脱
忍耐是善良的付出
忍耐是坚持的结果
忍耐是高尚的酝酿
忍耐是野蛮的剥脱
忍耐是青年之盏的拓开
忍耐是焦急的枷锁
忍耐是待人的谦和
忍耐是心胸的开阔
忍耐是过后的拥有
就是你财富的获得

遥拜童年

打开记忆的匣子
搜寻童年的日子
像一个梦
多彩斑斓
浓缩了整个世界的神奇

你听——
像一支歌
美妙悠扬
牵动童年的心
你看——
像一眼泉
润透童年的心
像一首诗
余韵绵绵
打开记忆的匣子
遥拜童年的日子
神奇、斑斓……

奋斗的人生

我敢说
不去耕耘和播种
再肥沃的土地也长不出庄稼
我敢说
不去奋斗
再亮丽的青春也结不出果实
不用说
今天的奖杯，来自昨天的奋斗
明天的辉煌，取决于今天的汗水
奋斗的人生
留下的是果实累累
懒惰的人生
留下的是两手空空

奋斗吧，人生

犁在耕耘中磨亮

人在奋斗中成长、收获、富有……

知　识

知识是穿不破的衣裳

知识是取不尽的宝藏

知识是经验的产儿

知识就像沙石下面的泉水

挖掘得越深泉水越清澈

知识不给予你什么，而是你获得了什么

知识犹如人体血液

人缺少了血液

身体就会衰弱

人缺少了知识

头脑就要枯竭

军　人

军人

站着你是一面旗帜

倒下你是一座丰碑

军人

立着你是一块界碑

倒下你似长城逶迤绵延

军人

你的意志是钢铸的

你的情感是血凝的
军人
你的友谊是铁打的
你的理想是党引的
军人
我就是你
你就是我

时　间

时间是勤奋者的财富
是创造者的宝库
我们唯一的财富就是能够拥有一生的时光
时间是岁月的主人
时光如悄无声息的锉刀
锉得你由小变老改变容貌
时间在懒汉们手里
会变成无用的白纸
时间在好学者手里
会变成宝贵的知识
时间在创造者手里
会变成闪光的盒子
时间在开拓者手里
会变成崭新的土地
珍惜吧,有时间的生命
因为时间就是生命
消磨时间就是消磨生命

时间前后

时间无情地从你我身边流过
昨天的太阳已不再升起
你无需等待明天
我也太需现在行动
过去的历史
已经成为现实
将来的辉煌
以前的日子
望你珍惜
今日的时光
以后的日子
望你珍重

秋天概念

秋天的概念
是父亲弓腰收割的概念
父亲不动声色
用粗糙的手
把秋挂满麦园
那是父亲的风景线
读它
是一种深重的饱满
秋天是父亲的季节
父亲用压弯的扁担挑起秋天

秋天是父亲的河
河水流淌着一个庄稼汉成熟的骨血
我爱秋天
更爱与父亲相关的秋天

写　诗

我爱写诗
手中的笔在画动
——笔线画出心声
心中的泉在喷涌
——思绪画出诗棱
轻轻的颦眉
将满心的情垒成城
我爱写诗
诗是人类最精髓的文字
诗是人类最美丽的语言
诗是浪漫的四季
撷取春夏秋冬四季风
染上雨霜雾雪四时虹
凝结诗风
满满地
满满的
倾注于纸封

附录　战友留言

践行在青藏线

李俊杰，一个很普通的名字，用不着在全国，就在同一个城市，叫李俊杰的也有几十上百。当然，名字只是符号，符号下的人才是实实在在的，同名的人在社会中各自扮演着不同的角色，描绘着不同的人生轨迹。

说起李俊杰，众说纷纭：有人说他严，原则问题寸步不让，绝不姑息迁就；有人说他宽，团结同志，关心下属，处处慈爱为怀；有人说他是"拼命三郎"，工作起来不要命，不达目的，绝不罢休。

"仁者见仁，智者见智"，莫衷一是。

初与李俊杰接触，他给我的印象远不是山东大汉那样，体态雄健，手粗脚壮，浓眉大眼，而是一个眉清目秀、风度翩翩、举手投足中也极尽风度的知识分子形象。

第一次交谈，我们就像老朋友一样谈得很投机。我被他的真挚和热情所感染。

李俊杰靠在沙发上，长长地吁了一口气，仿佛要把一年来淤积在胸中的紧张和疲惫都吁出来。

是啊，在即将过去的一年，李俊杰过得很不轻松——

他带领全体官兵努力拼搏，取得骄人成绩：部队被上级评为全面建设先进单位，他通过了南京政治学院研究生考试。

当李俊杰谈及过去的一些事情时，他的眼里掠过一丝淡淡的阴影,脸上那生动的微笑,被沉思凝重所代替。这时,我伴着李俊杰放飞的思绪,穿过时间的隧道,重新感受那岁月的风风雨雨。

童年,宛如星空,又蓝又美;童趣,宛如星辰,照亮了星空,使原本漆黑的星空透出点点星光。

山东平度,哺育李俊杰成长的地方。那里的文化源远流长,那里的英雄故事,就像天上的星星一样多,当地群众把英雄故事当作传家宝代代相传。孩提的俊杰,常常听父母讲述这些叱咤风云的传说,他自小就羡慕那些驾驭战争之神,推动历史演变的英雄人物。应该说,他孩提时就埋下了一粒尚武的种子。然而,他的童年更多的是艰辛和贫困。

李俊杰的家庭是一个地地道道的农民家庭。他姊妹五人,排行老大,年少的他就饱尝过农村生活的酸甜苦辣。砍柴、烧火、做饭、洗衣服、种菜的活路,他从六七岁的时候便开始干了。他儿时印象最深的就是上山砍柴。那时,家里缺柴,麦草、玉米秆都烧完了也不够,所以必须上山砍柴。砍柴老少皆宜,是小孩给父母出力的最佳途径。俊杰第一次上山砍柴还不到七岁,腰上系根绳子,屁股上挂把砍刀,跟大家穿行在浓密的林间。小道两旁的松树枝不断扎在他稚嫩的脸上,火辣辣的又痒又痛。来到树林深处,他开始砍枝,挥动砍刀,一下、两下,连砍数刀树枝就是不断,心急火燎。后来发现别人都是砍后一折就断了。于是,他学着别人的样子,一刀、两刀,一折,成功了!天渐渐暗下来,俊杰将柴收成一堆,用绳子捆住,大家背着柴一个跟着一个下山,路上累了,也只能靠在陡坡处稍歇一会儿,绝不能把柴放下来,因为那样就没法再放到肩背上去。当他艰难地把柴背回家时,早已累得龇牙咧嘴,气喘吁吁,大汗淋漓。就这样,一天一趟,几天下来,绳子把肩膀勒出一道道红印,手上脚上都磨起了大泡,一碰就生疼。

他和父亲是家里的男劳力。田间地头无数次重复着这样一个画面:夜幕降临,他拉着农用板车,上面装着萝卜、白菜、黄瓜等农作物,由于那时他力气太小,这些菜就像蚂蚁搬家一样被他搬了回家。一回到家,俊杰就帮着母亲烧火、做饭。等吃完饭,夜已经很深了,别人都慢慢进入了梦乡,而他则伴着煤油灯开始了一天最快乐、最幸福的事,那便是读书、学习,畅游知识的海洋。读书是幸福的,生活却是清苦的,仅衣食来说,一年到头只有过年的时候能吃上一点点猪肉,因为更多的猪肉是要卖掉换取学费的。入伍前他没有穿过一件"洋布"衣服,没有穿过一件新棉袄,没有穿过一双"洋鞋"。至于那时流行的什么皮尔卡丹、亚细亚之类的名牌服饰也只在收音机里听说过。初中毕业后,他实际上已经挑起了家庭的生活重担。

水泥工、菜贩子……大人们做过和没做过的,愿意干和不愿意干的他尝了个遍。尽管这些工作很苦,很累,但他心里坦然,因为他终于可以凭借自己的劳动挣钱养家了,清晨日暮、风里雨里他用自己幼嫩的肩膀托起了新生活的曙光!

打这以后,他像一匹奔腾的烈马,把一腔渗透着痛苦的血气融进了创新生活的土壤之中。

他庆幸自己能念高中,能够读书学习,和书籍在一起,他的生活才没有叹息。孤寂落寞时,书以温情的话语抚慰着他孤寂的心,拨亮他精神的心灯。迷茫徘徊时,书以古朴的哲理指引他的人生之路。他的步伐坚定了,哪怕每天依然要面对繁重的劳作,他感到全身有使不完的劲,父亲的脊背布满了无言的酸痛仍不辞劳苦、默默耕耘的身影,妹妹主动放弃学业的从容表情都是促使他勤奋学习的动力源泉。

有志者从不惧怕窘境,生活上的种种寒碜,他都转化成奋发图强、刻苦学习的不竭动力。上课时,他听得最认真,笔记记得最全面;下课后,同学们都走出教室去透气,他还坐在位子上思考消化老师在课堂上讲授的要点。早上,他比同学起得早,晚上他比同学睡得晚,几乎把所有的时间都用在了学习上。正是靠这种刻苦和勤奋,他才以优异的成绩考入高中。考入高中,他倍加珍惜来之不易的学习机会。田间地头,家乡简陋的土坯房下都留下了他苦读的身影。正当他准备进入渴望已久的大学校门的时候,奶奶病重被送往医院,原本就贫寒的家庭怎能经得起雪上加霜的打击?于是他陷入了深深的思索。说句掏心窝子话,当时他是多么羡慕那些学业有成的有识之士啊!但每每提到家庭的窘境,想到老父亲整日面朝黄土背朝天才挣得的那些血汗钱,在升学与退学的艰难选择中,他坚持上完了高中,毅然选择了放弃复读。

"在认认真真学习上要有新进步,在堂堂正正做人上要有新境界,在踏踏实实做事上要有新成效,在清清白白做官上要有新形象。"这是他多年从事党务工作总结出的几句话。

能说,能说出条道道,说出事物的本质,这是李俊杰留给全团官兵的第一印象。有个战士说,听李政委的讲话,简直就是一种享受,即使是枯燥的理论从他口中娓娓道来,你也会被他渊博的学识所折服,更多的战士却是被他的人格魅力所折服。

刚来到拉萨任政委那阵,面对艰苦恶劣的自然环境,面对青藏线新的复杂兵员思想,他开始苦苦思索着人员思想问题,因为他是从青藏线苦干出来的,他也曾经历过整日吃不下饭睡不着觉,头重脚轻的高山反应。而这些反应均在短暂而又漫长的一个月时间内被他征服了。他的青春是一颗颗用洁白的雪花与汗水串起的美丽珍珠,日积月累,越串越长。

能干,能干得有声有色,干到点子上,这是李俊杰留给部队官兵最深刻的印象。在他人生的计划牌上,认真地写着"现在就做"这四个大字。他常说:"豪言壮语说一千遍,不如自己伏下身子干一件实事。"李政委所属部队常年驻守在藏北高原,驻地海拔最低的拉萨是三千七百米,最高的是安多四千七百九十米,海拔高,氧气少,条件差,社会经济、文化发展与内地相比相对滞后,当时部队就有不少同志认为自己"当兵路走对了,门进错了"。

也有人担心患高原疾病,还有恋爱问题。是啊,社会主义市场经济逐步更新观念,精神追求乃至整个生活方式和行为规范都在悄然发生变化。他针对官兵思想和婚姻情况变化,经过调查研究,写出了《兵头将尾筑巢分飞现象透析》《在新环境下,如何继续守好艰苦奋斗这块高地》等文章来告诫部队。李政委说:"我们青藏线上官兵也不是生活在真空中,所以有七情六欲也是正常的。"当部队少数官兵追求"等价交换"之时,在盲目追求所谓"现代生活方式"花钱讲"大气",吃喝讲营养,穿戴讲排场之时,他的心开始焦虑,为了更好地摸准现代青藏线军人的心理特点,"对症下药"地做好少数战士的思想转化工作。他整整用了近两个月的时间,深入基层部队,和干部战士座谈,了解情况。回到机关后,他根据战士们的思想反映,结合部队开展的"践行当代军人核心价值观"活动,在部队叫响了"吃苦是福,吃苦是资本,吃苦是精神"的口号。他说:"预言丰收是轻松的,它可以用彩笔描绘;庆祝丰收是快乐的,可它需要像小河一样流淌着汗水。"

他还常常这样告诫部属:不要放弃任何一个可以引发自己潜力的机会,这是走上成功之路的一大要诀。他还用自己的亲身经历告诉部属,怎样培养乐观精神。他说,生活中的变化是很正常的,每一次发生变化,总会遭遇到陌生及预料不到的意外事件,不要躲起来,使自己变得更懦弱。相反,要敢于应付危险情况,对你未曾见过的事物,要培养出信心来。

为帮战士们培养乐观的精神,他立足高原实际给战士们传授经验。

第一,要让乐观和积极的心态占领你心灵的高地。在平时生活中,往往有两样东西在左右着我们的心灵:乐观与悲观;积极与消极。悲观与消极是人心灵中的垃圾,它能使一个人消沉,黯然失色,我们应当随时剔除它,不要让它主宰了你的心灵。乐观、积极会让一个人豁达,昂扬向上,这是人生的真正意义,也是我们所要坚持和追求的,要让它时时处处主导你心灵的高地。要做到这样,必须有把握与调整情绪的能力和方法。不要做一个受制于自我的困兽,要冲出自制的樊笼,做一只翱翔的雄鹰。

第二,当情绪低落时,不妨去孤儿院、养老院、医院走一走,看看世界上除了自己的痛苦之外,还有多少不幸。如果情绪仍不能平静,就积极地去和这些需要帮助的人接触,和孩子们一起散步游戏,把自己的情绪转移到帮助他人的行动中,并重建自己的信心。当你悲愤难平时,不妨一个人面对困境、面对不满、面对心中的抑郁,自言自语或是高声大喊,以祛除你心灵的阴影,净化你心灵的环境,达到你心理上的平衡。通常只要改变内心环境,就能改变自己的情绪和情感。

第三,听听愉快、鼓舞人的音乐。不要一味地沉浸在压抑的悲观中,不要被负面情绪所左右,不能浪费时间去阅读别人悲惨的详细新闻。在开车或业余时间,听听电台的音乐或自己喜欢的音乐带。如果可能的话,和一位积极心态者共同进餐。晚上不要坐在电视机前,要把时间用来和你的爱人或关系好的战友聊天。

第四,改变你的习惯用语。不要说“我真累坏了!”而要说“忙了一天,现在心情真轻松”。不要说“他们怎么不想想办法”。而要说“我知道我将怎么办”。不要在集体中抱怨不休,而要试着先赞美集体中的某个人。不要说“为什么偏偏找上我,天哪!”而要说“天哪,考验我吧!”

第五,重视你自己的生命。不要说“只要吞下一口毒药,就可以获得解脱”。凡事不要走极端,不要一味地钻牛角尖,没有过不去的坎儿,没有不变的天气。你所交的战友、朋友,你所去的地方,你所听到或看到的事物,全都记录在你的记忆中。由于头脑指挥身体和行动,因此你不妨从事高级和最乐观的思考。

第六，从事有益的娱乐和教育活动。观看介绍自然美景、家庭健康以及文化活动的录像带。挑选电视节目及电影时，要根据它们的质量与价值，而不是注意商业吸引力。

第七，在幻想、思考及谈话中，应该表现出你的健康情况很好。每天不要老是想着一些小毛病，像伤风，头痛，抽筋，扭伤等。如果对这些小毛病太过在意，它们将会成为你最好的朋友，经常来"问候"你。特别是身居高寒缺氧地区，头痛脑热会经常出现，一定要乐观待之，你脑中想些什么，你的身体就会表现出来。

第八，在你生活中的每一天里，写信，拜访或打电话给现在需要帮助的某个人。

第九，要有积极的追求。有了追求就有了胸怀，有了目标就有了灯塔，有了灯塔不易使人迷路。心中有目标脚下有力量，只要你是在为自己的目标而奋斗，就会把途遇的荆棘当作前进路上的磨刀石，如你胸无志向，充斥你心灵的只能是事事不如意，时时悲观失望。

第十，要让你的心灵时时处处向着事物美好、阳光的一面。

李俊杰说，将这些培养乐观的方法，不断地在人心里和行动上去体验和操作，就会使得自己具备乐观向上的品格，为你战胜自己打下坚实的思想基础。

此时，我想起了驻守在风雪青藏线上的官兵，他们不正是靠着乐观主义精神战胜一切艰难险阻的吗？青藏线上的官兵不是消极地适应自然，而是抱着积极乐观的人生态度。高原显露着它的恣肆乖戾和喜怒无常，而高原却也锻造着青藏线官兵顽强，坚忍，坦荡，豪放的性格，他们用意志和力量推翻了"生命禁区"这一论断。性格如此豪放爽朗而又充满激情的高原军人，同时有一种坚忍和甘于寂寞的精神，他们知道怎样做才能为高原所容纳。青藏线有个地名叫开心岭，毛主席听慕生忠将军汇报后高兴地说："这个名字取得好，有革命乐观主义精神。"

　　青藏线自然条件差,只有通过努力来改善。这是以李俊杰为书记的党委"一班人"在工作中形成的共识,在政治环境上,他注重自身形象,处事公正,基层官兵信得过。他常这样告诫领导干部,讲美德务必要做到四常:常思贪欲之害,常除非分之想,常怀律己之心,常修为官之德。在用人上,他常讲,"无才无德是废品,有才无德是危险品,只有德厚而才丰,才是真正的合格品",在他任用的干部中,个个都是能干事的人才,作为党委书记的他,始终把人才发展作为兴团之本。要发展就要有人才,但历史和现实的条件制约,使大部分干部队伍老化,后备干部人才储备不足。李俊杰一上任就开始物色和培养年轻干部,各种人才信息写满了他随身携带的笔记本。"我劝天公重抖擞,不拘一格降人才。"对于素质好的优秀年轻军官、优秀士官,李俊杰非常注重给他们机会,很快使干部阶层涌现出一大批年轻人才。

　　团下属五个营级单位,点多线长,海拔高,氧气少,自然条件差,他不顾恶劣的自然气候和偏远崎岖路途,半年中一直坚持深入基层,试图全面公正地了解每一位干部的工作状态和生活情况,竭尽全力给他们营造一个成才环境。他在台灯下整夜整夜地反复思考,希望每一位在高原工作的官兵都能心甘情愿、心情愉悦地在这里工作,在这里建功立业。在文化环境上,为筹资金给散布在青藏线的基层单位安装电脑,搭建"阳光棚",修建保鲜菜窖,他真是操碎了心。

　　坚持在思考道路上长跑,总会有意想不到的收获。经过一个月的调查、分析,部队正规化食宿接待模式逐步在他心里形成,并渐渐鲜活起来。在党委扩大会议上,李俊杰认真阐述了他调查的成果,并大胆提出现阶段必须要走精神接待、饮食接待、正规化接待的科学之路。他的话句句在理,每一个合情合理的设想迅速得到大家的认可,一锤定音!正规化接待方案也随之出台,团党委当时的共同发展理念是硬件建设要硬而又硬,软件建设要软而不软。

李俊杰任政委以来,在抓硬件建设上还是下了不少功夫的,沿线五个单位先后修建了"阳光温棚",开设了氧吧,书吧,话吧等。软件建设也不甘示弱,部队先后开展了五十多场"情暖汽车兵联谊会",开展了"军民共建运输线"等活动,另外还积极与驻地和地方党政机关互动,沟通,协调,互相走访慰问,目前部队军政军民关系融洽,在工作环境上宽松,精神上放松,心理上轻松,部队风气也正起来了,乱写告状信的现象也从根本上杜绝了,沿线五个单位发展也是欣欣向荣!他和其他团领导工作起来也比较省心,基层基本没有矛盾上交的现象。团队近两年除了继承传统文化外,还在各单位广泛征集了几百条新思想、新理念格言警句。有的单位领导看了后说:"这几年某团最大的变化就是人的变化,特别是精神面貌,思维方式和思想观念的变化。"

在该团任政委,李俊杰最大的感触是,把一件事做好,那叫技术;把很多事情都做好,才叫能力和水平。他说,就拿党委班子建设来说,工作干得好不好,就看班子硬不硬。因此,他在工作之余会尽量多读一些有用的书,仔细研读相关政策,按照相关的政策,按照工作的需要做成卡片,以备工作时急需。真正把部队的思想政治工作做到"春风化雨,润物无声"。作为政委,他说,不仅要做那个燃烧自己照亮别人的人,更要用自己的火把点亮别人的火把。记得曾有位军事家说,"历史总是偏爱有远见的战略家,并慷慨地赐予他们良机"。他说,他将紧紧扭住"科学发展"这个牛鼻子不放松,以军事家的胆识和气魄把发展作为硬道理,付诸工作实践。

在我的印象中,李俊杰总有干不完的活,对他来说,工作着是最美丽的,只要每天有干不完的事,他的精神、他的身心就会处于一种最佳兴奋状态。可当他刚走入某个单位时,着实让他大吃一惊:这哪叫单位,三五个人挤在一起吹牛聊天,娱乐打闹,不客气地说,整个一群乌合之众。

那段时间,他食无味,寝不安,满脑子工作的事。可他又能干什么呢？据他了解，这个单位没有多少工作任务，人也少，也没什么经费。单位每年靠上级下拨的一点可怜的经费坐吃山空。反正部队不能让他们饿着。他不明白，军队现在正在搞"践行当代军人核心价值观"活动，可这里却养着这么些躺在大锅饭灶台上悠然自得打哈欠伸懒腰的闲人。难道没有经费就不能干事业了吗？

伟人之所以伟大，是因为他们能在黑暗中看到光明，在逆境中看到希望，进而不懈地为之奋斗。

李俊杰不是伟人，也不想当伟人，但他有着伟人般睿智的头脑，胆略，意志……

就在不久，在他的极力倡导下，这个单位开始收拾温棚，开荒种地，养牦牛，养羊……

责怪，怨恨，风言风语像冰雹似的向他袭来。"你还要不要人活了？"单位好多年就这样过来了，你真是咸吃萝卜淡操心。凡此种种的流言蜚语不绝于耳。

面对这些他总是一笑了之。笑也是苦涩的。

他能不急吗？作为"家长"，能让自己的孩子没出息吗？

是的，他把部队的每一个比他小的兄弟当自己的孩子一样疼爱着，也严管着。官兵有谁结婚他去祝福，官兵得子他去祝贺，官兵亲属生病他去探望。他自己有本"小册子"，"小册子"上面记录着每一名官兵的家庭情况，每逢官兵家里有难，他都要过问。

他爱兵爱在心窝子里，有干部、战士休假，只要他知道，都要反复交代安全和其他事宜，他放心不下呀。现在一些年轻战士手头有俩钱就烧手似的不知咋花，他常对战士们说："你们在高原工作条件艰苦挣点工资也不容易，家里眼巴巴地望着，心为你们提着，他们不易啊。你们要珍惜呀。"

战士们服他，敬重他，因为他们在这里工作舒心且自信，干起活来特别起劲，也特别安心。

李俊杰并未因此而感到乐观，他觉得肩上的担子很沉很沉。

他说，党组织信任我，让我在这里当"家长"，我就得当个问心无愧的"家长"，起码我得对得起这帮孩子的爹娘。他把对战士的爱升为一种责任。我还想就他带兵之事做进一步探讨。我注意到他在不停地盯着墙上的石英钟看，他一定是想走了。

我实在不情愿把刚刚拉开的大序幕这么快闭上，我的采访才刚刚开始，可我不得不放他走。我懂得能与李政委坐在一起促膝相谈，实属机会难得。此时，我仿佛看到李俊杰站在团大门口迎送汽车部队的情景。同时，我也看到，李俊杰对本次采访并不热心，以前他也是这样，所以在他从军二十多年里，档案袋里除了那必不可缺的履历再也找不到其他文字了。

他终于站起来了，伸出手与我紧紧一握，转身出门。我一直盯着他远去的背影。

说实话，他那不算高大的形象顿时在我眼里变得高大起来。一身英武之气，抬脚摆臂，棱角分明，一派训练有素的当代军人风度。遗憾的是，他不太会保养，比同龄的干部显得苍老，而且也显得清瘦。微微隆起的背，使我无法为他四十二岁的年龄寻找证据。想起与他的谈话，我又忽然觉得，成熟的男人就是显老哈！这句话可能有点偏激。

驾驶员小闫告诉我："那是累的。"

不容置疑。这两年他每天起早贪黑，五个单位，五个那么大的摊子，他都要把心操到。对汽车部队的接待工作，哪一个环节都不能出现一点问题。他就这么个操心的命。也是，这么多的事能不焦心如焚吗？

他的战友老皮也告诉我，"政委每走一步，就会造福一方，今年的工作还没干完，他就开始谋划明年的工作。人家说他是个操心命，我看说得对。"

那天从李俊杰办公室出来，我和老皮谈起了他。

不知为什么，副团长老皮一提起政委脸上会扬起激动、兴奋的表情。

　　是敬佩,是叹服,是期待……

　　从政委办公室出来,他的公务员热情接待了我。我有些太想了解政委这个人了,我这个人很犟,越是人家觉得神秘的人,我越要去研究研究。公务员告诉我,李政委这个人太平凡太普通,如果他不穿军装,和我们战士在一起时,肯定没人认为他是我们"老大",可了解他的人又觉得太不简单,太不容易。要想几句话概括他的人生,谁也做不到。在我的印象中,他至少有三点令人称道。一是吃苦精神,二是创业精神,三是节俭精神。说他吃苦,我感到很奇怪,你说下面(青藏沿线)单位气候那么差他不知咋想的,隔三岔五就非要往那儿跑,而且还一个接一个地跑,真是不要命的"家伙"。

　　李政委是该团正规化接待的创始者,也是见证人,下面几个单位有今天这样的成绩,可以说是他一手拉扯起来的。在搞正规化接待试点时,真是摸着石头过河,一路上他吃了多少苦,受了多少罪谁也说不清楚,只有他自己知道。每一次的苦他就像嚼苦菜根一样嚼碎然后咽下,他常说味虽苦但有益身心。

　　雄鹰翱翔千里,是因为有坚强的翅膀。李政委受到战士们的爱戴,是因为他用知识和勇敢给自己武装。高原的路不像诗人想象得那么浪漫,实践理想的路,也不像长安街那样笔直。它有群山峻岭,需要迂回前进;它有大江,大河,需要架桥而过;它有一种荆棘,需要一个铲除。李政委的人生就像初雪过后的田野,他所选择的路都将清晰地留下每一个脚印。

　　高原的天是寂静冰冷的,每天初升的太阳与落日的余晖,陪伴他度过了一个又一个清晨与黄昏,留下了空旷的戈壁与满眼的黄沙,连同那暮色渐渐模糊再模糊……

　　"风乍起,黄沙满天飞"的日子时而划过,静静地白天来,黑夜去,似雾,似烟又似雪,朦胧了淡淡的心绪与思乡的心情。

落叶的时候,我在想,李政委你曾有过美好的年华,像红柳一样青翠欲滴,春色焕发;你曾给雪原热土、神山、圣湖、战士献出了年轮的美丽。

在西藏工作,谁也不敢说他是老西藏,这句话是李俊杰说的。我探究他为什么会说这句话,后来我找到了答案。因为西藏本身就是年轻的,西藏正处于一个命名的时代。一切叫不出名字的山石,一切叫不出名字的湖泊都需要让人来认辨。

李俊杰是先爱上西藏,还是先爱上这里的官兵,显然不重要,重要的是人现在仍然很年轻,年轻的生命自然还需要跋涉。这是自然规律,也是生命的过程,西藏对一个年轻的生命来说,充满了好奇与猜想。他常想山那边是些什么,后来到过的地方多了,他才知道山那边还是山,他和朴素的官兵就生活在山水之间。朴素的官兵与自然的朴素靠得最近,他又和朴素的官兵靠得最近。

西藏就是一种猜想。曾经,他和官兵坐在用汗水浇灌的绿洲面前乘凉。灰色的鸽子从天上落下来,寻食散在禾茬间的颗粒,并不在意别的;云是白色的,犹如鸽子一般悠闲;田间行走的人们赶着背负成捆青稞的小牦牛,这时的快乐来自牦牛脖上的铜铃,那声音清脆成一种旋律,相伴树阴下农人的酒歌,整个大地显得无比安宁,俊杰说,如果有一种东西说明他那刻的心境,就只能是自然回声了。有时,他甚至怀疑这种细微的感觉,来自修行的山洞和古老废墟的根本。

他不止一次以政委的身份,也是一名年轻旅人的身份,去过安多、那曲、当雄、羊八井做过客,他每次走到这条路上,都感到路是新的,路上的故事更新,因为是路孕育了故事,谁也说不清楚西藏究竟对人类有多遥远。虽然李俊杰置身于西藏,他仍然感觉它遥远:遥远的是永远不能抵达的,遥远就是永远不会"到"。遥远就是在途中,永远地在途中。如果说云南、格尔木是他生命中的一个遥远,西藏则是另一种遥远,他永远觉得不会抵达它们。但遥远也是现在时的,它只有在现场、在运动中才能被体验,被觉悟。

因为太遥远,所以他选择用脚步去丈量最近的西藏之路,跋涉被短暂的希望遗忘,痛苦被尘封的历史贿赂,如朝圣的信徒一路的疲惫又一次被经幡的召唤引渡,他又一次看清了安多,那曲,当雄,羊八井的模样。

因为年轻不怕遥远,所以他缺氧的心脏总不会被冻僵,冰雪也不那么容易覆盖他的足迹。

因为遥远,李俊杰还将在西藏这条路上走来走去,他不知道什么时候会离开这里,这些也许只有岁月知晓。岁月携去以往的季节,他正走向他的金秋,眼前的硕果累累。还有哪些地方不够熟悉呢,如果还有,那么他正在走向它。

我们要有战胜情感的性格和毅力,这是青藏线生活的哲学,也是他的哲学。

提起家庭,李俊杰再次思绪万千,妻子李平当初无怨无悔嫁给了她,但自此她也开始了承受特别的爱,虽然他们两人感情依然炽烈。

山东这个地方,受孔孟之道影响深厚。男人向来以事业为重,在外面打拼,被称作"外头人"。女人则多在家里相夫教子,操持家务,被称作"家里人"。李俊杰一心朝事业上奔,李平再苦再累心里也高兴,甚至有时候,对李俊杰的支持到了"愚忠"的程度。李平自己也有事业,但是两者相权时,她清楚丈夫的事业为重。按理说,现在都二十一世纪了,男主外女主内的观念早就不对了,但是她却说,不论社会多发达,只要有家庭,就要有分工,就会有所侧重,不是有一首歌这么唱吗,军功章有你的一半也有我的一半。

其实,李俊杰心里最清楚,他获得的多枚军功章背后,浸透了李平无尽的心血汗水。

如果说对李平只有感恩,那么对女儿李晓彤就只剩下愧疚了。

自从女儿出生后,他一直是在无限母爱中成长的。由于工作性质的关系,李俊杰常年上青藏线执行运输任务,平时业余时间他还爱琢磨点文学创作,实在无暇照顾女儿。所以女儿竟对父亲感到陌生。当女儿渐渐长大的时候,她明白了这个有些陌生的爸爸和一些陌生的叔叔并不是同一个概念,叔叔是家以外的人,尽管爸爸大部分时间不在家,但爸爸是家里的人。妈妈说,是爸爸给了自己生命,可是既然给了我生命,为什么不能给我阳光一样的抚爱,父爱就是这样吝啬吗?

晓彤幼小的心灵有深刻的记忆。上幼儿园时,老师和小朋友都没见过她爸爸。直到小学入学的那一天,爸爸给她整理好书包,牵着她的小手,亲自送他到"八一学校"小学,这是多么刻骨铭心的一次啊。一次,晓彤不小心划破了手指,他没有告诉爸爸,而是一个人悄悄走进部队卫生院包扎好,这样的举动让医生们感到唏嘘不已,他们知道,晓彤心里是这样想的,反正告诉爸爸也没用,爸爸太忙了。最不能原谅的是爸爸每次答应带她去儿童公园,可每次都变卦。

采访中,李俊杰只要一谈起自己的家庭,谈起自己的妻子、女儿,都有一个饱含歉意的话题:我们在高原当兵奉献,一年四季回不了几回家,妻子在家不但要照顾老人小孩,还要为我们担惊受怕。

"军人意味着牺牲,但在青藏高原上牺牲的不仅是生命,假如你还在高原上当兵,还要具备足以战胜情感折磨的性格和毅力。"这是李俊杰对我和所有高原战士说的。

也许,这就是青藏线官兵区别于其他部队的一大特色。他庆幸自己在格尔木安家,家里有岳父岳母关照,有妻子支持理解,而自己连队的官兵就更苦了。他想起了他们老团长说的话:"我们再苦,苦的是身子;可她们苦,苦的是精神。你看看那些来队家属带着孩子坐了汽车坐火车,坐了火车坐汽车,路上折腾十多天,住上半个月就得回去,她们得到了短暂的幸福,却加深了她们永久的思念。"当然现在青藏线通火车了,不过不变的风雪仍然存在。李俊杰告诉我,在汽车连,连队家属上格尔木探亲,先要在电话里同丈夫"见面",然后约定时间,盼着丈夫从风雪青藏线执勤下山相会。这种事我是知道的,以前我在驻拉运输办工作,经常接触汽车兵,在闲谈时曾有一个老汽车兵说:"有一年,我媳妇在西宁买上票,一等就是十来天,我拿着她从老家拍来的电报,心吊到半空中,不知是孩子半道上病了,还是汽车在半道上翻了车。后来,她娘俩总算平平安安地到了。一见她,我的心放下了,忍不住冲上来问,"咋走了这么多天?"我媳妇一听,委屈得哭了……

说到这里他打住了,想笑却没有笑出来。

——黄刚桥(报告文学)

领我前行的人

我来部队已经有十六个年头了,十六年来看到了西藏的变化,西藏的发展——大的有青藏铁路的开通,西藏和平解放五十周年的纪念,小的有团大门前的小树变成了大树,新兵变成了老兵,有的甚至当了连长、指导员。可这一切,对我的印象不是很深,然而有一件事我永远也不能忘记。

2008年,对我们祖国来说,也是多灾之年。年初的南方雪灾寒气还没有结束,美丽拉萨却出现了"打砸抢烧"暴力事件,西方敌对势力策划的"打砸抢烧"事件还没有平息,四川汶川又发生了百年不遇的大地震。我们的国家正承受着大自然的考验和磨难,这年我也在经受着各种磨难。首先是三月份我的岳母得了脑溢血,并伴随着心脏病和糖尿病,在床上躺了三个月后撒手离开了人间,享年只有五十六岁。五月份,我父亲查出肝癌,送到医院医生说到了晚期,只能回家休息疗养,到七月份,他老人家永远地离开了我们,享年才六十岁。

死者已去，活着的人还要过日子。本想从今把自己的小家庭经营好，好好过日子，可上天又跟我开了一个很大的玩笑。我结婚五年了，一直没有小孩，原本以为自己还年轻，不要小孩没什么，以后有的是机会。可现在双方老人身体也有病，并多次要求我们去医院检查看看，是不是双方身体不好。经人介绍，我们到兰州大学第一医院检查，主检医生说爱人小的时候做阑尾手术没有恢复好，肠子与输卵管粘连一起，两侧输卵管已经变形、堵塞导致不能生育。医生的诊断完全摧垮了我的心理防线，我叫天天不应，叫地地不灵，上天怎么这样对待我，心理负担加重，心情极坏，看谁都不顺眼，并直接影响到我的工作，一心想离婚，再找一个。

李政委知道后，非常同情我，细心地教导我，关心我，安慰我。他说："既然我们选择了军人这个职业，就意味着奉献和付出。古人说得好，忠孝不能两全。走的人走了，只有你们好好工作，好好过日子，这才是对死者最大的安慰。"他一边鼓励我好好工作，一边积极联系内地医院，让我带家属治病。我们先后联系了青海省红十字医院、原兰州军区总医院、解放军第四军医大学等等，还托休假的干部到处找偏方给我。为了进一步治好我家属的病，他安排我到北京后勤指挥学院学习，一方面让我多学点知识，另一方面让我换一个环境，更重要的是带家属治病。他还亲自联系了解放军总医院妇产科主任进行治疗。功夫不负有心人，经过总医院妇产科主任经心治疗和调养，第二年我们有了自己的宝宝，我工作也有了动力，并提升为政治教导员。我想，能在政委手下工作是我的幸运，他昂然正气、扎实的工作姿态，严格原则与灵活方法并举的领导艺术，平易近人的人格魅力，一直温暖着我，感怀着我，感召着我勇敢面对艰难困苦、坚强地走向未来。

——王化海

我敬重的领导

李俊杰,政治委员,山东平度人,我敬重的领导。在以往的影视作品和书籍中,山东人都被称为"好汉",历史上山东的英雄、好汉屡见不鲜,个个形象鲜明,豪爽仗义。可政委矮矮的个子,突出的颧骨,却有着山东人特有的豪情。思想缜密,作风严谨,为人正派,很强的领导力、感召力都是他的特点。

我是2007年11月开始成为政委的驾驶员的。两年多的时间里我贴近了政委的工作、生活,他的言行、他的思想,他对工作、对生活的态度,无不深深地影响着我。

在青藏线当兵的人常说,苦了妻子,误了孩子,奉献了青春,献子孙。政委有一位贤惠漂亮的妻子,政委和妻子都姓李,我们常常开玩笑地说,他们夫妻五百年前还是本家呢。而政委却说,我们几百年的回眸,才换得今生的共度。简单的言语,彰显出政委对妻子无限的爱意,更彰显出政委对妻子的珍惜。政委的妻子是"军嫂"这个特殊群体中的典范。她相夫教子,操持着家庭的一切琐事,让政委放开手去工作,无后顾之忧。得到贤妻犒劳的政委对工作特别认真,我始终感到政委工作的态度是端正积极的,工作的方法是得当的,工作的成绩是值得官兵们一致肯定的。

生活中,政委是一个追求美好事物的人。青藏高原厚重的文化底蕴,给了这位在高原工作了近二十年的老战士一种特有的气质和精神。他也爱美,一次,政委看着我的脸,用带有调侃的语气对我说:"小闫呀,你用的什么化妆品,你看看咱,满脸的风霜,也给咱推荐一下,改善改善脸部的状况嘛。"还有一次,政委问我:"小闫呀,你看我穿着军装精神,还是着便装时精神?"我说:"当然是军装了,你都穿了二十几年的军装了,军装特有的神气都渗到你的骨子里了,加之你人瘦,着军装显得人精神、干练,不显老。"政委听后哈哈大笑,笑过之后他意味深长地说,真舍不得这身军装呀。其实,政委职务那么高,但没有一点点的高傲,没有一点点的官僚。政委喜欢下象棋,棋盘上的他经常悔棋,像一个小孩。当他考虑下一步棋该怎么走时,指头间夹着一根烟,用劲地吸一口。此时的他,像一个智者,安静、慈祥、端重,似有千军万马在他的脑中,激情涌动。

"政委"是思想政治工作的一个代名词。作为政委、党委书记,他主动地承担起党委班子大哥的角色,与其他成员相处和睦。他关心他们的生活、工作,时时严格要求自己,事事带头实干,班子其他成员说政委就是一个实干家,工作上始终带头干。

每一次军人大会,政委都会用他几十年的人生阅历和经验,为我们这些年轻人传经送宝,苦口婆心帮助我们树立正确的人生观,教导我们怎样为人处事,如何做好工作。每一次军人大会,我们都喜欢听政委讲话,他不单单只是安排工作、传达文件,还是一堂精彩的人生哲理课,对"人生"这个命题,可能没有人能解释得清楚,但政委能通过他的言语,让我们对人生有新的理解与认识。

政委有一个漂亮的女儿叫婷婷,读高中,她是政委的"掌上明珠"。说到政委对女儿的管理教育,对女儿的学习、生活的关心,应该说没有尽到一个父亲的责任。政委把他全部的精力和时间都用在了工作上。每天晚上,政委办公室的灯都是最后一个熄灭的,每次走进政委的办公室,办公桌上都有着厚厚的一摞文件,每份文件上都有他的圈圈点点,有他对工作的安排和建议,部队营区每个角落里都留下了政委的身影。

对一个家庭来说,子女的教育是头等的大事。女儿婷婷考高中那年,她多么希望父亲回到家里能帮助自己复习一下功课,给自己辅导辅导。然而,每一次都失望了、扫兴了。夜深了,父亲才回到家,早上天刚一亮,父亲又出门工作去了,就这样一次次地失望、一次次地扫兴,对于一个十三四的女孩来说,她很难理解父亲。她也曾不止一次地抱怨过,家长会父亲从没有去过,学习辅导材料父亲从没有买过。就这样一天天过去了,直到婷婷考上高中,政委也没能帮助女儿辅导过一次功课,问过一次学习情况。

在给政委开车的两年多时间里,我感到个头不高的政委,却是一个高大的硬汉,一个骨子里高大的山东大汉,是一个一心为工作的实干家,是一个关心官兵成长进步的好大哥,政委用他特有的人格魅力感染着我。

——闫坤

后　记

　　对散文的钟爱,可以说是我生命中不可或缺的一部分。

　　我爱散文,因为从中可以感悟生命的辉煌,领略世界的浩渺,陶醉灵魂的净化,憧憬未来的神秘,蓬勃进取的勇气。

　　参军来到青藏线二十多年了,虽说,生命中最亮丽的那段青春年华,我已把它留在了青藏高原这块远离色彩、缺少鲜花和氧气的地方;虽然,蓦然回首,我没有走进象牙殿堂,没有光鲜亮丽的乐章。但是,我却更加钟爱这身绿军装。

　　不知从何时起,我被青藏线奇特的风光和习俗深深地吸引。忽一日,我突发奇想,何不用手中的笔,把这里的一切描绘出来,奉献给读者呢? 当兵前,我是一个爱写作的男孩,特别是对散文情有独钟。来部队后,我感到,仅仅满足于浏览欣赏美文,还不能充分表达对散文的痴情,于是我便拿起了笔,用文字的方式记录这里的学习、工作和生活。于是,我便有了淡淡的回忆,便有了深沉的思考,便有了感情的表露,便有了心扉的宣泄。

　　在军旅生涯里,在繁忙的工作之余,一有空,我就抱着大本大本的书一页一页地啃,每次有机会上青藏线,我总忘不了带上一个小册子,走一路记一路。我真实地发现,值得去讴歌的人物及事件真的不少。此时,我多想把这些移到纸上,移到亿万人民的心中! 在青藏线总有太多的感受,不能用语言来表达。我想,唯有文字可以穿越时空永远留存下来。

　　每天在青藏大地上行走,身临其境,我都会为一种雄伟而浩瀚的气魄所震慑,人的胸怀一下子变得开阔多了,顿生旷古的豪情,不禁萌发出对大自然的博大、宽厚的深深敬意。投身写作,用心享受这片原始自然的美景,我仿佛觉得人世间的一切烦恼和杂念荡然无存,心灵深深地得到了超脱和净化。

雪落有声,这是我给这本书取的名字,因为喜欢雪,爱着雪,我才来到了青藏高原,来到了火热的军营。二十多年的高原生活,使我觉得高原上只有雪落的声音是最真实的,青藏高原有水却冻结在冰雪之下,有山却被积雪覆盖,绿树红花是一种幻想。雪落之声是微小的,默默无闻的,然而它又是有声的、强劲的,持续不断地挥洒着,在高原只有雪落的声音与我的步调一致,与我的战友步调一致。可以这么说,雪落之声就是我行走之声,雪落之声也是我文中所有人,用双脚与热情走出的声响,这声响将永远在高原回荡,将永远唱响在每个人的天地里。

青藏高原是一本书,我无法一页一页地咀嚼,我也无法用笨拙的笔,书写出她的伟岸来。但是,我那颗爱高原的心却永远居于青藏线顶端。

一切尽在不言中!

由于文学造诣不深,文中有诸多瑕疵,在此敬请读者朋友们谅解。往后,我一定拼命博读文书,从古今中外的名著中汲取养分,让自己的文学天地更广、更宽,以不负领导和战友们厚望。

2010 年 2 月 20 日于拉萨